張中行

红楼点滴一／红楼点滴二／红楼点滴三／北大图书馆／辜鸿铭／章太炎／黄晦闻／马幼渔／熊十力／胡博士／刘半农／俞平伯／朱自清／叶圣陶／吕叔湘／温源宁／季羡林／启功／刘佛谛／张守义／王门汲碎／银闸人物／汪大娘／凌大嫂／怀疑与信仰／天道与人生／安于不知天／月是异邦明／关于读书明理／红学献疑／临渊而不羡鱼

中华散文珍藏版

张中行散文

人民文学出版社

图书在版编目(CIP)数据

张中行散文/张中行著.—北京：人民文学出版社，2015
（中华散文珍藏版）
ISBN 978-7-02-011016-2

Ⅰ.①张… Ⅱ.①张… Ⅲ.①散文集—中国—当代 Ⅳ.①I267

中国版本图书馆 CIP 数据核字（2015）第 149555 号

责任编辑　杜　丽
装帧设计　刘　静
责任印制　王景林

出版发行　人民文学出版社
社　　址　北京市朝内大街 166 号
邮政编码　100705
网　　址　http://www.rw-cn.com

印　　刷　北京明恒达印务有限公司
经　　销　全国新华书店等

字　　数　227 千字
开　　本　880 毫米×1230 毫米　1/32
印　　张　9.75　插页 3
印　　数　1—10000
版　　次　2008 年 1 月北京第 1 版
印　　次　2016 年 6 月第 1 次印刷

书　　号　978-7-02-011016-2
定　　价　32.00 元

如有印装质量问题，请与本社图书销售中心调换。电话：010-65233595

作者像

说来源。是去年秋天，老伴接受她的表妹之约，到客城去乡下去住几天。我，依义要陪着前往，依情也愿意前往，于是也是半天就到了鸡犬之声相闻的乡下。坐吃、待观，都是例行之事，可搁下不表；只说我最感兴趣的，是年岁好，所养驴、鸭、鸡、鸽等都肥壮，我乃短时期像忘鸟兽同群的夙愿。人，古今一样，最是趋舍如斯夫，都愿意留些纪念。古人办法少，即如东坡，也不过写几首诗。今人同样可以写诗，只是因为不会或愿意更真切，一般是用照像法，倒的闲来像法。我用照像法，请驴来，我紧贴它身旁，照，成功。请鹅来，它程次程率坚决不干，只好说声遗憾，作罢。鸽终不成，只好降级，院里黄色老玉米堆成小丘，坐在顶上也可以释之然，于是照一张，胜利结束。几天很快过去，离开之前，又想到老玉米，于是挑一个大而且完整的，带回来。这东西在乡下不算什么，进我的斗室就成为稀罕物，常言道，物以稀为贵，所以它就有权高踞案头。

情供的第二件是个鲜红色椭圆而坚硬的谷，我们家乡名为看谷，顾名思义，只是供看而不能吃。也要说了来源。是今年中秋，承有车阶级某君的好意，我到已克城的香河县城去过中秋节。吃各种土产，寻开天旧迹，赏月以证明是故乡明等等，都是题外话，可不说。只说这个看

出 版 说 明

为了全面展示二十世纪以来中华散文的创作成就,我社于2005年4月编辑出版了"中华散文插图珍藏版系列"。到目前为止,已经出版了四辑五十位现当代文学大家的散文集,其目的是要将"五四"新文学革命以来近百年间的中华散文作一次全方位地展示和总结。为此,该系列书也成了"人文版"散文的标志性出版物,在作家、读者和图书市场中产生了极大的影响。

这套"中华散文珍藏版"是在此基础上的精选,其宗旨是进一步扩大散文的社会影响力,优中选优,精益求精,为读者,特别是为青年读者提供一套散文阅读范本。

人民文学出版社一直秉承读者至上、质量第一的出版原则,但愿这套书的出版,能为多元思潮中的人们洒下一捧甘霖。

人民文学出版社编辑部

目 录

红楼点滴一	1
红楼点滴二	4
红楼点滴三	7
北大图书馆	11
辜鸿铭	15
章太炎	25
黄晦闻	27
马幼渔	30
熊十力	33
胡博士	38
刘半农	42
俞平伯	46
朱自清	54
叶圣陶	58
吕叔湘	64
温源宁	71
季羡林	75
启功	81
刘佛谛	93
张守义	96
王门汲碎	102

银闸人物	106
汪大娘	109
凌大嫂	113
怀疑与信仰	117
天道与人生	123
安于不知天	128
月是异邦明	131
关于读书明理	139
红学献疑	148
临渊而不羡鱼	156
德·理·力	161
知惭愧	165
生命	170
机遇	173
信仰	177
贫富	184
聚散	190
顺逆	195
身后	200
清风明月	207
蓬山远近	211
梦的杂想	216
神异拾零	221
彗星	224
才女·小说·实境	229
无题	235

剥啄声	241
但目送芳尘去	244
犊车驴背	247
城	252
桥	256
户外的树	260
案头清供	264
旧燕	267
螳螂	270
蟋蟀	275

红楼点滴一

民国年间,北京大学有三个院:一院是文学院,即有名的红楼,在紫禁城神武门(北门)以东汉花园(沙滩的东部)。二院是理学院,在景山之东马神庙(后改名景山东街)路北,这是北京大学的老居址,京师大学堂所在地。三院是法学院(后期移一院),在一院之南北河沿路西。红楼是名副其实的红色,四层的砖木结构,坐北向南一个横长条。民国初年建造时候,是想用作宿舍的,建成之后用作文科教室。文科,而且是教室,于是许多与文有关的知名人士就不能不到这里来进进出出。其中最为大家所称道的当然是蔡元培校长,其余如刘师培、陈独秀、辜鸿铭、胡适等,就几乎数不清了。人多,活动多,值得说说的自然就随着多起来。为了把乱丝理出个头绪,要分类。其中的一类是课堂的随随便便。

一般人谈起北京大学就想到蔡元培校长,谈起蔡元培校长就想到他开创的风气——兼容并包和学术自由。这风气表现在各个方面,或者说无孔不入,这孔自然不能不包括课堂。课堂,由宗周的国子学到清末的三味书屋,规矩都是严格的。北京大学的课堂却不然,虽然规定并不这样说,事实上总是可以随随便便。这说得鲜明一些是:不应该来上课的却可以每课必到,应该来上课的却可以经常不到。

先说不应该上课而上课的情况。这出于几方面的因缘和合。北京大学不乏名教授,所讲虽然未必都是发前人之所未发,却是名声在外。这是一方面。有些年轻人在沙滩一带流浪,没有上学而同样愿意求学,还有些人,上了学而学校是不入流的,也愿意买硬席票而坐软席车,于是都踊跃地来旁听。这也是一个方面。还有一个方面是北京大学课堂的惯例:来者不拒,去者不追。且说我刚入学的时候,首先感到奇怪的是同学间的隔膜。同坐一堂,摩肩碰肘,却很少交谈,甚至相视而笑的情况也很少。这由心理方面说恐怕是,都自以为有一套,因而目中无人。但这就给旁听者创造了大方便,因为都漠不相关,所以非本班的人进来入座,就不会有人看,更不会有人盘查。常有这样的情况,一个学期,上课常常在一起,比如说十几个人,其中哪些是选课的,哪些是旁听的,不知道;哪些是本校的,哪些不是,也不知道。这模模糊糊,有时必须水落石出,就会近于笑谈。比如刘半农先生开"古声律学"的课,每次上课有十几个人,到期考才知道选课的只有我一个人。还有一次,听说是法文课,上课的每次有五六个人,到期考却没有一个人参加。教师当然很恼火,问管注册的,原来是只一个人选,后来退了,管注册的人忘记注销,所以便宜了旁听的。

再说应该上课而不上课的情况。据我所知,上课时间不上课,去逛大街或看电影的,像是很少。不上有种种原因或种种想法。比如有的课不值得听,如"党义";有的课,上课所讲与讲义所写无大差别,可以不重复;有的课,内容不深,自己所知已经不少等等。这类不上课的人,上课时间多半在图书馆,目的是过屠门而大嚼。因为这样,所以常常不上课的人,也许是成绩比较好的;在教授一面,也就会有反常的反应,对于常上课的是亲近,对于不常上课的是敬畏。不常上课,有旷课的处罚问题,学校规定,旷课一半以上不能参加期考,不考不能得学分,学分不够不能毕业。怎么办?办法是求管点名(进课堂看座位号,空位面一次缺课)的盛先生擦去几次。学生不上课,钻图书馆,这情况是大家都知道的,所以盛先生总是慨然应允。

这种课堂的随随便便,在校外曾引来不很客气的评论,比如,北京大学是把后门的门槛锯下来,加在前门的门槛上,就是一种。这评论的意思是,进门很难;但只要能进去,混混就可以毕业,因为后门没有门槛阻挡了。其实,至少就我亲身所体验,是进门以后,并没有很多混混过去的自由,因为有无形又不成文的大法管辖着,这就是学术空气。说是空气,无声无臭,却很厉害。比如说,许多学问有大成就的人都是蓝布长衫,学生,即使很有钱,也不敢西装革履,因为一对照,更惭愧。其他学问大事就更不用说了。

时间不很长,我离开这个随随便便的环境。又不久,国土被侵占,学校迁往西南,同清华、南开合伙过日子去了。一晃过了十年光景,学校返回旧居,一切支离破碎。我有时想到红楼的昔日,旧的风气还会有一些吗?记得是一九四九年四月,老友曹君来串门,说梁思成在北大讲中国建筑史,每次放映幻灯片,很有意思,他听了几次,下次是最后一次,讲杂建筑,应该去听听。到时候,我们去了。讲的是花园、桥、塔等等,记得幻灯片里有苏州木渎镇的某花园,小巧曲折,很美。两小时,讲完了,梁先生说:"课讲完了,为了应酬公事,还得考一考吧?诸位说说怎么考好?"听课的有近二十人,没有一个人答话。梁先生又说:"反正是应酬公事,怎么样都可以,说说吧。"还是没有人答话。梁先生像是恍然大悟,于是说:"那就先看看有几位是选课的吧。请选课的举手。"没有一个人举手。梁先生笑了,说:"原来诸位都是旁听的,谢谢诸位捧场。"说着,向讲台下作一个大揖。听讲的人报之以微笑,而散。我走出来,想到北京大学未改旧家风,心里觉得安慰。

红楼点滴二

点滴一谈的是红楼散漫的一面。还有严正的一面,也应该谈谈。不记得是哪位先生了,上课鼓励学生要有求真精神,引古希腊亚里士多德改变业师柏拉图学说的故事,有人责问他不该这样做,他说:"吾爱吾师,吾更爱真理。"红楼里就是提倡这种精神,也就真充满这种空气。这类故事很不少,说几件还记得的。

先说一件非亲历的。我到北京大学是三十年代初,其时古文家刘师培和今文家崔适已经下世十年左右。听老字号的人说,他们二位的校内住所恰好对门,自然要朝夕相见,每次见面都是恭敬客气,互称某先生,同时伴以一鞠躬;可是上课之后就完全变了样,总要攻击对方荒谬,毫不留情。崔有著作,《史记探原》和《春秋复始》都有北京大学讲义本;刘著作更多,早逝之后刊为《刘申叔先生遗书》,可见都是忠于自己的所信,当仁不让的。

三十年代初,还是疑古考古风很盛的时候;同是考,又有从旧和革新之别。胡适写了《中国哲学史大纲》上卷,在学校讲中国哲学史,自然也是上卷。顺便说个笑话,胡还写过《白话文学史》,也是只有上卷,所以有人戏称之为"上卷博士"。言归正传,钱宾四(穆)其时已经写完《先秦诸子系年考辨》,并准备印《老子辨》。两个人都不能不处理《老子》。这个问题很复杂,提要言之,书的《老子》,人的"老子",究竟是什么时代的?胡从旧,二"老"就年高了,高到春秋晚年,略早于孔子;钱破旧,二"老"成为年轻人,晚到战国,略早于韩非。胡书早出,自然按兵不动,于是钱起兵而攻之,胡不举白旗,钱很气愤,一次相遇于教授会(现在名教研室或教员休息室),钱说:"胡先生,《老子》年代晚,证据确凿,你不要再坚持了。"胡答:"钱先生,你举的证据还不能使我心服;如果能使我心服,我连我的老子也不要了。"这次激烈的争执以一笑结束。

争执也有不这样轻松的。也是反胡,戈矛不是来自革新的一面,而是来自更守旧的一面。那是林公铎(损),人有些才气,读书不少,长于记诵,二十几岁就到北京大学国文系任教授。一个熟于子曰诗云而不识 abcd 的人,不赞成白话是可以理解的。他不像林琴南,公开写信反对;但又不能唾面自干,于是把满腹怨气发泄在课堂上。一次,忘记是讲什么课了,他照例是喝完半瓶葡萄酒,红着面孔走上讲台。张口第一句就责骂胡适怎样不通,因为读不懂古文,所以主张用新式标点。列举标点的荒唐,其中之一是在人名左侧打一个杠子(案即专名号),"这成什么话!"接着说,有一次他看到胡适写的什么,里面写到他,旁边有个杠子,把他气坏了;往下看,有胡适自己的名字,旁边也有个杠子,他的气才消了些。讲台下大笑。他像是满足了,这场缺席判决就这样结束。

教师之间如此,教师学生之间也是如此,举两件为例。一次是青年教师俞平伯讲古诗,蔡邕所作《饮马长城窟行》,其中有"枯桑知天风,海水知天寒"两句,俞说:"知就是不知。"一个同学站起来说:"俞先生,你这样讲有根据吗?"俞说:"古书这种反训不少。"接着拿起粉笔,在黑板上写出六七种。提问的同学说:"对。"坐下。另一次是胡适之讲课,提到某一种小说,他说:"可惜向来没有人说过作者是谁。"一个同学张君,后来成为史学家的,站起来说,有人说过,见什么丛书里的什么书。胡很惊讶,也很高兴,以后上课,逢人便说:"北大真不愧为大。"

这种站起来提问或反驳的举动,有时还会有不礼貌的。如有那么一次,是关于佛学某问题的讨论会,胡适发言比较长,正在讲得津津有味的时候,一个姓韩的同学气冲冲地站起来说:"胡先生,你不要讲了,你说的都是外行话。"胡说:"我这方面确是很不行。不过,叫我讲完了可以吗?"在场的人都说,当然要讲完。因为这是红楼的传统,坚持己见,也容许别人坚持己见。根究起来,韩君的主张是外道,所以被否决。

这种坚持己见的风气,有时也会引来小麻烦。据说是对于讲课中涉及的某学术问题,某教授和某同学意见相反。这只要能够相互容忍也就罢了;偏偏是互不相让,争论起来无尽无休。这样延续到学期终了,不知教授是有意为难还是选取重点,考题就正好出了这一个。这位同学自然要言己之所信。教授阅卷,自然认为错误,于是评为不及格。照规定,不及格,下学期开学之后要补考,考卷上照例盖一长条印章,上写:注意,六十七分及格。因为照规定,补考分数要打九折,记入学分册,评六十七分,九折得六十分多一点,勉强及格。且说这次补考,也许为了表示决不让步吧,教授出题,仍是原样。那位同学也不让步,答卷也仍是原样。评分,写六十,打折扣,自然不及格。还要补考,仍旧是双方都不让步,评分又是六十。但这一次算及了格,问为什么,说是规定只说补考打九折,没有说再补考还要打九折,所以不打折扣。这位教授违背了红楼精神,于是以失败告终。

红楼点滴三

点滴一谈散漫,二谈严正;还可以再加一种,谈容忍。我是在中等学校念了六年走入北京大学的,深知充任中学教师之不易。没有相当的学识不成;有,口才差,讲不好也不成;还要有差不多的仪表,因为学生不只听,还要看。学生好比是剧场的看客,既有不买票的自由,又有喊倒好的权利。戴着这种旧眼镜走入红楼,真是面目一新,这里是只要学有专长,其他一切都可以凑合。自然,学生还有不买票的自由;不过只要买了票,进场入座,不管演者有什么奇怪的唱念做,学生都不会喊倒好,因为红楼的风气是我干我的,你干你的,各不相扰。举几件还记得的小事为证。

一件,是英文组,我常去旁听。一个外国胖太太,总不少于五十多岁吧,课讲得不坏,发音清朗而语言流利。她讲一会儿总要让学生温习一下,这一段空闲,她坐下,由小皮包里拿出小镜子、粉和胭脂,对着镜子细细涂抹。这是很不合中国习惯的,因为是"老"师,而且在课堂。我第一次看见,简直有点愕然;及至看看别人,都若无其事,也就恢复平静了。

另一件,是顾颉刚先生,那时候他是燕京大学教授,在北京大学兼课,讲《禹贡》之类。顾先生专攻历史,学问渊博,是疑古队伍中的健将;善于写文章,下笔万言,凡是翻过《古史辨》的人都知道。可是天道吝啬,与其角者缺其齿,口才偏偏很差。讲课,他总是意多而言语跟不上,吃吃一会儿,就急得拿起粉笔在黑板上疾书。写得速度快而字清楚,可是无论如何,较之口若悬河总是很差了。我有时想,要是在中学,也许有被驱逐的危险吧?而在红楼,大家就处之泰然。

又一件,是明清史专家孟心史(森)先生。我知道他,起初是因为他是一桩公案的判决者。这是有关《红楼梦》本事的。很多人都知道,研究《红楼梦》,早期有"索隐"派,如王梦阮,说《红楼梦》是影射清世祖顺治和董鄂妃的,而董鄂妃就是秦淮名妓嫁给冒辟疆的董小宛。这样一比附,贾宝玉就成为顺治的替身,林黛玉就成为董小宛的替身,真是说来活灵活现,像煞有介事。孟先生不声不响,写了《董小宛考》,证明董小宛生于明朝天启四年,比顺治大十四岁,董小宛死时年二十八,顺治还是十四岁的孩子。结果判决:不可能。我是怀着看看这位精干厉害人物的心情才去听他的课的。及至上课,才知道,从外貌看他是既不精干,又不厉害。身材不高,永远穿一件旧棉布长衫,面部沉闷,毫无表情。专说他的讲课,也是出奇的沉闷。有讲义,学生人手一编。上课钟响后,他走上讲台,手里拿着一本讲义,拇指插在讲义中间。从来不向讲台下看,也许因为看也看不见。应该从哪里念起,是早已准备好,有拇指做记号的,于是翻开就照本慢读。我曾检验过,耳听目视,果然一字不差。下课钟响了,把讲义合上,拇指仍然插在中间,转身走出,还是不向讲台下看。下一课仍旧如此,真够得上是坚定不移了。

又一件,是讲目录学的伦哲如(明)先生。他知识丰富,不但历代经籍艺文情况熟,而且,据说见闻广,许多善本书他都见过。可是有些事却糊里糊涂。譬如上下课有钟声,他向来不清楚,或者听而不闻,要有人提醒才能照办。关于课程内容的数量,讲授时间的长短,他也不清楚,学生有时问到,他照例答:"不知道。"

又一件,是林公铎(损,原写攻渎)先生。他年岁很轻就到北京大学中国语言文学系任教授,我推想就是因此而骄傲,常常借酒力说怪话。据说他长于记诵,许多古籍能背;诗写得很好,可惜没见过。至于学识究竟如何,我所知甚少,不敢妄言。只知道他著过一种书,名《政理古微》,薄薄一本,我见过,印象不深,以"人云亦云"为标准衡之,恐怕不很高明,因为很少人提到。但他自视很高,喜欢立异,有时异到等于胡说。譬如有一次,有人问他:"林先生这学期开什么课?"他答:"唐诗。"又问:"准备讲哪些人?"他答:"陶渊明。"他上课,常常是发牢骚,说题外话。譬如讲诗,一学期不见得能讲几首;就是几首,有时也喜欢随口乱说,以表示与众不同。同学田君告诉我,他听林公铎讲杜甫《赠卫八处士》,结尾云,卫八处士不够朋友,用黄米饭炒韭菜招待杜甫,杜公当然不满,所以诗中说,"明日隔山岳,世事两茫茫",意思是此后你走你的路,我走我的路。也许就是因为常常讲得太怪,所以到胡适兼任系主任、动手整顿的时候,林公铎解聘了。他不服,写了责问的公开信,其中用了杨修"鸡肋"的典故,说"教授鸡肋"。我当时觉得,这个典故用得并不妥,因为鸡肋的一面是弃之可惜,林先生本意是想表示被解聘无所谓的。

最后说说钱玄同先生。钱先生是学术界大名人,原名夏,据说因为庶出受歧视,想扔掉本姓,署名"疑古玄同"。早年在日本,也是章太炎的弟子。与鲁迅先生是同门之友,来往很密,并劝鲁迅先生改抄占碑为写点文章,就是《呐喊·自序》称为"金心异"的(案此名本为林琴南所惠赐)。他通文字音韵及国学各门。最难得的是在老学究的队伍里而下笔则诙谐讽刺,或说嬉笑怒骂。他是师范大学教授,在北京大学兼课,讲"中国音韵沿革"。钱先生有口才,头脑清晰,讲书条理清楚,滔滔不绝。我听了他一年课,照规定要考两次。上一学期终了考,他来了,发下考卷考题以后,打开书包,坐在讲桌后写他自己的什么。考题四道,旁边一个同学告诉我,好歹答三道题就交吧,反正没人看。我照样做了,到下课,果然见钱先生拿着考卷走进教务室,并立刻空着手出来。后来知道,钱先生是向来不判考卷的,学校为此刻一个木戳,上写"及格"二字,收到考卷,盖上木戳,照封面姓名记入学分册,而已。这个办法,据说钱先生曾向外推广,那是在燕京大学兼课,考卷不看,交与学校。学校退回,钱先生仍是不看,也退回。于是学校要依法制裁,说如不判考卷,将扣发薪金云云。钱先生作复,并附钞票一包,云:薪金全数奉还,判卷恕不能从命。这次争执如何了结,因为没有听到下回分解,不敢妄说。总之可证,红楼的容忍风气虽然根深蒂固,想越雷池一步还是不容易的。

北京大学毕业证书照（1934年）

1940年5月与夫人李芝銮合影

北大图书馆

文章标题不宜过长,所以只好把本该写在前面的"我上学时期的"几个字略去;"北大"也用了简称,全称是要写为"国立北京大学"的。这时期的图书馆在松公府,是新由红楼地下室迁入的。这至少是再迁,因为据旧同学录"沿革"部分所记,清光绪二十八年(公元1902年,即建校之后四年)设置藏书楼,地点是在"学校后院"(推想就是应保存而于七十年代拆掉的所谓"公主楼")。为了校外人看到这里不致茫然,这里要翻翻旧账。所谓学校,是指光绪二十四年(公元1898年)创立的京师大学堂,经过许多波折,最后才成为"北京大学"的。且说创立时的校址,原是清乾隆皇帝的四女儿和硕和嘉公主(下嫁傅恒之子福隆安)的府第,在景山之东马神庙(借庙名为街名)西部路北。民国五年(公元1916年)在其东沙滩汉花园建红楼,后用作文科教室,称第一院(文学院),原马神庙(改名景山东街,不久前改为沙滩后街)校址降为第二院(理学院)。专说第一院的扩张情况。红楼邻街,坐北向南,为四层砖木建筑。其背后有属于松公府的空地,再北偏西是松公府。先是一九一八年,学校租空地作操场;到一九三一年,一劳永逸,连府也买过来。府有几进房屋,相当好,稍加修整就把图书馆和研究所国学门迁进去,馆在前,所在后。馆,藏书不少,所,藏古物不少,至今还是北京大学的一部分珍贵家当。我一九三一年暑后上学,松公府时期的图书馆刚启用,一九三五年暑后离开学校,新图书馆已经建成(在府门西南），馆即将升迁，所以说句笑话，我是与松公府时期的图书馆共始共终。又所以，谈闲话就不该漏掉它。

当然，谈它，还有更重要的原因，是那时我还年轻，很糊涂加多幻想，盲人骑瞎马，而它，像一束微弱的光，有时照照这里，有时照照那里，就说是模模糊糊吧，总使我仿佛看到一些路。这样说，提到图书馆，我是应该永远怀有感激之情了。也不尽然，因为它给我的是一些"知"，而知，根据西方的最上经典，来于伊甸园中间那棵树上的果子，受了蛇的引诱才吃，得的果报必是"终身劳苦"。但木已成舟，也就难于找到解救的办法，因为生而为人，能力总是有限的，比如说，坐在哪里，面对众人，说些自己绝不相信的"天子圣哲"之类的话，练练，不难；至于静夜闭门，独坐斗室，奉劝自己相信鞭打就是施恩，那就大难。大难，想做也做不到，只好不做。话扯远了，其实我只是想说说，四年出入图书馆，我确是有所得，虽然这所得，用哲学的秤衡量，未必合理，用世风的秤衡量，未必合算。

该言归正传了。且说那时候，北大有些学生，主要是学文史的，是上学而未必照章上课。不上，到哪里去？据我所知，遛大街，以看电影为消遣的很少；多数是，铁架上的钟（在红楼后门之外稍偏西）声响过之后，腋夹书包，出红楼后门，西北行，不远就走入图书馆。我呢，记得照章应上的课，平均一天三小时，减去应上而理应听的，不应上而愿意听听的，剩余的时间还不少，就也夹着书包走进图书馆。经常走进的房子只有第一、二两进。第一进是卡片兼出纳室，不大，用处用不着说；第二进是阅览室，很大，用处也用不着说。两个室都有值得说说的，因为都有现在年轻人想也想不到的特点。

先说卡片兼出纳室。工作人员不多，我记得的，也是常有交往的，只是站在前面的一位半老的人。记得姓李，名永平，五十多岁，身材中等偏高，体格中等偏瘦，最明显的特点是头顶的前半光秃秃的。这位老人,据说是工友出身,因为年代多了,熟悉馆内藏书的情况,就升迁,管咨询兼出纳。为人严谨而和善,真有现在所谓百问不烦的美德。特别值得说说的还不是这美德,而是有惊人的记忆力。我出入图书馆四年,现在回想,像是没有查过卡片,想到什么书,就去找这位老人,说想借,总是不久就送来。一两年之后,杂览难免东冲西撞,钻各种牛角尖,想看的书,有些很生僻,也壮着胆去问他。他经常是拍两下秃额头,略沉吟一下,说,馆里有,在什么什么丛书里,然后问借不借。我说借,也是不久就送来。还有少数几次,他拍过额头,沉吟一下之后,说馆里没有,要借,可以从北京图书馆代借,然后问我:"借吗?"我说借,大概过三四天就送来。我们常进图书馆的人都深深佩服他的记忆力,说他是活书目。四年很快过去,为了挣饭吃,我离开北京,也就离开这位老人。人总是不能长聚的,宜于以旷达的态度处之;遗憾的是,其后,学校南渡之前,我曾多次走过浅灰色三层兼两层楼房的新图书馆,却没有进去看他。应做的事而没有做,现在后悔也无济于事了。

再说第二进的阅览室。布置没有什么新奇,长方形比书桌大很多的木板大案,不远一个,摆满全室;案两面各有几把椅子,是供阅览者坐的。往图书馆,进室,坐在哪里,任随君便,只要那里还没有人坐。但是既已坐下,就会产生捷足先登的独占权。所谓独占,不同于现在的半天一天,而是长时期。这长时期,来于借书还书的自由主义。具体说,自由包括两个方面:一方面是借书多少,数量不限;另一方面是借的时间,长短不限。此外还可以加上一种小自由,比如我们一些几乎天天来的看客,座位有定,借书,大多是送货上门。这样,借的书,有的短期看不完,有的常常要翻翻,就不是勤借勤还,而是堆在面前,以逸待劳。现在还记得,我的位子在室的东北角,面前的书,经常堆成小山岭,以至对面那位的活动情况,看什么书,是否记笔记,一点也不知道。前面说过,图书馆藏书不少,我,颇有现在一些旅游家的心情,到北京,不只著名的燕京八景要看看,就是小胡同,只要有感兴趣的什么人住过,也想走进去,摸摸残砖断瓦。于是而借这个借那个,翻这个翻那个。就这样,许多书,大块头的,零种的,像游鱼一样,从我的面前游过去。由自己方面说,是跳到古籍的大海里,尽情地扑腾了一阵子。结果呢,如果也可以算作有所得,这所得,至少就上学的四年说,完全是也奉行自由主义的北大图书馆之赐。这里需要加点说明,是我并不提倡这方面的自由主义也向外扩张,向下流传,原因是,彼一时也,此一时也,图书馆的任务,方便读者的一面当然要重视,但还有另一面,是看守,防止损坏丢失,这后者如果一放松,那就不堪设想了。

说到向下流传,我不由得想到现在的北大图书馆。真够得上发扬光大了。迁到原燕京大学,新建了既高大又豪华的楼房。书,吞并了燕京大学收藏的,加新购,据说就数量说,已升到全国第二位,仅次于北京图书馆。善本,甚至孤本,也不少。这新图书馆,我也利用过,是几年以前,因为考证有些旧人旧事,须查善本。照章,带着介绍信,还求副馆长版本专家郭君打了招呼,才拿到善本室的阅览证。善本室的工作人员也和善,但照章,要先查卡片,写好书名和编号,坐等。找到,要先交工作证和阅览证,作为抵押,然后领书。看完,还要立即归还。对于防止善本的损坏丢失,手续再增加,我也谅解;只是借到的书,有的盖有旧北京大学的印记,我看看,想想,感到那样多的书,那样长的过往,都离我太远了,不禁为之惘然。

辜鸿铭

少半由于余生也晚,多半由于余来也晚,辜鸿铭虽然曾在北京大学任教,我却没见过他。吴伯箫来北京比我早,上师范大学,却见过辜鸿铭。那是听他讲演。上台讲的两个人。先是辜鸿铭,题目是Chinaman,用英文讲。后是顾维钧,上台说:"辜老先生讲中国人,用英文;我不讲中国人,用中文。"这是我们在凤阳干校,一同掏粪积肥,身忙心闲,扯旧事时候告诉我的。我没见过,还想写,是因为,一,有些见面之外的因缘;二,他是有名的怪人,对于怪人,我总是有偏爱,原因之一是物以稀为贵,之二是,怪的一部分,或大部分,来于真,或说痴,如果有上帝,这痴必是上帝的情之所钟,我们常人怎么能不刮目相看呢?

辜鸿铭(1857—1930),名汤生,推想是用《大学》"汤之盘铭"语,取字鸿铭,一直以字行,别号有慵人,还有汉滨读易者,晚年署读易老人。籍贯有些乱,追根,粗是福建或闽南;细就所传不同,有说同安的,有说厦门的,还有说晋江的。不追根就没有问题,生于马来亚的槟榔屿,父亲是那里的华侨。一说母亲是西方人。十岁左右随英国布朗夫妇到英国,先后在英国、德国读书,其后还到过法、意、奥等国。肚子里装了不少西方的书和知识。更出色的是通英、法、德、拉丁、希腊等几种语文,尤其英文,写成文章,连英国人也点头称叹,以为有维多利亚时代的味儿,可以比英国的文章大家加来尔、阿诺德等。获得十几个学位,其中一个本土的是宣统皇帝赐的文科进士,也许就是因此而入了《清史稿》。二十几岁回国,巧遇著《马氏文通》的马建忠,得闻东方的书和知识,如所传禅宗六祖慧能之得闻《金刚经》,以为无上妙义尽在其中,于是改读中国旧籍。很快心就降服了,并由内而外,形貌也随着变,蓄发梳辫,戴红顶瓜皮小帽,穿绸长袍缎马褂、双梁鞋,张口子曰、诗云,间或也流利地 Yes,No,好辩,好骂人,成为十足的怪物。受到张之洞的器重,二十年,先在两广总督署,后在湖广总督署,都入幕府为幕僚。清末到外务部任职,由员外郎升郎中,再升左丞。清朝退位,政体改为共和,他衣冠不异昔时,表示效忠清室,尤其皇帝。也许以为入国学充四门博士之类不算变节吧,蔡元培校长请他到北京大学教英国文学和拉丁文等,他接受了。这,至少由他看,是割鸡用牛刀,心情的冷漠是可想而知的。其后还到日本讲过学,时间不很长,回国,总算迈过古稀的门槛,带着瓜皮小帽及其下的发辫,去见上帝了。

我最初知道有这么个怪人,记得是在通县上师范学校时期,看《芥川龙之介集》,其中《中国游记》有一节记作者在北京访问辜鸿铭的事。作者问辜有高才实学,为什么不问世事,辜英语说得急而快,作者领会跟不上,辜蘸唾液在桌上连写一串"老"字。其后我就注意有关这位怪人的材料。道听途说的不少,靠得住的是以下两种。一是他自己说他是东西南北之人,因为生在南洋,学在西洋,婚在东洋,仕在北洋。另一是特别受到外国人的尊重,有"到北京可以不看三大殿,不可不看辜鸿铭"的说法。

这后一种传说想来并非夸张。证据不少。其小者是不少外国上层人士,到中国,访他,在外国,读他的著作。其大者可以举两项:一是丹麦的著名文学评论家勃兰得斯曾著长文介绍他;二是托尔斯泰于一九〇六年十月曾给他写一封长信(收到赠书和信后的复信),表示在忍让、忠恕方面道同的盛意。这种情况有个对穷书生不利的小影响,是买他的著作,既难遇又价昂,因为旧书店收得他的著作,虽然那时候还没有只接待外宾、收外币的规定，却是异代同风，非高鼻蓝睛就不让你看。幸而我有个同乡在东安市场经营书业，我住得近，常去，可以走后门，日久天长，也就买到比较重要的几种。先说英文的，买到三种：一是一九〇一年出版的《尊王篇》，二是一九一〇年出版的《清流传》，三是一九二二年再版的《春秋大义》（1915年初版）。次要的还有《中国问题他日录》《俄日战争之道德原因》，《论语》《中庸》英译本，英汉合璧本《痴汉骑马歌》，我都没遇见过。中文著作，重要的只有两种，一九一〇年出版的《张文襄幕府纪闻》，我买到了，一九二二年出版的《读易草堂文集》，我没买到。（1985年岳麓书社出版《辜鸿铭文集》，收以上两种。）买到的几种，《春秋大义》扉页有作者赠孙再君的既汉又英的题字，署"癸亥年（民国十二年，公元1923年）立夏后一日"，字颓败，正如其人那样的怪。此外还有介绍他的材料，也有几种。其中一种最重要，是林语堂编的小品文半月刊《人间世》第十二期，一九三四年出版，后半为《辜鸿铭特辑》，收文章九篇，托尔斯泰的信和勃兰得斯的评介（皆汉译）在内。刊前收相片两幅。一幅是辜氏的半身像，面丰满，浓眉，眼注视，留须，戴瓜皮小帽，很神气，不知何年所照。另一幅是与印度诗人泰戈尔的合影，一九二四年六月在清华大学工字厅所照，全身，瓜皮小帽，长袍马褂，坐而拄杖，其时他年近古稀，显得消瘦了。一九八八年岳麓书社出版伍国庆编《文坛怪杰辜鸿铭》，收介绍文章比较多，写本篇之前我也看到。

接着再说一种因缘。记得是四十年代初，友人张君约我一同去访他的朋友某某。某某住在北京东城，灯市口以南，与灯市口平行的一条街，名椿树胡同，东口内不远，路南的一个院落。我们进去，看到地大而空旷，南行东拐，北面是个小花园，花园尽处是一排平敞的北房，进屋，布局显得清冷而稀疏。我感到奇怪，问主人，他说原是辜鸿铭的住宅。介绍辜鸿铭的文章，有两篇说他住椿树胡同，其中一篇并注明门牌号数，是十八号，只有林斯陶一篇说是住东城甘雨胡同。甘雨胡同是椿树胡同以南相邻的一条街,如果他所记不误,一种可能,是住宅面积大,前有堂室,通甘雨胡同,后有园,通椿树胡同吧?不管怎么样,我一度看到的总是这位怪人的流连之地,虽然其时已经是燕子楼空,能见到空锁楼中燕,也算是有缘了。

因缘说完。言归本人的正传,想由外而内,或由小而大。先说说可以视为末节的"字",我看也是因怪而坏。《辜鸿铭特辑》收陈昌华一篇《我所知道的辜鸿铭先生》,其中说:

> 中文的字体不十分好,但为了他的声誉的缘故,到台湾时,许多人请他写字,他亦毫不客气的写了,在台湾时在朋友处,我曾亲眼看见他写的"求己"二字,初看时,我不相信是他写的,他自己署名那个辜字中,十字和口字相离约摸有二三分阔,谁相信这是鼎鼎大名的辜鸿铭先生写的呢?

罗家伦在北大听过辜鸿铭讲英国诗的课,写《回忆辜鸿铭先生》,也说"在黑板上写中国字","常常会缺一笔多一笔"。我前面提到的《春秋大义》,扉页的题字正可以出来作证,十几个汉字,古怪丑陋且不说,笔画不对的竟多到五个。但是我想,这出于辜氏就再合适不过,因为,如果竟是赵董或馆阁,那就不是辜鸿铭了。

放大一些,说"文"。中文,怪在内容方面,可以不论。英文,表达方面特点很明显,稍看几行,就会感到与流俗的不同。我想,这是有意避流俗,求古求奇。这一点,林语堂也曾提到:

> 辜之文,纯为维多利亚中期之文,其所口口声声引据亦 Matthew Arnold, Carlye, Ruskin 诸人,而其文体与 Arnold 尤近。此由二事可见,(一)好重叠。……(二)好用 I say 二字。(《辜鸿铭特辑·有不为斋随笔》)

总之是写英文,不只能够英国味儿,而且有了自己的风格。著文,用本土语,有自己的风格,使熟悉的人一眼便能看出,大不易,更不要说用外语了。专就这一点说,高鼻蓝睛之士出高价搜罗辜氏著作,也不为无因了。

再放大,说"性格"的怪。辜氏作古后不久,一位英语造诣也很深的温源宁用英文写了评介辜氏的《辜鸿铭先生》(后收入 *Imperfect Understanding* 一书,不久前由南星译成中文,名《一知半解》,由岳麓书社出版),其中说:

> ……他只是一个天生的叛逆人物罢了。他留着辫子,有意卖弄,这就把他整个的为人标志出来了。他脾气拗,以跟别人对立过日子。大家都接受的,他反对。大家都崇拜的,他蔑视。他所以得意扬扬,就是因为与众不同。因为时兴剪掉辫子,他才留辫子。要是谁都有辫子,我敢保辜鸿铭会首先剪掉。他的君主主义也是这样。对于他,这不是原则问题,而是一心想特殊。……辜鸿铭很会说俏皮话,不过,他的俏皮离不开是非颠倒。所谓是非颠倒,就是那种看法跟一般的看法相反,可以把人吓一跳。……一个鼓吹君主主义的造反派,一个以孔教为人生哲学的浪漫派,一个夸耀自己的奴隶标帜〔辫子〕的独裁者,就是这种自相矛盾,使辜鸿铭成了现代中国最有趣的人物之一。

对于辜氏的怪,这篇文章描述得有声有色,并能由形而神。不过说到怪的来由,温源宁认为只是求与众不同,就还值得研究。问题在"求"字;如果真像他说的那样,那就凡是多数人肯定的,辜氏应该都持否定态度,或者深入一步说,辜氏的所言所行,并不来于心里的是非,而是来于想反。事实大概不是这样,或至少是,并不都是这样。比如辜氏喜欢骂人,表现为狂,对于有大名的曾国藩和彭玉麟却网开一面,并曾套《论语》的成句说:"微曾文正,吾其剪发短衣矣。"

有骂,有不骂,至少他自己会认为,是来于他心里的是非。是非的具体内容可能与常见不同;就辜氏说,是多半与常见不同。这是因为,"他觉得"他有不同于世俗、远远超过世俗的操守和见识。这种信念还固执得近于妄,比如他说,当时中国只有两个好人,一个是蔡元培先生,一个是他自己。因为此外都是坏人,他又没有视而不见、听而不闻的雅量,于是有所见,有所闻,不合己意,就无名火起,不能不一发作为快。发作之委婉者为愤世嫉俗的冷嘲热讽,如:

(1) 壬寅年(光绪二十八年,公元 1902 年)张文襄(张之洞)督鄂时,举行孝钦皇太后万寿,各衙署悬灯结彩,铺张扬厉,费资巨万。邀请各国领事,大开筵宴;并招致军界学界,奏西乐,唱新编《爱国歌》。余时在座陪宴,谓学堂监督梁某曰:"满街都是唱《爱国歌》,未闻有人唱《爱民歌》者。"梁某曰:"君胡不试编之?"余略一伫思,曰:"余已得佳句四,君愿闻之否?"曰:"愿闻。"余曰:"天子万年,百姓花钱;万寿无疆,百姓遭殃。"座客哗然。(《张文襄幕府纪闻》卷上《爱国歌》)

(2) 近有客自游日本回,据云在日本曾见有未遭秦火之《孟子》原本,与我今所谓《孟子》七篇多有不同。譬如首章,其原本云:"孟子见梁惠王,王曰:'叟不远千里而来,仁义之说可得闻乎?'孟子对曰:'王何必仁义,亦有富强而已矣。'"云云。又如"孟子道性善,言必称尧舜"一章,其原本云:"孟子道性恶,言必称洋人。"云云。(同上《孟子改良》)

(3) 余谓财固不可不理,然今日中国之所谓理财,非理财也,乃争财也,驯至言理财数十年,其得财者惟洋场之买办与劝业会之阔绅。昔孔子曰:"君君,臣臣,父父,子子。"余谓今日中国欲得理财之道,则须添一句曰:"官官,商商。"盖今日中国,大半官而劣则商,商而劣则官,此天下之民所以几成饿殍也。(同上《官官商商》)

发作之直率者为点名的嬉笑怒骂,如:

(4) 孔子曰:"道千乘之国,敬事而信,节用而爱人,使民以时。"……又忆刘忠诚(刘坤一)薨,张文襄调署两江,当时因节省经费,令在署幕僚皆自备伙食,幕属苦之,有怨言。适是年会试题为"道千乘"一章,余因戏谓同僚曰:"我大帅可谓敬事而无信,节用而不爱人,使民无时。人谓我大帅学问贯古今,余谓我大帅学问,即一章《论语》亦仅通得一半耳。"闻者莫不捧腹。(同上《半部论语》)

(5) 张文襄学问有余而聪明不足,故其病在傲;端午桥(端方)聪明有余而学问不足,故其病在浮。文襄傲,故其门下幕僚多伪君子;午桥浮,故其门下幕僚多真小人。昔曾文正曰:"督抚考无良心,沈葆桢当考第一。"余曰:"近日督抚考无良心,端午桥应考第一。"(同上《翩翩佳公子》)

(6) 丁未年(光绪三十三年,公元 1907 年),张文襄与袁项城(袁世凯)由封疆外任同入军机。项城见驻京德国公使:"张中堂是讲学问的;我是不讲学问,我是讲办事的。"其幕僚某将此语转述于余,以为项城得意之谈。余答曰:"诚然。然要看所办是何等事,如老妈子倒马桶,固用不着学问;除倒马桶外,我不知天下有何事是无学问的人可以办得好。"(同上《倒马桶》)

像这些,用处世的通例来衡量,确是过于怪,甚至过于狂;如果换为用事理人情来衡量,那就会成为,其言其人都不无可取,即使仍须称之为怪物也好。

怪还有更大的,是比性格更深重的"思想"。其中有些近于琐细,很落后,或说很腐朽,也可以说说。较大的一种是尊君,维护专制。他自己觉得,这也有理论根据,是只有这样才是走忠义一条路,才可以振兴中国的政教,保存中国的文明。这显然是闭眼不看历史、不看现实(包括西方议会制度的现实)的梦话。可是他坚守着,有时甚至荒唐到使人发笑的地步,如对于那位垂帘听政的既阴险又胡涂的老太太,他也是尽拥戴吹捧之能事;又如周作人在《知堂回想录·北大感旧录》中所记,五四运动时期,北大教授在红楼一间教室里开临时会议,商讨的事件中有挽留蔡元培校长,辜鸿铭发言,也主张挽留,理由是,校长是学校的皇帝,所以非挽留不可。其次的一种到了家门之内,他娶妻,为本国的淑姑夫人;纳妾,为日本的蓉子如夫人。还为纳妾辩护,理由用王荆公的《字说》法,说"妾"是"立女",供男子疲倦时靠一靠的。有外国女士驳他,说未尝不可以反过来,女的累了,用男的做手靠;手靠不止一个,所以也可以一妻多夫。他反驳,理由是,一个茶壶可以配四个茶杯,没见过一个茶杯配四个茶壶的。这就又是荒唐得可笑,应该归入怪一类。还可以说再其次的一种,有关妇女的脚的,因为欠雅驯,从略。

思想方面还有不琐细的,由现在看,是绝大部分离奇而片面。举其大而总的,是中国什么都好,外国什么都不好。这种怪想法还付诸实行。大举是写,写书,写文章,给西方人看,说西方的缺漏和灾祸如想得救,就只能吸收中国的文明。小活动是骂,据说照例是,看见英国人,就用英语说英国怎么坏;看见法国人,就用法语说法国怎么坏;等等。而所谓中国文明,是指孔子之道,即四书五经中所说。奇怪的是,他觉得,他眼见的多种社会现象(个个人除外),并不异于四书五经中所说,直到男人作八股,女人缠小脚,等等,都是,所以都应该保存,歌颂。

但因此就说他的主张一无足取,似乎又不尽然。例如第一次世界大战开始以后,他写《春秋大义》(英文名直译为《中国人民的精神》),导言的第一段说(原为英文):

> 现时的大战引起全世界的最大注意。我想这战争一定会使有思想的人们转而注意文化的大问题。一切文化开始于制服自然,就是说,要克服、统辖自然界的可怕的物质力量,使它不伤人。我们要承认,现代的欧洲文化在制服自然方面已经取得成效,是其他文化没有做到的。但是在这个世界,还有一种比自然界的物质力量更为可怕的力量,即藏在人心里的情欲。自然界的物质力量给人类的伤害,是远远不能与人的情欲所造成的伤害相比的。因此,很明显,这可怕的力量——人的情欲——如果不能得到适当的调理和节制,那就不要说文化,就是人类的生存也将成为不可能。

以下分几章,介绍中国封建传统的"理想"一面,用意是告诫现代西方的重物质文明,说都错了,要改行中国的孔子之道,把力量用在治心方面,不必多管飞机大炮。他的这种思想,显然是坐而可言,起而难行。事实是,温良恭俭让与飞机大炮战,缩小到身家,"不义而富且贵,于我如浮云"与钱尤其外币战,前者胜利的可能是几乎没有的。但这是必然,未必是应然。即以辜氏的空想而论,我们可以反其道而行,只顾物而不管心吗?如果胆敢理论上承认、行动上甘心这样,或只是不由自主地这样,那就一连串问题,大到"上下交征利",小到为钱而不惜心与身,都来了。怎么办?如果还想办,我们似乎就应该想想辜鸿铭。他的救世的处方是,要德不要力,要义不要利,要礼教不要货财,总之是要精神文明不要物质文明。这药显然很难服用,因而也就难于取得疗效。但他诊断有病,不错,总可以算作半个好医生吧?我想,如果说这位怪人还有些贡献,他的最大贡献就在于,在举世都奔向力和利的时候,他肯站在旁边喊:危险!危险!

最后总而言之,辜鸿铭的特点是"怪"。怪的言行,有些有佯狂成分,那是大缺点。但有些来于愤世嫉俗,就间或可取,至少是还好玩。如:

(1) 有一次他跟胡适说:"我编了一首白话诗:监生拜孔子,孔子吓一跳。孔会(指伪道学的孔教会)拜孔子,孔子要上吊。"(《文坛怪杰辜鸿铭》第3页)

(2) 他在一篇用英文写的讽刺文章里说:什么是天堂?天堂是在上海静安寺路最舒适的洋房里!谁是傻瓜?傻瓜是任何外国人在上海不发财的!什么是侮辱上帝?侮辱上帝是说赫德税务司为中国定下的海关制度并非至善至美!(同上书第17页)

(3) 在北京的一次宴会上,座中都是一些社会名流和政界大人物,有一位外国记者问辜氏道:"中国国内政局如此纷乱,有什么法子可以补救?"他答道:"有,法子很简单,把现在在座的这些政客和官僚,拉出去枪决掉,中国政局就会安定些。"(同上书第175页)

这虽然都是骂人,却骂得痛快。痛快,值得听听,却不容易听到,尤其在时兴背诵"圣代即今多雨露"的时代。痛快的骂来于怪,所以,纵使怪有可笑的一面,我们总当承认,它还有可爱的一面。这可爱还可以找到更为有力的理由,是怪经常是自然流露,也就是鲜明的个性或真挚的性情的显现。而这鲜明,这真挚,世间的任何时代,总嫌太少;有时少而至于无,那就真成为广陵散了。这情况常常使我想到辜鸿铭,也就不能不以未能在北大红楼见到这位戴红顶瓜皮小帽下压发辫的怪人为不小的遗憾。

章 太 炎

提起章太炎先生,我总是先想到他的怪,而不是先想到他的学问。多种怪之中,最突出的是"自知"与"他知"的迥然不同。这种情况也是古已有之,比如明朝的徐文长,提起青藤山人的画,几乎无人不知,无人不爱,可是他自己评论,却是字(书法)第一,诗第二,画第三。这就难免使人生疑。章太炎先生就更甚,说自己最高的是医道,这不只使人生疑,简直使人发笑了。

发笑也许应该算失礼,因为太炎先生生于清同治八年(1869),按行辈是我的"老"老师的老师。老师前面加"老",需要略加说明:简单说是还有年轻一代,譬如马幼渔、钱玄同、吴检斋等先生都是太炎先生的学生,我上学听讲的时候他们都已五十开外,而也在讲课的俞平伯、魏建功、朱光潜等先生则不过三十多岁。"老"老师之师,我不能及门是自然的,不必说有什么遗憾。不过对于他的为人,我还是有所知的,这都是由文字中来。这文字,有不少是他自己写的,就是收在《章氏丛书》中的那些;也有不少是别人写的,其赫赫者如鲁迅先生所记,琐细者如新闻记者所写。总的印象是:学问方面,深,奇;为人方面,正,强(读绛)。学问精深,为人有正气,这是大醇。治学好奇,少数地方有意钻牛角尖,如著文好用奇僻字,回避甲骨文之类;脾气强,有时近于迂,搞政治有时就难免轻信:这是小疵。

一眚难掩大德,舍末逐本,对于太炎先生,我当然是很钦佩的。上天不负苦心人,是一九三二年吧,他来北京,曾在北京大学研究所国学门讲《广论语骈枝》(清刘台拱曾著《论语骈枝》),不记得为什么,我没有去听。据说那是过于专门的,有如阳春白雪,和者自然不能多。幸而终于要唱一次下里巴人,公开讲演。地点是北河沿北京大学第三院风雨操场,就是"五四"时期因禁学生的那个地方。我去听,因为是讲世事,谈己见,可以容几百人的会场,坐满了,不能捷足先登的只好站在窗外。老人满头白发,穿绸长衫,由弟子马幼渔、钱玄同、吴检斋等五六个人围绕着登上讲台。太炎先生个子不高,双目有神,向下望一望就讲起来。满口浙江余杭的家乡话。估计大多数人听不懂,由刘半农任翻译;常引经据典,由钱玄同用粉笔写在背后的黑板上。说话不改老脾气,诙谐而兼怒骂。现在只记得最后一句是:"也应该注意防范,不要赶走了秦桧,迎来石敬瑭啊!"其时是"九一八"以后不久,大局步步退让的时候。话虽然以诙谐出之,意思却是沉痛的,所以听者都带着愤慨的心情目送老人走出去。

此后没有几年,太炎先生逝世了(1936)。他没有看见"七七"事变,更没有看见强敌的失败,应该说是怀着愤激和忧虑离开人间了。转眼将近半个世纪过去,有一天我去魏建功先生书房,看见书桌对面挂一张字条,笔画苍劲,笔笔入纸,功力之深近于宋朝李西台(建中),只是倔强而不流利。看下款,章炳麟,原来是太炎先生所写,真可谓字如其人了。不久,不幸魏先生也因为小病想根除,手术后恶化,突然作古,我再看太炎先生手迹的机缘也不再有了。

1944年9月与家人在一起

1946年夏与家人在一起

黄晦闻

一九三五年初,我还没离开北京大学的时候,忽然听说黄晦闻先生去世了,依旧法算才六十四岁,超过花甲一点点。当时觉得很遗憾,原因是他看来一直很康强,身体魁梧,精神充沛,忽而作古,难免有老成容易凋谢的悲伤。还有个较小的原因,黄先生在学校以善书名,本系同学差不多都求他写点什么,作为纪念,他态度严正,对学生却和气,总是有求必应。本来早想也求他写点什么,因为觉得早点晚点没关系,还没说,不想这一拖延就错过机会,所谓"交臂失之"了。

黄先生名节,字晦闻,是北京大学中国语言文学系的老教授。他早年在南方活动,有不少可传的事迹,如与章太炎等创立国学保存会,印反清或发扬民族正气的罕见著作,参加南社,用诗歌鼓吹革命,与孙中山先生合作,任广东省教育厅长,等等。他旧学很精,在北京大学任课,主要讲诗,编有多种讲义,如《诗旨纂辞》《变雅》《汉魏乐府风笺》《曹子建诗注》《阮步兵诗注》《谢康乐诗注》等,都可以算是名山之作。诗写得很好,时时寓有感时伤世之痛,所以张尔田(孟劬)把他比作元遗山和顾亭林。

黄先生的课,我听过两年,先是讲顾亭林诗,后是讲《诗经》。他虽然比较年高,却总是站得笔直地讲。讲顾亭林诗是刚刚"九一八"之后,他常常是讲完字面意思之后,用一些话阐明顾亭林的感愤和用心,也就是亡国之痛和忧民之心。清楚记得的是讲《海上》四首七律的第二首,其中第二联"名王白马江东去,故国降幡海上来",他一面念一面慨叹,仿佛要陪着顾亭林也痛哭流涕。我们自然都领会,他口中是说明朝,心中是想现在,所以都为他的悲愤而深深感动。这中间还出现一次小误会,是有一次,上课不久,黄先生正说得很感慨的时候,有个同学站起来,走出去了。黄先生立刻停住,不说话了。同学们都望着他,他面色沉郁,像是想什么。沉默了一会儿,他说,同学会这样,使他很痛心。接着问同学:"你们知道我为什么讲顾亭林诗吗?"没人答话。他接着说,是看到国家危在旦夕,借讲顾亭林,激发同学们的忧国忧民之心,"不想竟有人不理解!"他大概还想往下说,一个同学站起来说:"黄先生,您误会了。那个同学是患痢疾,本来应该休息,因为不愿意耽误您的课,挣扎着来了。"说到这里,黄先生像是很感伤,我亲眼看见他眼有些湿润,点点头,又讲下去。

就这样,他怀着满怀悲愤,虽然没看到卢沟桥事变之后的情况,也没看到敌人投降,下世了。听说家里人不少,多不能自立,于是卖遗物。据马叙伦先生说,单是存砚有二十六方,都卖了。其他东西可想而知。记得是三十年代末,旧历正月厂甸的文物摊上,有人看到黄先生的图章两方,一方是"蒹葭楼",另一方是什么文字忘记了,索价五元,他没买。我觉得可惜,但没有碰到,也只能任之了。有时翻翻书橱中的旧物,几本讲义还在;又国学保存会刊行的《国粹丛书》数种,看第一种,戴东原(震)著的《原善》上下两卷,出版时间是光绪三十一年(1905),其时黄先生才三十四岁。这些书都与黄先生有关,只是上面没有他的手迹,虽然慰情聊胜无,总不免有些遗憾。

是四十年代后期,有个朋友张君处理存书,说有一种,是北京大学老教授的藏书,问我要不要。我问是哪位先生的,他说是黄晦闻的。我非常高兴,赶紧取来。是覆南宋汤汉注本《陶靖节先生诗集》,四卷,线装两册,刻印很精。翻开看,封内衬页上居然有黄先生的题辞,计两则。第一则是:

> 安化陶文毅集诸家注靖节诗,云汤文清注本不可得,仅散见于李何二本,后得见吴骞拜经楼重雕汤注宋椠本,有李何二本所未备者,因并采之云。此本子于庚申(案为1920)四月得之厂肆,盖即吴氏重刊宋椠本。书中于乾隆以前庙讳字多所改易,而莫氏《郘亭书目》,云有阮氏影宋进呈本,未知视此本何如也。黄节记。(原无标点,下同。下钤长方朱文印,文为"黄节读书之记"。)

翻到后面有第二则,是:

> 近得吴氏拜经楼刊本,后附有吴正传诗话、黄晋卿笔记,字画结体与此本不同,而行数字数则全依此本。意者此或即阮氏影宋进呈本欤?庚申十二月十八日。(下钤朱文小方印,文为"蒹葭楼"。)

字为楷体,刚劲工整,可谓书如其人,想保存一点先师手泽的愿望总算实现了。

说也凑巧,此后不久,游小市,在地摊上看到黄先生写的赠友人的条幅,装裱齐整,因为不是成铁翁刘,没有人要,只用一角钱就买回来。写的是自作七言绝句,题为《官廨梅花》,推测是在广东时所作。字为行楷,笔姿瘦劲飘洒,学米,只是显得单薄,或者是天资所限。马叙伦先生著《石屋余沈》,《米海岳论书法》条说米自己说,得笔要"骨、筋、皮、肉、脂、泽、风、神"俱全,《黄晦闻书》条说黄先生仅得"骨、筋、风、神"四面,也就是还缺少"皮、肉、脂、泽"四面,我想这是当行人语,很对。且说这件字条,十年动乱中幸而未失。有一天,大学同班李君来,说黄先生给他写的一件却没有闯过这个难关,言下有惋惜之意。我只好举以赠之,因为我还有陶集并题辞,即古人"与朋友共"之义也。

马 幼 渔

马幼渔先生名裕藻,是我的双重老师。三十年代初我考入北京大学,选定念中国语言文学系,他是系主任,依旧说,我应该以门生礼谒见。上学时期听过他一年课,讲的是文字学中的音韵部分。马先生虽然是宁波人,风范却没有一点精干善于拨算盘珠的样子。口才也不见佳,因而讲课的效果是平庸沉闷,甚至使人思睡,专就这一点说,颇像我的中学老师兼训育主任陈朽木先生。总之是,因为看不出他在学术以及行事方面有什么突出之点,同学们对他总是毫无惧意,甚至缺乏敬意。他早年在日本,也是听过章太炎先生讲学的,因而以太炎先生为引线,关于马先生就有个颇为不好听的评语,是某某人得其(代太炎先生)什么,某某人得其什么,马先生列在最后,是得其胡涂。

说胡涂,是近于开玩笑,难免过分;在一般人的心目中,马先生不过是好好先生而已。好好先生有可取和不可取的两面,可取的是不伤人,不可取的是不办事。不办事而能多年充当系主任,这或者正是北京大学容忍精神的一种表现吧?不过无论如何,他总是系主任,依照帅比将高的惯例,他就不能不出名。出名还有另外的原因,都是来自家门的。其一是有几个弟弟,其中两位在学术界相当有名:一位是马叔平(衡),金石学家,写过《石鼓文为秦刻石考》,受到门内汉的赞许,后来出任故宫博物院院长;一位是马隅卿(廉),有大成就的小说学家。其二是有一位贤内助。怎么个贤法,家门之外的人自然不得详知,但马先生有时似乎愿意泄漏一点消息,于是曾因此而受到女学生的嘲弄。其三,就是这位贤内助生了个赫赫有名的女儿,名马珏,考入北京大学政治系,我在校时期,全校学生公推为校花。校花,闺门待字,其在男学生群里的地位、印象以及白日之梦等等可不言而喻,这且不管;马先生却因此而受到株连,这也不是什么过大的伤害,只是间或,当然是背地里,戏呼为老丈人。

这好好先生的印象又不只是在学生群里。大概是一九三三年暑期吧,整顿之风吹来,触及中文系(当时简称国文系)的也颇有一些,其大者是胡适之以文学院院长的显位兼任中文系主任,稍次是去教师之不称职者,开刀祭旗的人物是林公铎。马先生退为只算教授了,后来像是也不再讲什么课,总之是名存实亡了。

在校时期,多数人心目中的马先生不过如此,这印象即使够不上大错,也总是模糊。是三十年代末,北京沦陷了,马先生因为年近花甲,没有随着学校往昆明。他原来住在景山西街(旧名西板桥),也许为了隐姓埋名,迁到王府井大街大阮府胡同,与刘半农先生(已故)的夫人住前后院(马前刘后)。其时我和同系同学李君也住在北京,寂寞,很怀念旧日的师友,而师友星散,所以有时就到马先生那里坐坐。我们发现,马先生也很寂寞,更怀念红楼中的相识,于是渐渐,我们就把到马先生那里去当做后辈的义务。

这样,日久天长,我们才明白,在校时期对马先生的认识其实并不对。他通达,识大体,以忠恕之道待人,并非庸庸碌碌。旧日有些印象像是沾点边,也是似是而非,比如好好先生,这是我们把他的宽厚看作无原则地迁就。其实,他律己很严,对人的迁就也仅限于礼让。在这方面,可记的事情颇不少,随便举一些。还是任系主任时候,他家的某一个年轻人报考北京大学,有一次,不知是有意还是无意,在马先生面前自言自语地说:"不知道今年国文会出哪类题。"马先生大怒,骂道:"你是混蛋!想叫我告诉你考题吗?"又,有一次,同学李君请马先生写些字,留作纪念。马先生沉吟了一会儿,不好意思地说:"真对不起,现在国土沦陷,我忍辱偷生,绝不能写什么。将来国土光复,我一定报答你,叫我写什么我写什么,叫我写多少我写多少。"马先生可谓言行一致。北京大学迁走了,他借贤内助善于理财之助,据说生活没有困难,于是闭门读书,几年中不仅不入朝市,而且是永远不出大门。

他爱国,有时爱到近于有宗教的感情。他相信中国最终一定胜利,而且时间不会很久。我们每次去,他见面第一句话总是问:"听到什么好消息吗?"为了安慰老人,我们总是把消息挑选一下,用现在流行的话说是报喜不报忧。——我们确是有个忧,是马先生有个羊角风的病根,几年反复一次,而且,据说一次比一次重,不久之后会不会有意外呢?大概耐到一九四四年的年尾或下年年初,我们有些日子没去,忽然传来消息,马先生得病,很快作古了。人死如灯灭,早晚难免这一关,所谓达人知命,也就罢了。遗憾的是,他朝夕盼望胜利之来,七年多过去了,终于没有看到就下世了。他不能瞑目是可以想见的,真的胜利了,"家祭无忘告乃翁",他还能听见吗?

熊 十 力

熊十力先生是我的老师,现在要谈他,真真感到一言难尽。这一言难尽包括两种意思:一是事情多,难于说尽;二是心情杂乱,难于说清楚。还是五十年代,他由北京移住上海。其后政协开会,他两度到北京来,先一次住在崇文门新侨饭店,后一次住在西单民族饭店。这后一次,正是大家都苦于填不满肚皮的时候,他留我在饭店饱餐一顿,所以至今记忆犹新。别后,我写过问候的信,也听到过一点点他的消息。大动乱来了,我在文斗武斗中浮沉三年,然后到朱元璋的龙兴之地去接受改造。喘息之暇,也曾想到年过八旬的老人,——自然只能想想。放还之后,七十年代中期曾到南京及苏杭等地漫游,想到上海看看而终于没有敢去,主要是怕登门拜谒而告知的是早已作古。再稍后,忘记听谁说,确是作古了,时间大概是六十年代末期。想到民族饭店的最后一面,想到十几年,我挣扎喘息而竟没有写三言两语去问候,真是既悔恨又惭愧。

我最初见到熊先生是三十年代初期,他在北京大学讲佛学,课程的名字是"新唯识论"吧,选这门课的人很少。我去旁听几次,觉得莫测高深,后来就不去了。交往多是四十年代后期,他由昆明回来,住在北京大学红楼后面,我正编一种佛学期刊,请他写文章,他写了连载的《读智论抄》。解放以后,他仍在北京大学,可是不再任课,原因之小者是年老,大者,我想正如他自己所说,他还是唯心论。其时他住在后海东端银锭桥南一个小院落里，是政府照顾，房子虽不很多，却整齐洁净。只他一个人住，陪伴他的是个四川的中年人，无业而有志于佛学，因为尊敬老师，就兼做家务劳动。我的住所在后海北岸，离银锭桥很近，所以晚饭后就常常到熊先生那里去，因而关于熊先生，所知就渐渐多起来。

早年的事当然不便多问，但听说革过命，后来不知由于什么，竟反班定远之道而行，投戎从笔，到南京欧阳竟无大师那里学佛学。治学，也像他的为人一样，坚于信而笃于行，于是写了《新唯识论》。"唯识"前加个"新"字，自己取义是精益求精；可是由信士看来却是修正主义，用佛门的话说是"外道"。于是有人作《破新唯识论》而攻之。熊先生不是示弱人物，于是作《破破新唯识论》而答之。混战的情况可以不管，且说熊先生的佛学著作，我见到的还有《佛家名相通释》，我原来有，大动乱中也失落了。他这一阶段的学识，信士看是不纯。后来，五十年代前后就变本加厉，张口真如，闭口大易，成为儒释合一，写了《原儒》《明心篇》《体用论》等书。我没有听到信士的评论，也许视为不可救药，与之"不共住"了吧？严厉的评论是来自另一方面，即批林批孔时期，见诸文件，说他是吹捧孔老二的人。没有上海的消息，也不便探询，我只祝祷他借庄子"佚我以老"的名言而不至引来过多的麻烦。

尊重熊先生不妄语的训诫，对于老师的学识，我不得不说几句心里话。熊先生的治学态度、成就，我都很钦佩。至于结论，恕我不能不怀疑。这问题很复杂，不能细说，也不必细说。我是比熊先生的外道更加外道的人，总是相信西"儒"罗素的想法，现时代搞哲学，应该以科学为基础，用科学方法。我有时想，二十世纪以来，"相对论"通行了，有些人在用大镜子观察河外星空，有些人在用小镜子寻找基本粒子，还有些人在用什么方法钻研生命，如果我们还是纠缠体用的关系，心性的底里，这还有什么意义吗？——应该就此打住；不然，恐怕真要对老师不敬了。

还是撇开这玄虚干燥的玩意儿，专说熊先生的为人。记得熊先生在《十力语要》里说过，哲学，东方重在躬行。这看法，专就"知"说，很精。熊先生的可贵是凡有所知所信必能"行"。这表现在生活的各个方面。以下谈一些琐细的。一般人会视为怪异的，或者可以算作轶事吧。

他是治学之外一切都不顾的人，所以住所求安静，常常是一个院子只他一个人住。三十年代初期，他住在沙滩银闸路西一个小院子里，门总是关着，门上贴一张大白纸，上写，近来常常有人来此找某某人，某某人以前确是在此院住，现在确是不在此院住。我确是不知道某某人在何处住，请不要再敲此门。看到的人都不禁失笑。五十年代初期他住在银锭桥，熊师母在上海，想到北京来住一个时期，顺便逛逛，他不答应。我知道此事，婉转地说，师母来也好，这里可以有人照应，他毫不思索地说："别说了，我说不成就是不成。"师母终于没有来。后来他移住上海，是政协给找的房，仍然是孤身住在外边。

不注意日常外表，在我认识的前辈里，熊先生是第一位。衣服像是定做的，样子在僧与俗之间。袜子是白布的，高筒，十足的僧式。屋里木板床，上面的被褥等都是破旧的。没有书柜，书放在破旧的书架上。只有两个箱子，一个是柳条编的，几乎朽烂了。另一个铁皮的，旧且不说，底和盖竟毫无联系。且说这个铁箱，他回上海之前送我了，七十年代我到外地流离，带着它，返途嫌笨重，扔了。

享用是这样不在意；可是说起学问，就走向另一极端，过于认真。他自信心很强，简直近于顽固，在学术上决不对任何人让步。写《破破新唯识论》的事，上面已经说过。还可以举一件有意思的。四十年代晚期，废名（冯文炳）也住在红楼后面，这位先生本来是搞新文学的，后来迷上哲学，尤其是佛学。熊先生是黄冈人,冯是黄梅人,都是湖北佬,如果合唱,就可以称为"二黄"。他们都治佛学,又都相信自己最正确;可是所信不同,于是而有二道桥(熊先生三十年代的一个寓所,在地安门内稍东)互不相下,至于动手的故事。这动手的武剧,我没有看见;可是有一次听到他们的争论。熊先生说自己的意见最对,凡是不同的都是错误的。冯先生答:"我的意见正确,是代表佛,你不同意就是反对佛。"真可谓"妙不可酱油"。我忍着笑走了。

对于弟子辈,熊先生就更不客气了,要求严,很少称许,稍有不合意就训斥。据哲学系的某君告诉我,对于特别器重的弟子,他必是常常训斥,甚至动手打几下。我只受到正颜厉色的训导,可证在老师的眼里是宰予一流人物。谈起训斥,还可以说个小插曲。一次,是热天的过午,他到我家来了,妻恭敬地伺候,他忽然看见窗外遮着苇帘,严厉地对妻说:"看你还聪明,原来胡涂。"这突如其来的训斥使妻一愣,听下去,原来是阳光对人有益云云。

在一般人的眼里,熊先生是怪人。除去自己的哲学之外,几乎什么都不在意;信与行完全一致,没有一点曲折,没有一点修饰;以诚待人,爱人以德:这些都做得突出,甚至过分,所以确是有点怪。但仔细想想,这怪,与其说是不随和,毋宁说是不可及。就拿一件小事说吧,夏天,他总是穿一条中式白布裤,上身光着,无论来什么客人,年轻的女弟子,学界名人,政界要人,他都是这样,毫无局促之态。这我们就未必成。他不改常态,显然是由于信道笃,或说是真正能"躬行"。多少年来,我总是怀着"虽不能之而心向往之"的心情同他交往。他终于要离开北京,我远离严师,会怎么样呢?我请他写几句话,留作座右铭,他写:"每日于百忙中,须取古今大著读之。至少数页,毋间断。寻玩义理,须向多方体究,更须钻入深处,勿以浮泛知解为实悟也。甲午十月二十四日于北京什刹海寓写此。漆园老人。"并把墙上挂的一幅他自书的条幅给我,表示惜别。这条幅,十年动乱中与不少字轴画轴一同散失。幸而这座右铭还在,它使我能够常常对照,确知自己在读古今大著和寻玩义理方面都做得很差,惭愧而不敢自满,如果这也可以算作收获,总是熊先生最后的厚赐了。

胡 博 士

　　胡博士是个有大名的人物。在手持玉帛的人们的眼里是这样，在手持干戈的人们的眼里似乎尤其是这样，因为如果无名，就犯不上大动干戈了。可是以他为话题却很不合适。一是他的事迹，几乎尽人皆知，"五四"时期的文学革命不用说了，其后呢，有他自己写的《四十自述》，再其后，做了最高学府北京大学的校长，渡海峡东行，做院长、大使等等，所谓事实俱在，用不着述说。二，关于学术成就，他是经史子集无所不问，无所不写，大兼早直到老庄和孔孟，小（当然是按旧传统说）兼晚直到《红楼梦》和《老残游记》，所谓文献足征，也用不着述说。三是不管谈哪方面，都会碰到评价问题，这很不好办，向这一方偏，站在那一方的人们不能容忍，向那一方偏，站在这一方的人们不能容忍，居中，两方都会斥为骑墙派或模棱派，也不能容忍，总之将是费力不讨好。可是我这《琐话》有不少是涉及北京大学的，胡博士是北京大学的重要人物，漏掉他，有人会怀疑这是有什么避忌。不得已，只好借用孔北海让梨的办法，拿小的，谈一些琐屑。

　　胡博士一九一七年来北大，到我上学时期，论资历，已经是老人物了。可是年岁并不很大，不过是"四十而不惑"。看外貌更年轻，像是三十多岁一些。中等以上身材，清秀，白净。永远是"学士头"，就是头发留前不留后，中间高一些。永远穿长袍，好像博士学位不是来自美国。总之，以貌取人，大家共有的印象，是个风流潇洒的本土人物。

形貌本土,心里,以及口中,有不少来自异国的东西。这有思想,或说具体一些,是对社会、人生以及与生活有关的种种事物(包括语言文学)的看法。——这方面问题太大,还是谈小一些的,那是科学方法。我们本土的,有时候谈阴阳,说太极,玄想而不顾事实。科学方法则不然,要详考因果,遵循逻辑,要在事实的基础上建立知识系统。这对本土说是比较新鲜的。可是也比较切实,所以有力量。初露锋芒是破蔡元培校长的《石头记索隐》。蔡先生那里是猜谜,甚至做白日梦,经不住科学方法的事实一撞,碎了。在红学的历史上,胡博士这篇《〈红楼梦〉考证》很重要,它写于一九二一年,刚刚"五四"之后,此后,大家对索隐派的猜谜没有兴趣了,改为集中力量考曹府,以及与之有关联的脂砚、敦敏等。也是用这种方法,胡博士还写了几种书和大量的文章,得失如何可以从略。

"五四"前后,胡博士成为文化界的风云人物,主要原因自然是笔勤,并触及当时文化方面的尖锐问题,这就是大家都熟知的文学革命。还有个原因,其实也不次要,是他喜爱社交,长于社交。在当时的北京大学,交游之广,朋友之多,他是第一位。是天性使然还是有所为而然,这要留给历史学家兼心理学家去研究;专从现象方面说,大家都觉得,他最和易近人。即使是学生,去找他,他也是口称某先生,满面堆笑;如果是到他的私宅,坐在客厅里高谈阔论,过时不走,他也绝不会下逐客令。这种和易的态度还不只是对校内人,对校外的不相识,据说也是这样,凡是登门必接待,凡是写信必答复。这样,因为他有名,并且好客,所以同他有交往就成为文士必备的资历之一,带有讽刺意味的说法是:"我的朋友胡适之。"

要上课,要待客,要复信,要参加多种社会活动,还要治学,写文章,其忙碌可想而知。可是看见他,总是从容不迫的样子。当时同学们都有个共同的感觉,胡博士聪明过人,所以精力过人。三十年代初,他讲大一普修的中国哲学史,在第二院大讲堂(原公主府正殿)上课,每周两小时,我总是去听。现在回想,同学们所以爱听,主要还不是内容新颖深刻,而是话讲得漂亮,不只不催眠,而且使发困的人不想睡。还记得,那已是一九四六年,西南联大三校各回老家之后,清华大学校庆,我参加了。其中有胡博士讲话,谈他同清华大学的关系,是某年,请他当校长,他回个电报说:"干不了,谢谢!"以下他加个解释,说:"我提倡白话文,有人反对,理由之一是打电报费字,诸位看,这用白话,五个字不是也成了吗?"在场的人都笑了,这口才就是来自聪明。

以上谈的偏于"外面儿"的一面。外面儿难免近于虚浮,一个常会引起的联想是风流人物容易风流。胡博士像是不这样,而是应该谨严的时候并不风流。根据道听途说,他留学美国的时候,也曾遇见主动同他接近的某有名有才的女士,内情如何,外人自然难于确知,但结果是明确的,他还是回到老家,安徽绩溪,同父母之命的江夫人结了婚。来北京,卜居于地安门内米粮库,作主妇的一直是这位完全旧式的江夫人,不能跳舞,更不能说 yes, no。这期间还流传一个小故事,某女士精通英、法、德文,从美国回来,北大聘她教外语,因为家长与胡博士有世交之谊,住在胡博士家。我听过这位女士的课,一口流行的好莱坞。她说惯了,不三思,下课回寓所,见着胡博士还是一口好莱坞,胡博士顺口搭音,也就一连串 yes, no。这不怪江夫人,她不懂,自然不知道说的是什么,也自然会生疑。胡博士立即察觉,并立即请那位女士迁了居。

闲谈到此,本来可以结束了。既而一想,不妥,谈老师行辈,用夫人和女士事件结尾,未免不郑重。那就再说一件,十足的郑重其事,是他对朋友能够爱人以德。那是一九三八年,中国东、北半边已经沦陷,北大旧人还有住在北京的,其中一位是周作人。盛传他要出来做什么,消息也许飞到西方,其时胡博士在伦敦,就给周寄来一首白话诗,诗句是:"臧晖(案为胡博士化名)先生昨夜作一个梦,梦见苦雨庵(案为周的书斋名)中吃茶的老僧,忽然放下茶钟出门去,飘然一杖天南行。天南万里岂不太辛苦?只为智者识得重与轻。梦醒我自披衣开窗坐,谁知我此时一点相思情。"用诗的形式劝勉,"谁知我此时一点相思情",情很深,"智者识得重与轻",意很重,我忝为北大旧人,今天看了还感到做得很对。可惜收诗的人没有识得重与轻,辜负了胡博士的雅意。

说起北大旧事,胡博士的所为,也有不能令人首肯的,或至少是使人生疑的。那是他任文学院院长,并进一步兼任中国语言文学系主任,立意整顿的时候,系的多年教授林公铎(损)解聘了。林先生傲慢,上课喜欢东拉西扯,骂人,确是有懈可击。但他发牢骚,多半是反对白话,反对新式标点,这都是胡博士提倡的。自己有了权,整顿,开刀祭旗的人是反对自己最厉害的,这不免使人联想到公报私仇。如果真是这样,林先生的所失是鸡肋(林先生不服,曾发表公开信,其中有"教授鸡肋"的话),胡博士的所失就太多了。

刘 半 农

刘半农先生是我的老师,三十年代初我在北京大学上学,一九三三年九月到一九三四年六月听了他一年"古声律学"的课。他名复,号半农,江苏江阴人。生于清光绪辛卯年(十七年,1891),是北京大学卯字号人物之一。说起卯字号,那是北京大学老宅(原为乾隆四公主府,在景山之东马神庙,后改名景山东街,又改为沙滩后街)偏西靠南的一组平房,因为住在那里的教师有两位是光绪己卯年(五年,1879)生,有三位是辛卯年生。卯就属相说是兔,于是己卯年生者成为老兔,辛卯年生者成为小兔,其住所的雅称为卯字号,义为兔子窝。卯字号的小兔,名气最大的是胡适之,其次才是刘半农和刘叔雅。半农先生来北大任教是民国六年(1917),民国九年往法国留学,六年后得博士学位回国,仍在北京大学任教。

半农先生的学术研究是语音学,最出名的著作是《四声实验录》。这部书从音理方面讲清楚汉语不同声调的所以然,使南朝沈约以来的所有模棱解释一扫而空。但他是个杂家,有多方面的兴趣。据说早年在上海写"礼拜六"派文章,署名"伴侬",半农的大号就是削去两个人旁来的。他还治文法,所著《中国文法通论》在中国语法学史上也占一席地。专攻语音学以后,他仍然写小品文,写打油诗(用他自己的称谓)。写这类文章,常用别号"双凤皇砖斋"和"桐花芝豆堂",前者取义为所藏之砖比苦雨斋(周作人)所藏多一凤皇,后者取义为四种植物皆可出油,也可见他为人的喜幽默,多风趣。他还谈论音乐,这或者是受他老弟名音乐家刘天华的影响;而且写过歌词,名《教我如何不想他》。他的业余癖好是照相,据说在非职业摄影家里,他的造诣名列第一。在这方面他还有著作,名《半农谈影》。他的照相作品,我只见过一次,是给章太炎先生照的,悬在北京大学研究所国学门。太炎先生半身,右手捏着多半支香烟,缭绕的烟在褶皱的面旁盘旋,由严肃的表情中射出深沉的目光,给我留下很深的印象。当时的学者都有聚书的嗜好,半农先生也不例外。我没有看过他的书斋,但知道贯华堂原刻七十一回本《水浒传》在他手里,这是他先下手为强,跑在傅斯年前面,以数百元高价得到的(中华书局曾据此缩小影印出版)。还有一件,是喜欢传奇志异,作古之前不久,他为赛金花写传,未成,由弟子商鸿逵继续写完,名《赛金花本事》出版。

  以上是半农先生超脱的一面。专看这一面,好像他是象牙之塔里的人物,专力治学,以余力玩一玩。其实不然,他对世事很关心,甚至有路见不平,拔刀相助的肝胆。写文章,说话,都爱憎分明,对于他所厌恶的腐朽势力,常常语中带刺。"五四"时期,他以笔为武器,刺旧拥新,是大家都知道的。还有一次,大概是一九三二或三三吧,办《世界日报》的成舍我跟他说:"怎么老不给我们写文章?"他说:"我写文章就是骂人,你敢登吗?"成说:"你敢写我就敢登。"半农先生就真写了一篇,题目是《阿弥陀佛戴传贤》,是讽刺考试院长戴传贤只念佛不干事的,《世界日报》收到,就在第一版正中间发表了。为此,《世界日报》受到封门三天(?)的报应,半农先生借北京大学刺多扎手的光,平安地过来了。

  一九三三年暑后,我当时正对乐府诗有兴趣,看见课表上有半农先生"古声律学"的选修课,就选了。上第一堂,才面对面地看清他的外貌。个子不高,身体结实,方头,两眼亮而有神,一见即知是个精明刚毅的人物。听课的有十几个人。没想到,半农先生上课,第一句问的是大家的数学程度如何,说讲声律要用比较深的数学。大家面面相觑,都说不过是中学学的一点点。他皱皱眉,表示为难的样子。以后讲课,似乎在想尽量深入浅出,但我们仍然莫名其妙。比如有一个怪五位数,说是什么常数,讲声律常要用到,我们终于不知道是怎么求出来的。但也明白一件事,是对于声音的美恶和作用,其他讲文学批评的教授是只说如此如彼的当然,如五微韵使人感到惆怅之类;半农先生则是用科学数字,讲明某声音的性质的所以然。这是根本解决,彻底解决,所以我们虽然听不懂,还是深为信服。就这样学了一年,到考试,才知道正式选课的只我一个人,其余都是旁听。考试提前,在半农先生的休息室。题尽量容易,但仍要他指点我才勉强完了卷。半农先生笑了笑,表示谅解,给了七十分。我辞出,就这样结束了最后一面。提前考试,是因为他要到西北考察语音(?),想不到这一去就传染上回归热,很快回来,不久(七月十四日)就死在协和医院,享年才四十三岁。

暑后开学,延迟到十月中旬(十四日)才开追悼会。地点是第二院(即上面说的老宅)大讲堂,原公主府的正殿。学术界的名人,尤其北京大学的,来得不少。四面墙上挂满挽联。校长蒋梦麟致悼词之后,登上西头讲台讲话的很有几个人,如胡适之、周作人、钱玄同等。讲话表示推崇惋惜不奇怪,奇怪的是对于"杂"的看法不一致,有人认为白璧微瑕,有人反驳,说这正是优点。公说公的理,婆说婆的理,在北京大学是司空见惯,所以并没有脸红脖子粗就安然过去。到会的有个校外名人,赛金花。她体形苗条,穿一身黑色绸服,梳头缠脚,走路轻盈,后面跟着女仆顾妈,虽然已是"老大嫁作商人妇"的时期,可是一见便知是个不同凡响的风尘人物。她没有上台讲话。可是送了挽联,署名是魏赵灵飞。挽联措辞很妙,可惜只记得上半,是"君是帝旁星宿，侬惭江上琵琶"。用白香山《琵琶行》故事，恰合身份，当时不知系何人手笔。不久前遇见商鸿逵，谈及此事，他说是他代作，问他下半的措辞，他也不记得了。没想到，过了几个月，商先生也下世，这副挽联恐怕不能凑全了吧。还有一副挽联，是编幽默月刊《论语》的林语堂和陶亢德所送，措辞也妙，可惜只记得下半，是"此后谁赞阿弥陀佛，而今你逃狄克推多"。

追悼会之后，日往月来，半农先生离我越来越远了。大概是五十年代，阅市，遇见旧货中有他写的两个大字"中和"，觉得意义不大，未收。仅有的一本他的著作《半农谈影》，有个朋友喜欢照相，奉送了。于是关于半农先生，我之所有就只是上面这一点点记忆了。

附记：书出版后，承陈子善先生见告，据《论语》期刊，赛金花挽联之下半为：下扫浊世秕糠又腾身骑龙云汉，还惹后人涕泪谨拜手司马文章；林语堂挽联上半为：半世功名活着真太那个，等身著作死了倒也无啥。

俞 平 伯

俞平伯先生原名铭衡,上大学时候就以字行。他是学界文界的大名人,主要不是因为有学能文,是因为很早就亲近宝、黛,写《红楼梦辨》(解放后修订版名《红楼梦研究》),有自己的所见,五十年代初因此受到批判。那虽然也是宣扬百花齐放时期,可是俞先生这一花,瓣状蕊香都不入时,所以理应指明丑恶,赶到百花园之外,但俞先生谨受教之外,也不是没有获得。获得来自人的另一种天赋,曰"逐臭",于是对于已判定为丑恶的,反而有更多的赏玩的兴趣。总之,原来只在学界文界知名的俞先生,由于受到批判,成为家喻户晓了。

以上说的是后话;谈俞先生,宜于由前话说起。依史书惯例,先说出身。至晚要由他的曾祖父俞曲园(名樾)说起。德清俞曲园,清朝晚期的大学者,不只写过《群经平议》《古书疑义举例》一类书,还写过《春在堂随笔》《右台仙馆笔记》一类书;此外还有破格的,是修润过小说《三侠五义》。科名方面也有可说的,中道光三十年(公元 1850 年)庚戌科二甲第十九名进士,仍可算作常事,不平常的是考场做诗,有"花落春仍在"之句,寓吉祥之意,受到主考官的赏识,一时传为美谈。由科名往下说,他的父亲俞阶青(名陛云)后来居上,中光绪二十四年(公元 1898 年)戊戌科一甲第三名进士,即所谓探花。这位先生还精于诗词,有《诗境浅说》《乐静词》传世。这样略翻家谱,我们就可以知道,俞先生是书香世家出身,有学能文,是源远所以流长。

俞先生生于光绪己亥(二十五年,公元1899年),推想幼年也是三百千,进而四书五经。到志于学的时候,秀才、举人、进士的阶梯早已撤销,也就不能不维新,于是入了洋学堂的北京大学。读国文系,当时名为文本科国文学门,民国八年(公元1919年,也就是"五四"那一年)毕业。毕业之后回南,曾在上海大学任教,与我关系不大;以下说与我有关的。

我1931年考入北京大学,念国文系。任课的有几位比较年轻的教师,俞先生是其中的一位。记得他的本职是在清华大学,到北大兼课,讲诗词。词当然是旧的,因为没有新的。诗有新的,其时北大的许多人,如周作人、刘半农等,都写新诗,俞先生也写,而且印过名为《冬夜》(其后还印过《西还》,我没见过)的新诗集,可是他讲旧的,有一次还说,写新诗,摸索了很久,觉得此路难通,所以改为写旧诗。我的体会,他所谓难通,不是指内容的意境,是指形式的格调。这且不管,只说他讲课。第一次上课,也是我第一次见到,觉得与闻名之名不相称。由名推想,应该是翩翩浊世之佳公子,可是外貌不是。身材不高,头方而大,眼圆睁而很近视,举止表情不能圆通,衣着松散,没有笔挺气。但课确是讲得好,不是字典式的释义,是说他的体会,所以能够深入,幽思连翩,见人之所未见。我惭愧,健忘,诗,词,听了一年或两年,现在只记得解李清照名句"帘卷西风,人比黄花瘦"的一点点,是:"真好,真好!至于究竟应该怎么讲,说不清楚。"(《杂拌儿之二·诗的神秘》一文也曾这样讲)他的话使我体会到,诗境,至少是有些,只能心心相印,不可像现在有些人那样,用冗长而不关痛痒的话赏析。俞先生的诸如此类的讲法还使我领悟,讲诗词,或扩大到一切文体,甚至一切人为事物,都要自己也曾往里钻,尝过甘苦,教别人才不至隔靴搔痒。俞先生诗词讲得好,能够发人深省,就因为他会做,而且做得很好。

接着说听他讲课的另一件事,是有一次,入话之前,他提起研究《红楼梦》的事。他说他正在研究《红楼梦》，如果有人也有兴趣，可以去找他，共同进行。据我所知，好像没有同学为此事去找他。我呢，现在回想，是受了《汉书·艺文志》"致远恐泥，是以君子弗为也"的影响，对清朝的小说人物，不像对周秦的实有人物，兴趣那样大，所以也没有去找他。这有所失也有所得，所失是不能置身于红学家之林，也捞点荣誉，所得是俞先生因此受到批判的时候，我可以袖手旁观。

转而说课堂下的关系，那就多了。荦荦大者是读他的著作。点检书柜中的秦火之余，不算解放后的，还有《杂拌儿》《杂拌儿之二》《燕知草》《燕郊集》《读诗札记》《读词偶得》。前四种是零篇文章的集印，内容包括多方面。都算在一起，戴上旧时代的眼镜看，上，是直到治经兼考证，中，是阐释诗词，下，是直到写抒情小文兼谈宝、黛。确是杂，或说博；可是都深入，说得上能成一家之言。

就较早的阶段看，他是"五四"后的著名散文家，记得《桨声灯影里的秦淮河》还入了课本。散文的远源是明公安、竟陵以来的所谓小品，近源是"五四"以来的新文学。他尊苦雨斋为师，可是散文的风格与苦雨斋不同。苦雨斋平实冲淡，他曲折跳动，像是有意求奇求文。这一半是来于有才，一半是来于使才，如下面这段文章就表现得很清楚：

> 札记本无序，亦不应有，今有序何？盖欲致谢于南无君耳。以何因由欲谢南无邪？请看序，以下是。但勿看尤妙，故见上。
>
> ……………
>
> 凡非绅士式，即不得体，我原说不要序的呢。我只"南无"着手谢这南无，因为他居然能够使我以后不必再做这些梦了。(《读诗札记》自序)

体属于白话,可是"作"的味道很重,"说"的味道不多。

与语体散文相比,我更喜欢他的文言作品。举三种为例。

一是连珠:

盖闻十步之内,必有芳草。千里之行,起于足下。是以临渊羡鱼,不如归而结网。

盖闻富则治易,贫则治难。是以凶年饥岁,下民无畏死之心。饱食暖衣,君子有怀刑之惧。

…………

盖闻思无不周,虽远必察。情有独钟,虽近犹迷。是以高山景行,人怀仰止之心。金阙银宫,或作溯洄之梦。

盖闻游子忘归,觉九天之尚隘。劳人返本,知寸心之已宽。是以单枕闲凭,有如此夜。千秋长想,不似当年。(《燕郊集·演连珠》)

二是诗:

纵有西山旧日情,也无车马去江亭(即陶然亭)。残阳不起凤城睡,冷苇萧骚风里听。(据抄件)

足不窥园易,迷方即是家。耳沉多慢客,眼暗误涂鸦。欹枕眠难稳,扶墙步每斜。童心犹十九,周甲过年华。(《丙辰病中作》,据手迹)

三是词:

莫把归迟诉断鸿,故园即在小桥东。暮天回合已重重。

疲马生尘寒日里,乌篷扳橹月明中。又拼残岁付春风。
(《燕郊集·词课示例·浣溪沙八首和梦窗韵》,选其一)

匆匆梳裹匆匆洗,回廊半霎回眸里。灯火画堂云,隔帘芳酒温。　沉冥西去月,不见花飞雪。风露湿闲阶,知谁寻燕钗。(同上《菩萨蛮》)

像这些,用古就真不愧于古,而且意境幽远,没有高才实学是办不到的。

那就由才和学再往下说。诗词之后是曲,他不只也通也谈,还会唱。说到此,要岔出一笔,先说他的夫人许莹环(名宝驯)。俞先生告诉我,许夫人比他年长四岁,那就是生于光绪乙未(二十一年,公元1895年),二八年华是在清朝过的。人人都知道,装备起来的人是时代的产物,所以这位夫人也是长发纤足,标准的旧时代佳人。出身于钱塘许氏,清朝晚期著名的官宦之家。通旧学,能书能画,又循江南名门闺秀的通例,会唱昆曲,而且唱得很好。俞先生很喜爱昆曲,不只唱,而且为挽救、振兴出了不少力。俞先生和许夫人于民国六年(公元1917年)结婚,在昆曲方面更是情投意合。记得三十年代前期的一个夏天,我同二三友人游碧云寺,在水泉院看见俞先生、许夫人,还有两位,围坐在茶桌四周,唱昆曲。我外行,不懂好坏,但推想必是造诣很深的。可以用势利主义的办法来证明。一见于《燕郊集·癸酉年(公元1933年)南归日记》,十月一日唱《折柳》,吹笛的是俞振飞。另一见于北京市《文史资料选编》第十四辑,韩世昌说,俞先生等人组织谷音社,唱昆曲,以"俞平伯,许莹环夫妇的《情勾》《游殿》最精彩"。俞振飞肯吹笛伴奏,韩世昌评为最精彩,可见是绝非等闲的。许夫人还能写十三行一路的小楷,前几年俞先生曾影印自己的一些词作,名《古槐书屋词》,书写就出于许夫人之手。听说许夫人还能画,我没见过。

俞先生大概不能画,但字写得很好。我只见过楷书(或兼行),不像曲园老人的杂以隶,而是清一色的二王,肉娟秀而骨刚劲,大似姜白石。四十年代中期,我的朋友华粹深(名懿,宝熙长孙,戏剧家,已作古)与俞先生过从较密,其时俞先生住朝阳门内老君堂老宅,我托他带去一个折扇面,希望俞先生写,许夫人画,所谓夫妇合作。过些时候拿回,有字无画。据华君说,许夫人及其使女某都能画,出于使女者较胜,也许就是因此,真笔不愿,代笔不便,所以未着笔。也是这个时期,华君持来俞先生赠的手写五言长诗《遥夜闺思引》的影印本。诗长近五千言,前有骈体的长自序,说明做诗的原由。其中如这样的话:"仆也三生忆杳,一笑缘坚(悭),早堕泥犁,迟升兜率。况乃冥鸿失路,海燕迷归。过槐屋之空阶,宁闻语䴖;想荔亭之秋雨,定湿寒花。未删静志之篇,待续闲情之赋。此《遥夜闺思引》之所由作也。"(原无标点)我每次看到,就不由得想到庾子山和晏几道。

是四十年代后期,我受一出家友人之托,编一种研究佛学的月刊《世间解》,请师友支援,其中当然有俞先生。俞先生对于弟子,总是守"循循然善诱人"的古训,除了给一篇讲演记录之外,还写了一篇《谈宗教的精神》。这篇文章不长,但所见深而透,文笔还是他那散文一路,奇峭而有情趣。俞先生很少谈这方面的内容,所以知道他兼精此道的人已经很少了。

至此,我笔下的俞先生,好像是一位永远住在象牙之塔里的人物,其实不然。他是在"五四"精神的哺育下成长的,自然有时也就会情不自禁地走向十字街头。所以他间或也写这样的文章:

> 勇者自克;目今正是我们自克的机会。我主张先扫灭自己身上作寒作热的微菌,然后去驱逐室内的鼬鼠,门外的豺狼。已上床的痨病鬼不肯服药养病,反想出去游猎,志诚美矣,然我不信他能。我们应当在可能的范围内,觅得我们的当然。(《杂拌儿·雪耻与御侮》)

这愤激的话出于忧国忧民,是否可行是另一回事,就用意说,会使我们想到陶渊明的"刑天舞干戚,猛志固常在"。

以下还得转回来说红学。与近些年相比,我上学时期的前后,红学还不能说是很兴旺。蔡元培校长的索隐难于自圆其说,至少由旁观者看,是一战就败在胡博士的手下。胡博士既有神通又有机遇,先后得多有脂评的甲戌本和《四松堂集》,有了考证的资本,写文章,大致勾画了考证红学的范围。考,考,贾府与曹家的关系就越来越密切。故事所写是由荣华而没落,作者的本意自然就成为表禾黍之思。思源于爱。可是时风一变,说是反封建,反就不能源于爱。看法不同,新兴的办法是力大者批力小者。靶子最好是胡博士,可惜他走了,鞭长莫及,于是就找到俞先生。其后的种种,中年以上的人还记得,用不着说。单说俞先生,虽然法理上还容许争鸣,但识时务者为俊杰,也就不争了。《杂拌儿》式的文章不好写了,只好到诗词的桃花源里过半隐居生活,写《唐宋词选释》一类书。宝、黛呢,情意不能谈了,退而专治资料,编了一本《脂砚斋红楼梦辑评》,费力不小,对醉心于宝、黛本事的人很有用。间或也写点红文,重要的有《金陵十二钗》,相当长,我读一遍,感到与一般口号型的红文还是不一路。友人告诉我,前不久他往香港,又谈一次红学,可惜没见到文字,不知道是怎么谈的。他还做诗,我的老友玄翁曾抄来几首给我看。八十年代前期,许夫人先走了;不知他是否仍唱《折柳》《情勾》,连我也没有勇气问了。

六十年代末到七十年代初,他离开老君堂的被抄的家,也到干校;大概是为了生死与共,许夫人从行。日子怎么过的呢?可惜俞先生和许夫人都手懒,没有写杨绛那样的《干校六记》。不知,只好存疑。是七十年代后期吧,俞先生二老都到建国门外学部宿舍去住了,听说俞先生血压高,患轻度的半身不遂症,我去探问。应门的是许夫人。俞先生已经渐渐恢复,但走路还是不灵便。到八十年代,由于风向转变,俞先生由反面教材右迁为正面大专家,就有了住钓鱼台南沙沟高级公寓的特权。我曾去看他,显然是更衰老了,走路要手扶靠近的什么。我感到这会给他增加负担,所以很久就不再去。我的老友铁公也住在那一带,近邻,有时过门而入,略坐,表示问候。不久前他告诉我,曾国藩写的"春在堂"横匾竟还在,已悬在客厅中。这使我想到咸、同之际,江南、北地,直到老君堂的古槐书屋和红卫兵,又禁不住产生一些哭笑不得的感慨。

琐琐碎碎谈了不少,对于这位老师,如果我大胆,能不能说一两句总而言之的话呢?说,总是先想到"才"。自然,如车的两轮,如果有才而无学,还是不能在阳关大道上奔驰的。但我总是觉得,俞先生,放在古今的人群中,是其学可及,其才难及。怎见得?为了偷懒,想请俞先生现身说法,只举一篇,是三十年代前期作的《〈牡丹亭〉赞》(收入上海古籍出版社1983年版《论诗词曲杂著》)。这篇怎么个好法,恕我这不才弟子说不上来,但可以说说印象,是如同读《庄子》的有些篇,总感到绝妙而莫名其妙。关于才,还想说一点点意思,是才如骏马,要有驰骋的场地;而场地,主要来于天时和地利,天地不作美,有才就难于尽其才。至少是我看,俞先生虽然著作等身,成就很大,还是未能尽其才。现在他老了,九十高龄,有憾也罢,无憾也罢,既然笔耕大片土地已经不适宜,那就颐养于春在之堂,做做诗,填填词,唱唱"则为你如花美眷,似水流年"吧。

朱　自　清

朱自清先生的大名和成就，连年轻人也算在内，几乎无人不知，无人不晓，因为差不多都念过他的散文名作，《背影》和《荷塘月色》。我念他的《背影》，还是在中学阶段，印象是：文富于感情，这表示人纯厚，只是感伤气似乎重一些。一九二五年他到清华大学以后，学与文都由今而古，写了不少值得反复诵读的书，如《诗言志辨》《经典常谈》等。一九三七年以后，半壁江山沦陷，他随着清华大学到昆明，以及一九四六年回到北京以后，在立身处世方面，许多行事都表现了正派读书人的明是非、重气节。不幸是天不与以寿，回北京刚刚两年，于一九四八年十月去世，仅仅活了五十岁。

我没有听过朱先生讲课，可是同他有一段因缘，因而对他的印象很深。这说起来难免很琐碎，反正是"琐话"，所以还是决定说一说。

我的印象，总的说，朱先生的特点是，有关他的，什么都协调。有些历史人物不是这样，如霍去病，看名字，应该长寿，却不到三十岁就死了；王安石，看名字，应该稳重，可是常常失之躁急。朱先生名自清，一生自我检束，确是能够始终维持一个"清"字。他字佩弦，意思是本性偏于缓，应该用人力的"急"补救，以求中和。做没做到，我所知很少，但由同他的一些交往中可以推断，不管他自己怎样想，他终归是本性难移，多情而宽厚，"厚"总是近于缓而远于急的。他早年写新诗，晚年写旧诗，古人说："温柔敦厚,诗教也。"(《礼记·经解》)这由学以致用的角度看,又是水乳交融。文章的风格也是这样,清秀而细致,总是真挚而富于情思。甚至可以扯得更远一些,他是北京大学一九二○年毕业生,查历年毕业生名单,他却不是学文学的,而是学哲学的。这表面看起来像是不协调,其实不然,他的诗文多寓有沉思,也多值得读者沉思,这正是由哲学方面来的。这里加说几句有趣的插话,作为朱先生经历的陪衬。与朱先生同班毕业的还有三位名人,也是毕业后改行的:一位是顾颉刚,改为搞历史;一位是康白情,改为搞新诗;还有一位反面人物是陈公博,改搞政治,以身败名裂告终。最后说说外貌,朱先生个子不高,额头大,双目明亮而凝重,谁一见都能看出,是个少有的温厚而认真的人物。我第一次见他是一九四七年,谈一会儿话,分别以后,不知怎么忽然想到三国虞翻的话:"生无可与语,死以青蝇为吊客,使天下一人知己者,足以不恨。"我想,像朱先生这样的人,不正是可以使虞翻足以不恨的人物吗?

泛泛地谈了不少,应该转到个人的因缘了。是一九四七年,我主编一个佛学月刊名《世间解》,几乎是唱独角戏,集稿很难,不得已,只好用书札向许多饱学的前辈求援,其中之一就是朱先生。久做报刊编辑工作的人都知道,在稿源方面有个大矛盾,不合用的总是不求而得,合用的常是求之不得。想消灭求之不得,像是直到今天还没有好办法,于是只好碰碰试试,用北京的俗语说是"有枣没枣打一竿子",希望万一会掉下一两个。我也是怀着有枣没枣打一竿子的心情这样做的,万没有想到,朱先生真就写了一篇内容很切实的文章,并很快寄来,这就是刊在第七期的《禅家的语言》(后收入《朱自清古典文学论文集》上册)。当时为了表示感激,我曾在"编辑室杂记"里写:"朱自清教授在百忙中赐予一篇有大重量的文章,我们谨为本刊庆幸。禅是言语道断的事,朱先生却以言语之道道之,所以有意思,也所以更值得重视。"这一期出版在一九四八年一月,更万没有想到,仅仅九个月之后,朱先生就作古了。

大概是这一年的二月,有一天下午,住西院的邻居霍家的人来,问我在家不在家,说他家的一位亲戚要来看我。接着来了,原来是朱先生。这使我非常感激,用古人的话说,这是蓬户外有了长者车辙。他说,霍家老先生是他的表叔,长辈,他应该来问安。其时他显得清瘦,说是胃总是不好。谈一会儿闲话,他辞去。依旧礼,我应该回拜,可是想到他太忙,不好意思打搅,终于没有去。又是万没有想到,这最初的一面竟成了最后一面。

死者不能复生,何况仅仅一面。但我常常想到他,而所取,大概与通常的评价不尽同。朱先生学问好,古今中外,几乎样样通。而且缜密,所写都是自己确信的,深刻而稳妥。文笔尤其好,清丽、绵密,细而不碎,柔而不弱。他代表"五四"之后散文风格的一派,由现在看,说是《广陵散》也不为过。可是我推重他,摆在首位的却不是学和文,而是他的行。《论语》有"行有余力,则以学文"的话,这里无妨断章取义,说:与他的行相比,文可以算作余事。行的可贵,具体说是,律己严、待人厚都超过常格。这二者之中,尤其超过常格的待人厚,更是罕见。这方面,可举的证据不少,我感到最亲切的当然是同自己的一段交往。我人海浮沉,认识人不算少,其中一些,名声渐渐增大,地位渐渐增高,空闲渐渐减少,因而就"旧雨来,今雨不来"。这是人之常情,不必作杜老《秋述》之叹。朱先生却相反,是照常情可以不来而来,这是决定行止的时候,只想到别人而没有想到自己。如果说学问文章是广陵散,这行的方面就更是广陵散了。

说来也巧,与朱先生告别,一晃过了二十年,一次在天津访一位老友,谈及他的小女儿结了婚,问男方是何如人,原来是朱先生的公子,学理科的。而不久就看见他,个子比朱先生高一些,风神却也是谦恭而恳挚。其时我老伴也在座,事后说她的印象是:"一看就是个书呆子。"我说:"能够看到朱先生的流风余韵,我很高兴。"

叶 圣 陶

　　一再沉吟之后才写下这样一个题目。沉吟,是因为几个月之前已经写了一篇,题目是《叶圣陶先生二三事》,为完成纪念文集编者交下的任务而拿笔的。名二三事,那篇文章开头曾有解说:"一是他业绩多,成就大,写不胜写;二是遗体告别仪式印了《叶圣陶同志生平》的文本,一生事业已经简明扼要地说了;三是著作等身,为人,以及文学、教育、语文等方面,足以沾溉后人的,都明摆着,用不着再费辞。"这样说,所谓二三事,是想写史传大事之外的一点零碎,与我个人有关,并且我认为值得说说的。那么,这里又有什么必要再拿一次笔呢?原因有外向的,是对于某某生平那样的送行文(或颂行文),依时代框框,千篇一律,取(所谓)重舍(所谓)轻,我,推测也会有别人,兴趣不大。还有内向的,是以前那一篇,虽然非高文典册,也总是板着面孔写的,喜欢听听闲话的诸君未必愿意看,为了照顾另一方面的读者,就不能不把笔由书斋移到篱下,再闲扯一些。

　　叶圣陶先生是我敬重的师辈,交往近四十年,可说的事很多。所以更宜于闲扯,因为只有闲扯才可以把取轻舍重、挂一漏万的挑剔顶回去。推想叶老有知也会谅解,因为他不只宽厚博大,而且幽默自谦,听到别人讲自己,不管怎样不得体,也总会含笑接受。但就是这样一个人,上天却不睁眼,——也许是睁眼,那是一九八八年二月十六日,正是旧历丁卯年的除夕,神州大地到处响着鞭炮声,所有的人送旧年,一部分人兼送神,也把

20世纪50年代末与友人刘佛谛在北京后海北岸

1961年8月全家摄于后海鸦儿胡同14号(前排左起:作者母亲、岳母,后排左起:四女儿、大女儿、作者、夫人、二女儿、三女儿)

他送走了。

我第一次见到叶老是五十年代初。知道他这样一位知名之士却早得多,大概要提前二十多年。那是上中学时期,读新文学作品,散文、小说都看,接触的作者不少,其中当然有他。那时候他还不是以字行,所以五十年代之前,我只知道他的大名是叶绍钧。印象呢,大概是觉得,如周氏弟兄,一位长枪短剑,一位细雨和风,各有各的风格,好;如郁达夫,有才子气,也确是有才;叶灵凤,以至徐枕亚之流,有时难免如影片中人的哭,眼泪是借什么药之力挤出来的。叶老的风格,以及推想其为人,是平实,用力写,求好,规矩多于自然。现在回想,当时是无知的牛犊不怕虎,傲而近于妄;幸而只是想了想,还不至于贻笑大方。

且说我能与叶老相识,也是时势使然。其先我是在某中学教书,本来,据旁观者清的旁观,我还是站在前列的,而忽然,形势有变,大家(包括教师和学生)快步往前赶,我则原地踏步,落后了。落后的结果当然是被遗弃,幸而有校长陈君的厚意,让我换个地方,于是到叶老的属下去做编辑工作。往谒见是第一次见面,印象与读作品时有不小的差异:彼时只是平实,这次升了级,是厚重恳切,有正统的儒者风。其后交往增多,是共同修润书稿。起初是当面商酌式。这费时间,他忙,其后就改为由我闭门造车,他复阅。不久又刮来推广普通话的风。叶老是既非常重视语文,又非常拥护推广普通话的,可是他的话,跟家乡人说还是吴侬软语,跟一般人说也只能南腔北调。他虽然未必是王阳明的信徒,却一贯知行合一,严格律己。他还常写文章,希望印成铅字,句句是普通话的味儿。这自然不是毫无困难,至少是没有百分之百的把握。他希望我这生在北国的人能够协助。长者所命,义不容辞,但附带个条件,是提出修改意见,请他考虑。他说这样反而费事,不如直接动笔,如果他不同意,就再改回来,也附带个条件,是不限于语言方面,看内容方面有不妥,也动笔,不要客气。我遵命。可是他却很客气,比如有一两处他认为可以不动,一定亲自拿来,请我看,问我同意不同意。我为他的谦虚很不安,请下次不要再这样。他答应,可是下次还是拿来商量。文章发表了,让他的秘书送来一部分稿费。我遵"弟子服其劳"的古训,不敢收,附信奉还。又送来,也附信,说他劳动得了酬,我也劳动,得酬是天经地义。我坚守古训,还是不收。再来信,动了真刀真枪,说再不收,他将理解为我不愿帮忙,那就只好不求了。我无可奈何,只好说收,但附带一个小条件,是不得超过十分之一。他又来信,说核算了,是七分之一,以下说:"恕我说句狂妄的话,尊敬不如从命。并且希望,这是为此事的最后一封信。"我看后很感动,也就只好从命,不再为此事写信。稍后,根据这个君子国的协定,还有个后来居上的大举,是为他整理一本《叶圣陶童话选》,仍是我起草,他复阅,定稿。书于一九五六年出版,我又看一遍,发现第十八页《稻草人》那一篇,写牛"扬着头看天",觉得迁就语音(yáng)不顾字面(仰),错了,是受人之托未能忠人之事。幸而不久之后翻阅《红楼梦》,第二十八回写宝玉说完"女儿悲"的酒令,众人都说有理,只有那位呆霸王"薛蟠独扬着脸",知道这位曹公早已先于我自我作古,心里才安然了。这时候,叶老的普通话本领已经满可以过关,因而共同修润文章的工作就心照不宣地结束。

  以上是说他的为人,认真,有德。关于德,以前那一篇也曾提到,大致说了以下这些意思。《左传》说不朽有三种,居第一位的是立德。在这方面,就我熟悉的一些前辈说,叶老总当排在最前列。何以这样说?有大道理为证。中国读书人的(指导行为的)思想,汉魏以后不出三个大圈圈,儒道释。搀合的情况很复杂,有的人儒而兼道,或阳儒阴道;有的人儒而兼释,或半儒半释;有的人达则为儒,穷则修道(或道或释的道)等等。叶老则不搀合,是单一的讲修齐治平的儒;或者更具体一些说,是名副其实的"躬行君子,则吾未之有得"的躬行君子。这也很容易举证。先说常人像是也能做到的,是以多礼待人。只说我亲身经历的,有事,或无事,到东四北八条他的寓所去看他,告辞,拦阻他远送,无论怎样说,他一定还是走过三道门,四道台阶,送到大门外。告别,他鞠躬,连说谢谢,看着我上路才转身回去。晚年,记得两次是他在病中。一次在家里,不能起床了,我们同去三个人,告辞,他伸出两手打拱,并连说谢谢。一次在北京医院,病相当重了,也是同去三个人,告辞,他还是举手道谢。我走到门口,回望一下,他的眼角像是浮着泪。还有常人难于做到的,是五十年代前期,一次开人数不很多的什么会,谈到批评和自我批评的问题,他说,这,他只能做到一半,是自我批评;至于批评,别人的是非长短,他不是看不出来,可是当面指摘人的短处,他总是说不出来。这是儒家的"躬自厚而薄责于人",从某种观点看也许太过时了,但我总是觉得,与一些时代猛士的背后告密、当面揭发相比,力量会大得多,因为能够促使人自重,努力争取不愧于屋漏。

与叶老的交往,中间断了一些年。那是"文革"的大风暴时期,我自顾不暇,还见了一次给他贴的大字报。我很惊讶,像叶老这样的完人,举过,居然也能贴满一堵长席墙。幸而这有如日月之蚀,一会儿就过去。其后,推测是借《庄子》"佚我以老"的常情的光,没听到他也到干校去接受改造的消息。我呢,到干校,改造结业,却因为妻室在都市只是家庭妇女,不得回城,两肩扛着一口,奉命到早已没有一个亲属的故乡去领那一份口粮。大概是七十年代中期某年的春天,风暴的力量渐减,我以临时户口的身份在妻女家做客,住西郊,进城去看他。他家里人说,很少出门,这一天有朋友来约,一同到天坛看月季去了。我要一张纸,留了几句话,其中说到乡居,说到来京,末尾写了住址,是西郊某大学的什么公寓。第二天就接到他的信。他说他非常悔恨,真不该到天坛去看花。他看我的地址是公寓,以为是旅店之类,想到我在京城工作这么多年,最后沦为住旅店,感到很悲伤。我看了信,不由得想起《孟子·离娄》篇的话:"禹思天下有溺者,由(犹)己溺之也;稷思天下有饥者,由己饥之也。"心里也很悲伤。悲伤,是因为这使我想到水火、圣贤、遇合等等问题。

叶老的宽厚和躬行,据我所知,也表现在家门之内。只说说他的夫人胡墨林女士,她,我也很熟。人于宽厚之外,还加上苏州妇女特有的精干。通文,如对我这样健忘的人有大用的《十三经索引》,就是以她为主力编成的。可惜天不与以寿,于五十年代后期因不治之症逝世。叶老很悲痛,写了一些悼亡诗。我分得一份刻印本,觉得风格挚而无华,与潘岳、元稹、纳兰成德等人的气味不一样。我想,这才真是所谓"行有余",然后"文"。记得叶老说过他们的结合经历,是没有现在年轻人那些花样,但一生感情很好。这话确是实事求是,果然,胡女士逝世之后,叶老就独身度日,依旧平静勤恳,比胡女士晚走了约三十年。

以上说的几乎都是身教方面的,这像是模棱,其实分量很重,如我这心有余而力不足的人就常常感到扛不动。不得已,只是转为说言教。这"言"是借用,实际是指范围大大缩小的语言或语文。这方面的言教,共两类,我听到不止一次。一类是关于行文应该用什么样的语言的,这,很多人都知道,叶老是主张"写话"。他说:"写成文章,在这间房里念,要让那间房里的人听着,是说话,不是念稿,才算及了格。"行文用语的问题是个大问题,这里不宜于岔出去多说。只说叶老这个主张会碰到二难。一种难是认识方面的,尤其近些年,有不少以写作为事甚至以作家自居的,是或有意或无意,以为既然成文,就应该不像话。另一种难是实行方面的,有大量的印成品为证,是写得像话不是算不了什么,而是非常之难。我基本上是叶老的信徒。说基本上,是因为写话之"话"究应何所指,其中还有不少需要进一步研究的问题。这太复杂,与闲话的情调不合,只得从略。另一类是关于行文应该求简的,他说:"你写成文章,给人家看,人家给你删去一两个字,意思没变,就证明你不行。"这与用什么语言相比,像是小节,只是求干净利落,不拖泥带水。但是做到也大不易,因为时下的文风是乐于拖泥带水。比如你写"我们应该注意",也许多数人会认为你错了,因为流行的说法是"我们应该引起注意"。同类的情况无限之多,从略。这情况表明,时下的文里有不少废话废字,而有不少人偏偏欣赏,因而就成为文病。对于文病,叶老是深恶痛绝的。这,有的人也许会说是小题大做。大也罢,小也罢,我觉得,这种恨铁不成钢的苦心总是值得偏爱"引起"的诸君深思的。

闲话说了不少,应该总括一下,是与叶老交往近四十年,受到的教益太多了。惭愧的是感激而未能躬行,甚至望道而未之见。勉强可以自慰的也许只是,还知道感激,还知道望;并且写了纪念文章,不是一篇,而是两篇。

吕 叔 湘

近若干年，我无志进取，而涂涂抹抹的旧习不改，有时就写些忆旧的文章。所忆之旧中有人，而且不很少，都收在谈闲话的几本书里。吕叔湘先生与我关系很深，我却没写。是无可写吗？不然。是不想写吗？更不然。那么，为什么未写呢？过去没想过，现在补想，大概是认为，写就要正襟危坐，与篱下的闲谈不是一路，只好暂缓。而一缓就缓到今年，吕先生九十整寿，有关的人士正在筹划各种纪念活动，活动中当然要有著文集印之事，机缘到，不可再缓，于是决定写。写法有多种。论学，学可以是自己的，我没有；可以是吕先生的，著译编几十种，既深又广，苦于"不可方思"。未费力就找到另一条路，是说说我的所感。具体说是，四十年来，我一直认为，治学，我，以及其他许多人，都应该奉吕先生为师，学他的诸多方面。这诸多方面，可以归结为三个，学术、文章和为人。以下依次说说。

先说学术。吕先生是语文专家，著作也大多是语文方面的。显然，这里不当往这样的大海里跳，原因之一是上面说过的"不可方思"；之二是治学宜于奉之为师，有不少人所治之学并非语文，则强之研读《中国文法要略》就不合情理了。所以要说可学应学的，即治学的态度和方法之类。这方面，我以为主要是两点：一是博学，二是深入。博学来于好学，好学的人却未必能够博学。有的人手不释卷，所读却总是小说，甚至总是武侠小说，那就虽也可以称为好学，却不能博学。用全力看小说，是由兴趣出发,可能也是图省力。博学,所学门类之中有些是不能省力的,尚未入门也就不会有兴趣。靠什么也想入门呢?靠求知欲。我没问过吕先生,但由他的渊博学识可以推知,他的求知欲一定很旺盛。他到英国学习了几年,他的博主要是西方的,记得他自己进过,他用了不少时间,钻研新学的各门类,包括自然科学和社会科学。有些还不是泛泛的浏览,如我当年看人类学方面的书,其中一种名《初民社会》,就是他翻译的(吕先生在英国曾学人类学)。比人类学远为普通的,也就更有用的,如心理学、物理学、逻辑学、哲学概论、科学概论之类,他当然更不会放过。这样贪多有什么好处呢?我的私见一,是多知能够培养真知,就说吕先生吧,他就不会相信万物来于阴阳二气和合的高论。还有二,是他学来科学方法,他的所有著作,都表现为条理清楚,逻辑性强,无懈可击,就是这样来的。上面说他的博主要是西方的,意思是,一般学文的人不读的,他也读。转到国内,他同样是博,表现为涉览的方面广,钻得深。除语言方面以外,还有二事可以为证。一是他曾编《笔记文选读》,可以想见,在这方面他也读了许多书。二是他还做过标点本《资治通鉴》的校订工作,并著文,分类说明原断句的错误和不妥,显然,自己不能精通旧学是看不出来的。这精通,这渊博,对面闲谈的时候就更容易显示出来,上天下地,中外古今,只要关于学的,他几乎无所不知,而所知又多精辟,能使人耳目一新。显然,这博就会使后学顿生"见贤思齐"之感。齐,很难,退为接近吧,要如何努力呢?求知欲是欲,照荀子的想法,要"人生而有"如果不幸而没有,就要以自己的意志之力补之。重要的是两点。一是要知道,自己专业以外许多门类的知识也有大用,人生于世,不该只熟悉宝二爷和林妹妹的卿卿我我,而不知道矛盾律是怎么回事。二是"知道了"之后,要不怕难。还清楚地记得,我与吕先生合编《文言读本续编》的时候,决定所选篇目哪些不加标点,吕先生的意见是可以多些,我担心读者会感到难,吕先生斩钉截铁地说:"学就不能怕难!"在这方面,我自信我还是不甘居下游的,比如我一贯不赞成读文言作品借助现代语的翻译,就是认为这样图省力必学不会。吕先生则进一步,想连章句也扔掉。这可以使我们领悟,他的博是这样来的,我们想学,只是"高山仰止"还不成,要敢碰硬的。

再说学术方面的另一种难及,或更难及,是深入,即能见人之所不能见。这本领一部分由多读精读来;另一部分呢?不好说,因为多读精读也未必就能够见人之所不能见。吕先生治学心细,眼有穿透力,又常常灵机一动,由此而想到彼,或者说是天赋(不用天才,因为有些人不愿意听)吧。其实也可以不管这些,且看成果。成果太多,只好举我一时想到的,算作一斑以窥全豹。记得第一次大吃一惊是读他谈汉语词类的一篇文章(《关于汉语词类的一些原则性问题》),其中触及黎锦熙先生的《新著国语文法》,指出黎先生"依句辨品"办法的不可通,读后心中曾生个对比的感觉,是头脑的清晰与混沌相差竟如此之大!黎先生是马建忠之后,中国文法学的开创人,《新著国语文法》是"语"法的开山之作,多年来在讲台上讲语法的人都奉为准绳,可是碰到吕先生的"深入"一考究,就破绽百出。其后,在语法问题的思辨方面,吕先生还写了不少更全面或某一方面的。其中一种,我认为不得了,是《汉语语法分析问题》。何以称为不得了?还是我认为,看了这篇文章,有兴趣并肯钻这个领域的人就可以不再拿笔,因为凡是可能想到的他都说了。更值得惊奇的是印成书,用大号字排,不过薄薄的一本。吕先生治学的深入,还可以从小处看出来。这方面,他也写了不少文章,集为《语文杂记》《语文近著》一类书。题材细碎,可是能于大家忽视的语言现象中发现问题,总结出规律。如《"谁是张老三?"和"张老三是谁?"》,说"谁是张老三?"有两种意思,其中只有一种等于"张老三是谁?",就真可以发人深省。又如宋朝俗语"莫须有",解释的人不少,吕先生也有个讲法,举证不少,我以为最有说服力。还有一件,说来不无遗憾的,是他同我说,汉语的动词(?),他已经积累了不少材料,想系统地讲一讲,只是因为年老,精力不够,只好放弃了。我听了,立即想到昔人所谓"绝学",这绝,就是因为他治学过于深入,我们一般人与之相比,就像是在浮面上滑。浮面上滑,不好,所以要以吕先生为师,学他的深入的精神和本领。

其次说文章。还是由感慨说起。"文章千古事,得失寸心知。"这年月,靠文章不能"发",是没出息的事。但这是站在写作之外看,至于跳入其内,情况就不是如此简单,而是写得像个样子,却大为不易。有不少人认为,语有法,通法,写得好也就可不成问题。事实证明情况并不是这样。比如黎锦熙先生、王力先生、吕叔湘先生三位都是通法的,黎先生笔下既不清晰又不流利,王先生笔下不能简练,可见法至多只能保证写得语句无误,不能保证写得好。吕先生是真能写得好,那么,不来于法,来于什么呢?勤读勤写之外,恐怕仍要加上天赋,包括严谨和能文。造诣呢?想躲开作家之文,专说学者之文,我一直推为最上乘。其优点,总的说是"精炼"。这里宜于分着说说,由品头到论足,可以举出几项。其一,依文所以表情意之理,先要说内容。这可以一言以蔽之,曰"精粹",即所述都是广大读者或某些读者需要知道的,又非人云亦云。此即所谓创见,大部头书如是,三五百字小文也不例外,所以凡有所述作,都值得细心看看。加说一句,这是为文的至高境界,看了等于不看的大话、官话、学话等是难与比肩的。其二是"条理清楚",不管多复杂的内容,都能以纲统目,辨轻重,分先后,使读者感到一清如水。其三是"逻辑性强",即有所主张,下什么断语,都有根有据。这就有说服力,使读者也认为,只能是这样。这其二和其三是科学方法的具体化,在我敬重的诸多前辈的著作里,科学方法表现得这样鲜明,吕先生也许可以居首位。再说其四是"简练",即没有废话。这是叶圣陶先生的行文理想,他常说:"你写成文章,人家给你删去一两个字,意思没变,就证明你不行。"我读吕先生的文章就有这种感觉,确是难于删去一个字。写到此处,还想说一件我亦与有荣焉的事,是《文言读本续编》的注,我起草,吕先生定稿,出版之后我看,心里戏言,这就是今代的《吕氏春秋》,不能增减一字。不能增减一字,专就表达说是为文的最高境界,文学革命以来,我们能够找到几个人呢?以上说了优点四项,会给人一种印象,吕先生的文章是学者之文,可以总括为严谨。其实是不只此也,因为还有其五的"流利"和其六的"生动"或"有风趣"。流利生动是散文家追求的境界,我的印象,吕先生的笔下是早已这样。所以读吕先生著作,就不只可以汲取知识,同时还可以欣赏文笔的美。总之,专就文章说,吕先生也有很多可学的。

最后说为人。《左传》说三不朽,列立德为第一,立德来于为人。这里想尽力不跑到题外,说为人,主要还是说治学方面的为人。想说三点,是淳朴、直率和认真。先说"淳朴"。这像是容易说,却不很容易说。想先由观感方面下笔。吕先生是有大名的人,支柱是学问、文章和社会地位等,可是见其人,印象,用古语说是:"俊俊如鄙人",用今语说是没有派头,包括装束、举止、言谈,都随随便便。观感的所见是"外",外由"内"来,这内就是淳朴。表现在许多方面。其实,以下想说的直率和认真也是由这里来。为了分着说清楚,这里单说在对己和对人方面的表现,是少有的可亲近。由行事方面说比较容易,以事为证。那是五十年代前期,语文课想个新花样,分为汉语、文学两门,请吕先生主持编汉语课本。地点在当时的语言研究所,明朝东厂的东厂胡同,不知由何人指派,我用工作时间的一半去参加。工作地点在向西大门内北行的西房,参加的还有张志公、陈治文二位和吕先生的夫人。吕先生有时候来一会儿,像是也没有他的座位,总是或立或走,说正事也有如闲谈,给人的印象是闲串门,不是这个摊儿的领导。大概是起初几次,我在办公桌上看书,他进来,往我这里扫一眼,说:"你这灯太高,费眼。"我还没答话,他已经脱了鞋,上了桌子,把缠绕的电线松开,放长一段。这就是吕先生!当时心里有评论,偏于浮面,是同样身价的,只有吕先生会这样。其后来往四十年,理解更深,如果愿意评论,就可以来个偏于内心的,是我认识的许多学界前辈,其中有不少待人谦和有礼,可是与吕先生相比,像是有点分别:那些人心里想着谦是美德,吕先生是素来如此,未曾想谦是不是美德。这是本色的"朴",比归真返朴的朴更高一着。

再说"直率"。还是以治学方面为例,你有什么问题去问,或拿你的作品请他看,不要担心他会客气,知道的不说,重的意思说轻些。他一贯是怎么想就怎么说,而且开门见山,决不拐弯抹角。他写文章同样是这样,常常对他的所见所闻(大多是写作方面的)表示意见,认为好的不夸大,认为不好的不缩小。四十年来,由编写《语法修辞讲话》起,为了语言文字的健康至少是无病,他写了大量的文章,针砭时弊,恨铁不成钢,估计有些人会感到不愉快,这股力量可以说就是由他的直率来的。

再说"认真"。其实这也是"多余的话",吕先生学术文章有这样高的成就,当然在读写方面就不会马马虎虎。但这里还要说说,是觉得他的认真有不少是超过一般的。举我一时想到的事为例。他写杂论语文的文章,有不少材料是来自报刊的,可见他涉览的面之广以及用心之细。是八十年代前期,我写了一些辅助学文言的文章,想图些小名小利,并借名人的光出版推销,把文稿送给吕先生请写序文。知道吕先生忙,我说:"大致翻翻,看看目录,写几句就可以了。"过些天去拿,才知道吕先生不只通读,而且读得很细,证据是提了些修改意见,并给改了书名。过了些年,我的一个学生编某种辞典,曾由我带着到吕先生那里请教一些编法方面的问题。到辞典完稿,问我可以不可以列上吕先生的名字。我说,有些人行,吕先生必不行,因为他列名,就要看,而且要从头看到尾。这个学生的美妙想法只得作罢。看别人的这样,自己写当然更是这样,不十拿九稳决不拿出去。还可以引个近于笑话的事为证,是编汉语课本时期,关于语法体系,吕先生天赋高,灵机多动,动就说,其中少数是我们都认为不妥的,我们听了就说:"您只是说不算数,写出来我们照办。"写出来指写成文章,他认真,反复考虑,果然,拿起笔就把不成熟的灵机放弃了。我看过不少文稿,其中有的甚至前言不搭后语,连错字也不改。吕先生的文稿就不然,你可以偷懒,不看照发。这里当然有水平问题,但也有认真与不认真的问题。水平和认真,"二难并",我的经验,昔年,间或可以碰到,现在就变为很难碰到。所以有时与同行谈起编辑工作,诉苦,就不禁想起吕先生。可惜,像吕先生这样的究竟太少了。

  少是遗憾,应该希望变为多。也许很难吧?但也只能知难而进,学。学什么?天赋,我们无可奈何,只好尽人力。有两条路。少数人可以继其武,如吕冀平、李临定、刘坚、江蓝生等,在语言文字的领域内急起直追就是。多数人对《尔雅》《广韵》之类未必有兴趣,但只要不甘于"不识不知",就可以学习他的治学态度和治学方法。见贤思齐,齐大不易,我的中游想法,能够知所取法,努力,顺路向前,自己相信,别人看着,都确是"吾往也",也就可以心安了。

温　源　宁

有个朋友来闲谈，说从哪里听到温源宁的消息，做了几年台湾驻希腊的"大使"，也是满腹牢骚，退休了。这使我想到五十多年前听过他一年课的名教授。

是三十年代初，他任北京大学西方语言文学系英文组的主任，每周教两小时普通英文课。我去旁听，用意是学中文不把外语完全扔掉，此外多少还有点捧名角的意思。第一次去，印象很深，总的说，名不虚传，确是英国化了的 gentleman，用中文说难免带有些许的嘲讽意味，是洋绅士。身材中等，不很瘦，穿整洁而考究的西服，年岁虽然不很大，却因为态度严肃而显得成熟老练。永远用英语讲话，语调顿挫而典雅，说是上层味也许还不够，是带有古典味。

中国人，英语学得这样好，使人惊讶。我向英文组的同学探询他的情况，答复不过是英国留学。我疑惑他是华侨，也许不会说中国话，那个同学说会说，有人听见他说过。后来看徐志摩的《巴黎的鳞爪》，知道徐先生也很钦佩他的英语造诣，并说明所以能如此的原因，是吸烟的时候学来的。我想，这样学，所得自然不只是会话，还会搀上些生活风度。问英文组同学，说他有时候确是怪，比如他的夫人是个华侨阔小姐，有汽车，他却从来不坐，遇见风雨天气，夫人让，他总是说谢谢，还是坐自己的人力车到学校。

只是听他一年课，之后他就离开北京大学。到哪里，去做什么,一直不清楚。差不多有十年光景,我有时想到他,印象不过是英语说得最地道的教授而已。是四十年代初,友人韩君从上海回来,送我几种书,其中一种是温源宁的著作,名 *Imperfect Understanding*(可译为"一知半解"),一九三五年上海别发有限公司出版。内容是十七篇评介人物的文章,一九三四年所写,原来分期刊在英文《中国评论》上,最后辑印的。所评介的十七个人,吴宓,胡适,徐志摩,周作人,梁遇春,王文显,朱兆莘,顾维钧,丁文江,辜鸿铭,吴赉熙,杨丙辰,周廷旭,陈通伯,梁宗岱,盛成,程锡庚,大部分我也知道,又因为这是温先生"手所写",所以很快就读了。读后的印象是:他不只说得好,而且是写得更好。且不说内容,只说文章的风格,确是出于英国散文大家的传统,简练典重,词汇多变而恰当,声音铿锵而顿挫,严肃中总隐含着轻松的幽默感。以下随便译一些看看。

(1)《序言》前部:

这些对于我所知的一些人的一知半解是我闲散时候写的。自然,它们的合适的安身地应该是废纸篓。不过它们曾经给有些朋友以乐趣;也就是适应这后一种要求才把它们集在一起印成书。

我相信这里没什么恶意,也不至惹谁生气。不过,也可能有一两位不同意我关于他们的一些说法。如果竟是这样,我请求他们宽恕。

(2)《吴宓》开头:

吴宓先生不像地上的任何事物,只要见一次,永远忘不了。有些人则不然,要让人家介绍上百次,可是到一百零一次,还是非再介绍不可。他们的面容是如此平常:没有风度,没有特点,恰好是平平常常的杰克、汤姆和哈利。吴先生的面容却得天独厚:其特异之点简直可以入漫画。

(3)《胡适》开头：

　　对于一些人，胡适博士是好敌手，或者是很好的朋友。对于另一些人，他是老大哥。人们都觉得他既温和又可爱——甚至他最险恶的仇人也是这样。他并非风流绅士，却具有风流绅士的种种魅力。交际界，尤其是夫人、小姐们，所欣赏的是"有一搭没一搭说些鬼话"的本领，看似区区小节，实则必不可少，在这方面，胡博士是一位老手。

(4)《徐志摩》结尾：

　　有人说在志摩的晚期看到成熟的迹象。如果是这样，他就是死得正是时候。那是神话式的死！死于飞机失事，而且是撞在山上！是诗意的死，结束了儿童的生命：神还能给予凡人比这更好的命运吗？

(5)《辜鸿铭》结尾：

　　一个反叛，可是歌颂君主专制；一个浪漫人物，可是接受儒道为自己的生活哲学；一个唯我独尊的人，可是以留着奴隶标帜的辫子而自豪：是这种矛盾使辜鸿铭成为现代中国最有趣的人物。

文字都不多，所谓轻轻点染。可是分量很重，因为充满智慧和见识。妙在深沉的内容而写得轻松、幽默。

　　十七篇，篇幅都不长，主要写自己的感触和认识，很少记事实，这也是英国散文大家的传统。评论各式各样的人物，他都能够透过表面，深入内心，一针见血。例如徐志摩，我见过，印象是的确像个诗人，有浪漫气；可是在温先生的眼里，他是个孩子，永远有童心，所以他恋爱，他写诗，以至砸碎玻璃，揉碎花。我仔细体会，觉得还是温先生说得对，因为是透过枝叶见到根。对辜鸿铭也是这样，说他的矛盾表现都不是本质，本质是他要反常态，逆众意。温先生写:"大家都接受的,他反对。大家都崇拜的,他蔑视。与众不同是他的快乐和骄傲。因为时兴剪辫子,所以他留着。如果别人都有辫子,我敢断定辜鸿铭一定第一个剪去。"这也是透过外表看内心,所以见得深,说得对。

以上谈温源宁,谈的不多,抄的不少,是因为对于温先生,我所知很少,譬如这本书之外,他还有没有其他著作,也是一直不清楚。不过无论如何,能够见到一本总是好事,不然,那就直到今天,我还会以为他只是英语说得好,不通其他,就真是交臂失之了。

20世纪60年代中在鸦儿胡同14号院中耕作

1965年8月与家人游北海

季 羡 林

季羡林先生是中外知名的学者。知名,这名确是实之宾,与有些人,舍正路而不由,也就真像是抟扶摇而上者九万里的不同。可是这实,我不想说。也不能说,因为他会的太多,而且既精且深,我等于站在墙外,自然就不能瞥见宗庙之美,百官之富。不过退一步,不求美,不求富,我也不是毫无所见。就算是概貌吧,大致有三个方面。一是语言,他通很多,母语即汉语之外,世上通行的英、法、德之类也可不在话下,他还通早已作古的梵语和吐火罗语。另一个方面可以算作重点,是研究、翻译有关印度的经典著作。这方面,他用力最多,贡献最大;说大,还有个理由,是这类必须有为学术而献身的精神始能从事的工作,很少人肯做,也很少人能做。还有一个方面是他兴趣广泛,有时也从象牙之塔里出来,走向十字街头,就是说,也写杂文,甚至抒发幽情的散文。

方面这样广,造诣这样高,成就这样大,我这里是想说闲话,只好躲开沉重的,另找点轻松的。这轻松的是自从我们成为不远的邻居之后我的见闻。北京大学校园(雅称为燕园)内东北部有六座职工宿舍楼,结构一样,四层,两个楼门,先为黄色,一九七六年地震后修整变为白色。五座在湖的东部,由南向北排列;一座单干,在湖的北部偏西。我女儿住东部由北向南的第二座,我自七十年代中期到那里寄居。其时老北大时期即任数学系教授的申又枨先生住湖北部那座楼,我们有来往。地震以后不久,申先生因病逝世,申夫人迁走,房子空出,大约是八十年代早期,季先生迁来。我晨起沿湖滨散步,必经季先生之门,所以就成为相当近的邻居。可是我不敢为识荆而登门,因为我据以推断的是常情,依常情,如季先生名之高,实之重,也许要拒人于千里之外吧?就是经过同事兼老友蔡君的解释,我还是没有胆量登门。蔡君也是山东人,与季先生是中学同学,每次来看我,总要到季先生家坐一会儿。我本来可以随着蔡君去拜访,仍是常情作祟,有意而终于未能一鼓作气。蔡君才也高,而举止则慢条斯理,关于季先生,他只说中学时期,英语已经很好。这就使我想到天之生材,如季先生,努力由己,资质和机遇,总当归诸天吧?

结识之前,有关季先生的见闻,虽然不多,也有值得说说的。用评论性的话总而言之,不过两个字,是"朴厚"。在北京大学这个圈子里,他是名教授,还有几项煊赫的头衔,副校长,系主任,研究所所长,可是看装束,像是远远配不上,一身旧中山服,布鞋,如果是在路上走,手里提的经常是个圆筒形上端缀两条带的旧书包。青年时期,他是很长时期住在外国的,为什么不穿西服?也许没有西服。老北大,在外国得博士学位的胡适之也不穿西服,可是长袍的料子、样式以及颜色总是讲究的,能与人以潇洒、高逸的印象。季先生不然,是朴实之外,什么也没有。语云,不是一家人,不进一家门,季夫人也是这样,都市住了多年,还是全身乡里气。为人也是充满古风,远近邻舍都称为季奶奶,人缘最好,也是因为总是以忠厚待人。与季夫人为伴,家里还有个老年妇女,据说是季先生的婶母,想是因为无依无靠吧,就在季先生家生活并安度晚年了。总之,单是观察季先生的家(包括家内之人),我们的印象会是,陈旧,简直没有一点现代气息。室内也是这样,或说更是这样,墙、地,以及家具、陈设,都像是上个世纪平民之家的。惟一的不同是书太多,学校照顾,给他两个单元,靠东一个单元装书,总不少于三间吧,架上、案上,都满了,只好扩张,把阳台封上,改为书库,书架都是上触顶棚的,我隔着玻璃向里望望,又满了。

大概是八十年代前期,不记得由谁介绍,在季先生家门口,我们成为相识。以后,我清晨散步,路过他家门口,如果赶上他在门口,就打个招呼,或者说几句闲话。打招呼用和尚的合十礼,也许因为,都觉得对方同佛学有些关系。闲话也是走熟路。消极的是不沾学问的边,原因,我想少一半是他研究的那些太专,说,怕听者不懂,至少是没兴趣;多一半仍是来于朴厚,讲学问,掉书袋,有炫学之嫌,不愿意。再说积极一面,谈的话题经常是猫。季先生家养三只猫,一对白色波斯猫和一只灰白相间的本地猫。据说,季先生的生活习惯是早睡早起,清晨四时起床就开始工作。到天大明的时候,他有时到门外站一会儿,一对波斯猫总是跟着,并围着两腿转,表示亲热。看来季先生很喜欢这一对,不止一次向我介绍,波斯猫,两只眼,有的颜色一样,有的颜色不一样,他家这两只,有一只,两眼的颜色就不一样。起初,我以为季先生到门外,是因为爱猫,怕被偷,所以"放风"的时候看着。后来有不少次,我看见猫出来,季先生却没有跟着。猫恋人,我招招手,就也向我走来,常常是满身土,因为刚在土地上打几个滚。我这才明白,原来季先生并没有在猫身上费过多的心思。

他的事业是学问,扩大些说,是为文化;热心传授,也是为社会上野成分的减少和文成分的增加。所有这方面的情况,要由门内人作为专题介绍。我无此能力,只好根据我的一点点见闻,说说他的为人,仍是有关朴厚的。先说一件由闻而来的,是某一次开学,新生来校,带着行李在校门下车,想去干什么,行李没有人照看,恰好季先生在附近,白发,苍老,衣着陈旧,他推断必是老工友,就招呼一下,说:"老同志,给我看一会儿!"季先生说"好",就给他看着。直到开学典礼,季先生讲话,他才知道认错了。季先生就是这样,从来没有觉得自己超过一般人,所以不论什么人,有所求,只要他能做并且不违理的,他都慨然应允,而且立刻就办。

举一次使我深受感动的事为证。是不久前,人民大学出版社印了几个人的小品,其中有季先生和我的。我有个熟小书店,是一个学生的儿子经营的,为了捧我之场,凡是我的拙作,他都进一些货。爱屋及乌,这次的系列小品,他每种都进一些货。旧潮,先秦诸子,直到《文选》李善注,因为其时没有刻印技术,也就没有"签名本"之说,有刻印技术之后,晚到袁枚的《随园诗话》,顾太清的《东海渔歌》,也还是没有签名本之说。现在是旧潮换为新潮,书有所谓签名本,由书店角度看利于卖,由读者角度看利于收藏,于是而有签名之举,大举是作者亮相,到书店门口签;小举是作者仍隐于蜗居,各色人等(其中有书商)叩门求签。我熟识的小书店当然要从众,于是登我门,求签毕,希望我代他们,登季先生之门求签。求我代劳,是因为在他们眼里,季先生名位太高,他们不敢。我拿着书,大约有十本吧,去了,让来人在门外等着。叩门,一个当小保姆的年轻姑娘打开门,我抢先说:"季先生在家吗?"小保姆的反应使我始则吃惊,继则感佩。先说反应,是口说"进来吧",带着我往较远一间走,到大敞的门,用手指,同时说:"不就在这里吗!"这话表明,我已经走到季先生面前。季先生立着,正同对面坐在床沿的季夫人说什么。再说为什么吃惊,是居仆位的这样侍候有高名位的一家之主,距离世间的常礼太远。说到常礼,我想到一些旧事,只说两件,一闻一见。先说闻,是有关司马光的轶事:

  司马温公有一仆,每呼君实(司马光字君实)秀才(称家中年轻人),苏子瞻教之称君实相公。公闻,讯之,曰:"苏学士教我。"公叹曰:"我有一仆,被苏子瞻教坏了。"(《宋人轶

事汇编》引《东山谈苑》)

再说见,是五十年代前期,我同叶恭绰老先生有些交往。叶在民国年间是政界要人,晚年京华息影,还保留一些官派,例如我去找,叩门,应门的是个老仆人,照例问:"您怎么称呼?"通名以后,不说在家不在家,只说"我给您看看"。问过之后,再到门口,才说"您请进"。这常礼由主人的名位和矜持来,而季先生,显然是都不要,所以使我由小保姆的直截了当不由得想到司马温公的高风,也就不能不感而佩之。言归正传,是见到季先生,说明来意,他毫不思索就说:"这是好事。那屋有笔,到那里签吧。"所谓那屋,是东面那个书库。有笔的桌上也堆满书,勉强挤一点地方,就一本一本写,一面写一面说:"卖我们的书,这可得谢谢。"签完,我说不再耽搁,因为书店的人在门外等着。季先生像是一惊,随着就跑出来,握住来人的手,连声说谢谢。来人念过师范大学历史系,见过一些教授,没见过向求人的人致谢的教授,一时弄得莫知所措,嘴里咕噜了两句什么,抱起书跑了。

以上说的都是季先生朴厚的一面。朴厚与有深情有密切关系,所以他也常常写抒情的小文。不久前看到一篇,题目以及刊于何处都记不清了。但内容还记得,是写住在他楼西一个平房小院的一对老夫妇。男的姓赵;女的德国人,长身驼背,前些年常出来,路上遇见谁必说一声"你好"。夫妇都爱花木,窗前有茂密的竹林,竹林外的湖滨和东墙外都辟成小园,种各种花草。大约是一年以前,男的得病先走了。女的身体也不好,很少出来,总是晚秋吧,季先生看见她采花子,问她,知道是不愿意挫伤死去的老伴的心愿,仍想维持小园的繁茂。这种心情引起季先生的深情,所以写这篇文章,表示赞叹。与季先生的学术成就相比,这是世人较少注意的一面,但至少我以为,分量却并不轻,因为,就是治学的冷静,其大力也要由情热来。

这样,季先生就以一身而具有三种难能:一是学问精深,二是为人朴厚,三是有深情。三种难能之中,我以为,最难能的还是朴厚,因为,在我见过的诸多知名学者(包括已作古的)中,像他这样的就难于找到第二位。

启　　功

　　日前由李慧陪伴,登浮光掠影楼,进谒启功先生,要他的手写影印尚未印成的《启功絮语》复印本。何以如此急急？是因为近一两年,我旧习不改,仍写些事过或事微而未能忘情的,积稿渐多,想走熟路,集为《负暄三话》。前两本的编排旧例,都是反三才之道,人为先;人不只一位,也要排个次序,我未能免势利眼之俗,也为了广告效应,列队,排头,要是个大块头的。于是第一本拉来章太炎,第二本拉来辜鸿铭,说来也巧,不只都有大名,而且为人都有些怪,或说不同于常的特点。现在该第三本了,既然同样收健在的,那就得来全不费工夫,最好是启功先生,因为他也是既有大名,又有不同于常的特点。且说有如扛物,大块头的必多费力,我畏难,从设想凑这本再而三的书之日起,就决定最后写这篇标题为《启功》的。现在,看看草目,六十余名都已排列整齐,只欠排头未到,畏,也只好壮壮胆,拿笔。拿笔之前,听说继《启功韵语》之后,又将有"絮语"问世,夫絮,细碎而剪不断、理还乱之谓也,姑且承认启功先生谦称自己的韵语为打油,推想这絮语的油必是纯芝麻,出于我们家乡的古法小磨的,所以我必须先鼻嗅口尝,然后着笔。以上这些意思,也当面上报启功先生。他客气几句,我听而不闻,于是就拿到《启功絮语》的复印本。回来看了,自然又会得到几次人生难得的开口笑。其时正临近癸酉年中秋,我忙里偷闲,往家乡望了"月是故乡明"之月,吃了尚未新潮的月饼,由《絮语》引发的欢笑渐淡,难得再拖,只好动真格的,拿笔。

拖,至少一部分是来于畏,畏什么?正如我多次面对启功先生时所说:"您这块大石头太重,我苦于扛不动。"重,化概括为具体,是:所能,恕我连述说也要请庄子来帮忙,是"两涘渚崖之间,不辨牛马";为人,是"东面而视,不见水端"。——既已向古人求援,干脆再抄一抄,包括所能和为人,是《后汉书·黄宪传》所说:"汪汪若千顷陂,澄之不清,淆之不浊,不可量也。"说到澄之不清,淆之不浊,想大动干戈之前,先来个由芥子见须弥的小注。比如你闯入他的小乘道场(曾住西直门内小乘巷),恭而敬之地同他谈论,或向他请教,诗文之事,他会一扯就扯到"我腿何如驴腿",此即所谓澄之不清。又比如七十年代早期,他的尊夫人章佳氏往生净土,于是一如浮世所常见,无事生事,有事就更多好事者,手持红丝,心怀胜造七级浮屠之热诚,入门三言两语,就抽出红丝往脚脖子上系,他却一贯缩腿敬谢,好事者遗憾,甚且不解,而去,可是喜欢道听途说的人不就此罢休,于是喜结良缘的善意谣传还是不胫而走,对此,他有绝招,是我所亲见,撤去双人床,换为单人床,于今几二十年,不变,此即所谓淆之不浊。总之,这之后就只得来个杂以慨叹的总评:不可量也。

可是好事者走了,还有多事者,会反唇相讥:"你不是也量过吗?那就不是不可量了。"我想,这是指我写过这样几篇文章:《〈论书绝句〉管窥》,《〈启功韵语〉读后》,《〈说八股〉补微》,《两序的因缘》,《书人书事》。也许还有别的,一时想不起来,也就不去查了。现在是要声辩,虽然所写不只一篇,对于启功先生的所能和为人,还无碍于我的评论,"不可量也"。理由不只一项。其一,我的所谈都是皮毛,自然不能见"宗庙之美,百官之富"。其二,有所见,或更进一步,有所评,都是瞎子摸象之类,对的可能性并不大。其三,限于所能中的见于书本的(如文物鉴定就不,或说难于,见于书本),如主要讲鉴古的《启功丛稿》,我就不敢碰,因为过于专,过于精,我是除赞叹以外,不能置一辞。其四,关于为人,我见到面团团兼嘻笑,听到"我腿何如驴腿",所有这些,是整体的千百分之一呢,还是连之一也不是呢,是直到现在我也说不清楚。说不清,还敢写,亦有说乎?曰有,是依据事理,了解自己尚且不易,况他人乎?可是自司马子长以下,还是有不少人,或自发,或领史馆之俸,为许多人,包括列女和僧道,写传记。太史公写项羽,写张良,没见过,专就一点说,我写启功先生就有了优越性,是不只见过,而且来往四十年有余。就说只是皮毛吧,想来皮是真皮,毛也不假,写出来,给想看名人的人看看,也不无意义吧?所以还是放开笔,任其所之,写。

由有辫子可揪的地方写起,那是著作,白纸黑字,市上可见,一点不含糊。只能计立或卧于我的书架子上的,有以下这些(以出版时间先后为序):

诗文声律论稿	1977年中华书局
古代字体论稿	1979年文物出版社
启功丛稿	1981年中华书局
启功书法作品选	1985年北京师范大学出版社
启功书法选	1986年人民美术出版社
书法概论(主编)	1986年北京师范大学出版社
启功韵语	1989年北京师范大学出版社
论书绝句	1990年三联书店
汉语现象论丛	1991年商务印书馆(香港)有限公司
说八股	1992年北京师范大学出版社
启功书画留影册	1992年北京师范大学出版社
启功论书札记	1992年北京师范大学出版社
启功絮语	即将出版

一大串都是书"名",夫名者,实之宾也,而想到实,那就"荡荡乎民无能名焉"。不敢翻检看,只说还有的一点点印象。《启功丛稿》里有一篇《董其昌书画代笔人考》,长万言以上,发旧隐如数家珍,不知别人怎么样,我看了,不是想进一步研究,以求略知古书画的门径,而是不想再沾边,因为太深,太难,只能安于不知为不知。这样说,我是被他的学识吓倒了。学识来于头脑。来于手的就更厉害,书,一笔一画,画,一枝一叶,与今人比,不便说,无妨与古人比,至少我觉得,说书超过成铁翁刘的翁,画超过扬州八怪的有些怪(尤其山水),总不为过。以上这些只是有辫子可揪的。还有无小辫也就难于揪住的,只说两项。一项是,据我所知,他肚子里还有大批存货,因为受"能者多劳"之累,即使想掏也掏不出来。证据多得很,只举一种,是一次闲谈,不知怎么扯到《兰亭序》帖,他说:"问题很复杂,至少要二十万字以上才能说明白。"他忙,常常被逼得东躲西藏,也就只好不写。另一项是书画佳作,多到数不清,都"散而之四方",也就实有而若无。只就我个人说,生性懒散,又不过于爱管闲事,可是数十年来,揩他手之油,大至牌匾,小至书签,中间有画卷、条幅、对联、题跋,等等,少数为自己,多数为亲友,总在百件以上吧,他"四海之内皆兄弟",所作数量之大,就虽可想而实难知了。上面说肚子里的存货,用"大批"形容,其实还应该加上"多种",比如直到不久前看了他的《说八股》,才知道他还作过八股文,会作八股文。他生于一九一二壬子,其时已是变帝制为共和,就说是姓爱新觉罗吧,也太希奇了。

如果有什么光的探测器,对准他的肚皮(从旧而俗之习,不说心,更不说大脑),咔嚓一响,我想一定会有许多新发现。暂时还未照,也就只好等照见后再说。这里只说一些已经能够看到的。其中一种是一般人不很清楚甚至并未注意的,是书画等的鉴定。这方面,成为名家,也许比善书善画更难,至少是同样不容易,因为不只要有机会,见得多,还要有能深入分辨的慧心和慧眼。启功先生得天独厚,外有机会,公藏私藏,几乎所有名迹他都见过,又内有慧心慧眼,还要加上他能书能画,深知其中甘苦,所以成为这方面的有数的一流专家。他忙,也因为这方面的多能,比如前些年,由上方布置,他同另两三位专家,周游一国,看各大博物馆的收藏,看后要点头或摇头,回来,我庆幸他大饱眼福,他说也相当累。私就更多,他走出浮光掠影楼,常有人拿出一件甚且抱出一捆,请他看,不下楼,也会有不少人叩门而入,也是一件或几件,请他看,希望看到他点头。有的还希望他在上面写几句,以期变略有姿色为容华绝代。他宽厚,总会写几句。但有分寸:精品,他掏心窝子说;常品,说两句不疼不痒的;赝品,敬书"启功拜观"云云,盖曾拜曾观,并非假话也。说到这里,我应该感谢他对我的网开一面,因为,比如请他看尚未买的文徵明书《长恨歌》册,已买(知未必真,因价特廉而收)的祝枝山临《景龙观钟铭》卷,他都未说"拜观",而说"假的"。到此,想说两句似题外而非题外的话,像这样的《广陵散》,不想法使之下传,而让这现代化的嵇叔夜今天东家去开会,明天西家去剪彩,以凑电视之热闹,总是太失策了吧?

说过一般人未注意的,要接着说一般人(包括不少海外的)都注意的,书法。这里要插说一项一般人也不很清楚的,是启功先生的浮世之名,本来是画家,近些年为能者多劳的形势所迫,画过于费时间,书可以急就章,才多书少画(或说几乎不画),在人的印象中就成为单纯的书法家,并上升为书法家协会主席。众志成城,又因为他本人执笔,多谈书而不谈画,吾从众,也就撇开画而专谈书法。可是这就碰到大难题,而且不只一个。只说两个。其一,出于他笔下的字,大到榜书,小到蝇头小楷,又无论是行还是草,都好,或说美,可是如果有人有追求所以然之癖,问怎么个好法,为什么这种形式就好,我说句狂妄的话,恐怕连启功先生自己也答不上来。我想,这就有如看意中的佳人,因觉得美而动情,心理活动实有,却只能意会而不能言传。勉强言,如我有时说的,"看这'有'字,简直就是《圣教序》","外圆润流利而内钢筋铁骨,是书法造诣的最上乘",都是说了等于不说。总之,无能为力,也就只好改说第二个难,不离文字的。这是指他的论书著作,主要是《论书绝句》和《论书札记》。有书问世,白纸黑字,如绝句,且有自注,何以还说难?是因为书道,上面说过的,微妙之处,可意会不可言传,启功先生老婆心切,欲以言传,也无法避精避深,于是读者,以我为例,看,字都认识,至于其中奥义,就有如参"狗子还有佛性也无"的"无",蒲团坐碎,离悟还是十万八千里。单说《论书绝句》,一百首,由西京的石刻木简说到自己的学书经历,如生物之浑然一体,牵一发必动全身,没有寝馈于书苑若干年的苦功,想得个总体的了解,也太难了。只好躲开这整体,由《论书札记》里抄两则看看。

行书宜当楷书写,其位置聚散始不失度。楷书宜当行书写,其点划顾盼始不呆板。

人以佳纸嘱余书,无一惬意者。有所珍惜,且有心求好耳。拙笔如斯,想高手或不例外。眼前无精粗纸,手下无乖合字,胸中无得失念,难矣哉。

我们看了,都会感到这是金针度人,可是参,何时能参透呢?启功先生以书法名世,或说惊世,而单单在这方面他最难了解,正所谓不可量也。

还有个不可量是他所谓"韵语",想了解他的为人,更不可不看。不知道由于人性还是由于习惯,或人性兼习惯,诗词所写多是人的内心深处。于是居常隐的就会成为显,即使是影影绰绰的。又于是写《〈启功韵语〉读后》,我就特别有兴趣。这里又谈他的《韵语》,虽然新加上他的《絮语》,想了想,我还是没有什么新意见。但抄旧的,就说是自己的,也会引来偷懒之讥,所以还是来个新瓶子装旧酒。可说的不少。先说板着面孔的,是一,他大写其俳谐体,所得有两个方面:一方面是为自己画了最逼真的像,另一方面是可以稳拿"前无古人"这项桂冠。还有二,是以口语甚至俗语入有格律的诗词,可以为胡博士的《白话文学史》增添一宗宝贵的财富,可惜这位博士三十年前见了上帝,不及见之了。接着说画像,也会遇见难题,是一些熟人所习见,面团团,嘻嘻哈哈,不玩笑不说话,于是表现为韵语的俳谐吗?我在拙作"读后"里就曾推想,恐怕背后或深处还有东西,那是庄子的"以天下为沉浊,不可与庄语"。怎见得?有诗(广义,即韵语)为证:

　　古史从头看。几千年,兴亡成败,眼花撩乱。多少王侯多少贼,早已全都完蛋。尽成了,灰尘一片。大本糊涂流水账,电子机,难得从头算。竟自有,若干卷。　　书中人物千千万。细分来,寿终天命,少于一半。试问其余哪里去?脖子被人切断。还使劲,斯斯争辩。檐下飞蚊生自灭,不曾知,何故团团转。谁参透,这公案。(《启功韵语》卷二《贺新郎·咏史》)

这是看透一切,或用佛家的话说,万法皆空。空,也就兼能破我执,也有诗为证:

　　中学生,副教授。博不精,专不透。名虽扬,实不够。高不成,低不就。瘫趋左,派曾右。面微圆,皮欠厚。妻已亡,并无后。丧犹新,病照旧。六十六,非不寿。八宝山,渐相凑。计平生,谥曰陋。身与名,一齐臭。(同上书卷三《自撰墓志铭》)

像这样字面轻松而内容沉重的,"韵语"里随处可见。碍难多抄,又舍不得,只好换个地方,再来一首:

老妻昔日与我戏言身后况。自称她死一定有人为我找对象。我笑老朽如斯那（哪）会有人傻且疯，妻言你如不信可以赌下输赢账。我说将来万一你输赌债怎生还，她说自信必赢且不需偿人世金钱尘土样。何期辩论未了她先行，似乎一手压在永难揭开的宝盒上。从兹疏亲近友纷纷来，介绍天仙地鬼齐家治国举世无双女巧匠。何词可答热情洋溢良媒言，但说感情物质金钱生理一无基础只剩须眉男子相。媒疑何能基础半毫无，答以有基无础栋折梁摧楼阁千层夷为平地空而旷。劝言且理庖厨职同佣保相扶相伴又何妨，再答伴字人旁如果成丝只堪绊脚不堪扶头我公是否能保障。更有好事风闻吾家斗室似添人，排闼直冲但见双人床已成单榻无帷幛。天长日久热气渐冷声渐稀，十有余年耳根清净终无恙。昨朝小疾诊疗忽然见问题，血管堵塞行将影响全心脏。立呼担架速交医院抢救细检查，八人共抬前无响尺上无罩片过路穿行晾盘儿杠。诊疗多方臂上悬瓶鼻中塞管胸前牵线日夜监测心电图，其苦不在侧灌流餐而在仰排便溺遗臭虽然不盈万年亦足满一炕。忽然眉开眼笑竟使医护人员尽吃惊，以为鬼门关前阎罗特赦将我放。宋人诗云时人不识余心乐，却非傍柳随花偷学少年情跌宕。床边诸人疑团莫释误谓神经错乱问因由，郑重宣称前赌今赢足使老妻亲笔勾销当年自诩铁固山坚的军令状。（《启功絮语·赌赢歌》）

歌洋洋六百言，也通篇抄，是有所为，为"奇文共欣赏"。欣赏什么？说我自己的，浮面是笑，再思就如入宝山，发现世间希有的。其实也不难说，是如他的多种所能，一般人办不到。不只一般人，连禅宗典籍"道婆烧庵"公案里那位庵主也办不到，因为二八女子抱定，他说"枯木倚寒岩，三冬无暖气"，是还在挣扎，"断百思想";启功先生则"十有余年耳根清净",可谓已经是悟之后的境界。这境界,我有时想,与他的书法相比,也许应该评价更高吧?这更高,是隐藏在他的俳谐之后的,所以面对他,或面对他的有些著作,只看见嘻嘻哈哈,就只是浅尝,甚至说会上当。俳谐后也常常是更多的严肃。这严肃,有时也会挑帘出场,如下面的两首就是这样:

> 金台闲客漫扶藜,岁岁莺花费品题。故苑人稀红寂寞,平芜春晚绿凄迷。觚棱委地鸦空噪,华表干云鹤不栖。最爱李公桥畔略,黄尘未到凤城西。(《启功韵语》卷一《金台》)

> 苔枝依旧翠禽无,重见华光落墨图。寄语词仙姜白石,春来风雪满西湖。(《启功书法作品选》第119页题自画梅花)

像这样的诗,正如我过去所曾说,是一旦正襟危坐,就不让古人了。

韩文公有句云"余事作诗人",所以介绍启功先生,更要着重谈大节。大节为何?开门或下楼,待人诸事是也。这就更多,只想谈一些见闻。其一是对陈援庵(名垣,史学家,曾任辅仁大学校长,别署励耘书屋)先生,或口说,或笔写,他总是充满敬佩和感激之情,说他的"小"有成就,都是这位老先生之赐。这当然不是无中生有,但实事求是,我觉得,推想许多人也会这样想,说"都是",就未免言过其实。可是多年以来,直到他的声名更多为世人所知的时候,他总是这样说,也总是这样想。是不实事求是吗?非也,是他的"德"使他铭记一饭之恩,把自己的所长都忘了。这种感情还有大发展,是近些年来,他的书画之价更飞涨,卖了不少钱,总有几十万美元吧,他不要,设立奖学金,名"启功奖学金",合情合理,可是他坚持要称为"励耘奖学金"。这奖学金,陈援庵先生健在的时候无从知道,如果泉下有知,微笑之后,也当泣下沾襟吧?

其二,由楼名的"浮光掠影"说起,这也是谦逊,推测本意与"云烟过眼"不会差多少。云烟过眼,是见得多,也可以兼指多所有。与项子京之流相比,启功先生自然是小户,但因为眼力高,时间长,碰巧(据我所知,他不贪,也就不追)流入先则道场后则红楼的,精品或至精品也不少。其中一些我见过,只说一两件印象最深的,一大条幅查士标的山水,题字占面积的一半以上,雍正御题"玉音"赏田文镜的青花端砚,都是罕见的珍品。他看这些像是都无所谓,随手来,随手去,最后索性"扫地出门",都捐献给可以算作他的故土的辽宁博物馆。我的见闻中有不少迷古董的,像他这样视珍奇为身外物的,说绝无也许太过,总是希有吧。

其三,想到秀才书驴券,字已满若干页,总当说点更切身的,以便终篇。这是想以我同他的多年交往为纸笔,为他画个小像。我有幸,与曹家琪君在同一学校当孩子王,曹君原是启功先生的学生,不久就上升为可以相互笑骂的朋友,他爽快热情,与我合得来,本诸除室中人以外都可以与朋友共之义,他带着我去拜识启功先生。其时启功先生住鼓楼西前马厂,所以其后我的歪诗曾有句云:"马厂斋头拜六如(唐寅,亦兼精书画),声闻胜读十年书。"这后一句写的是实情,因为见一次面,他的博雅、精深和风趣就使我大吃一惊。不久他迁到鼓楼东黑芝麻胡同,我住鼓楼西,一街之隔,见面的机会更多。总是晚上在他的兰堂,路南小四合院的南房。靠东两明是工作室,有大的书画案;西一暗是卧室,闲坐闲谈多是在这一间。他的未嫁的姑母还健在,住西房,他的夫人不参与闲谈之会,或在外间,或往西房。夫人身量不高,(与我们)沉默寡言,朴实温顺,女性应有的美都集在性格或"德"字上,不育,所以启功先生在《自撰墓志铭》中说"并无后"也。还是谈晚间之会,我只是间或到,必到的有曹君家琪,因面长,启功先生呼之为驴,有马先生焕然,启功先生小学同学,也是寡言,可是屁股沉,入室即上床,坐靠内一角,不到近三更不走,有熊君尧,寄生虫学家。所以启功先生有一次说:"到我这儿来的都是兽类,有驴,有马,有熊,有獐(明指其内弟章五);您可不在内。"这显然是"此地无银三百两"的笔法,我一笑,说在内也好。现在回头理这些旧账干什么呢?是因为不很久之后,大局变为,也要求"车同轨,书同文字",先是我成为自顾不暇,接着启功先生成为"派曾右",其后又迁到西城他内弟的住处小乘巷,远了,想到北城兽类欢聚之事,不禁有"胜地不常,盛筵难再"之戚。且说那时期我正编一种内容为佛学的月刊,启功先生曾以著文的实际行动支持,署名"长庆",想是因为唐朝元白人诗文结集都用这个名字。其时他不似现在之忙,正是揩油的好机会,记得曾送去真高丽纸一张,一分为二,画两个横幅,一仿米元晖,一仿曹云西,受天之祜,经过"文化大革命",今尚存于箧中。说到揩油,这大概是揩油之始,其后,六十年代到七十年代,他在闷乘巷,送走了夫人,美尼耳病常发作,八十年代迁往西北郊师范大学小红楼,更远了,可是我还是紧追不舍。为什么?主要是为揩油,连带的是还没有忘"声闻胜读十年书"。感谢他有宽厚待人的盛德,总是有求必应,如果所写之件不面交,有时还附个小札,说"如不合用,再写"。近几年来,揩油的范围还不断扩张,说个最大的,是求写序文。他仍是有求必应,送去书稿,有时间看,写,没时间看,也写。宽厚的表现还有"意表之外"的,太多,只说两件,算作举例。一件是我的拙作《负暄琐话》印成之后,托人送去,正心中忐忑待棒喝,却接到夸奖的信,其中并有妙语"摸老虎屁股如摸婴儿肌肤","解剖狮子如解剖虱子"云云。如果没有这老虎和狮子,我也许就没有勇气写"续话"和"三话"了吧?另一件是一次登上浮光掠影楼,见室内挂一王铎草书条幅,希有之精,一面看一面赞叹。他说是日本影印台湾故宫的。说着,取来竹竿,挑下,卷,说:"您拿走。"我推辞不得,只好接受,谢。——应该更重谢的是他不得不答应,入我这本拙作,站在六十七名之前,当排头。如此恩重如山,而我曾无一芹之献,如何解释?是他什么都有,而我是连一芹也没有。勉强搜罗,也只是祝他得老天爷另眼看待,心脏不健,健了,血压不低,低了,越活越结实。然后我就可以多受教益,多得几次开口笑,还有一多,更不可忘,是继续揩油。

刘 佛 谛

周末总是很快地来到,昔日晚饭的欢娱已经多年不见了,可是忘却也难。对饮一两杯,佐以闲谈的朋友不过三两个,其中最使人怀念的是刘佛谛。

刘佛谛名旌勇,字义方,佛谛是我建议他采纳的别名。我们最初相识是在二十年代后期的通县师范,都是学生,他比我早两年。说起相识,只是在洗脸室里,我们都到得晚,他很胖,动作迟缓,就外表说,像是在羊群里孤立一头牛,所以给我的印象很深。印象深还有另外的原因,他在学校以幽默出名,常说笑话,遇事满不在乎;又口才好,有相声的才能,据说一个人可以开教务会议,模仿校长、训育主任,以及有特点的教师,可以惟妙惟肖。当时给人起外号成为风气,他的外号来自英语,是 fat,因为面容苍老,称呼时前面还要加"老";有少数人宁愿直截了当,呼为老胖子。

当时究竟谈过话没有,现在不记得了。以常情推之,他是知名人士,我不是,也许对于我,连印象也没有吧?到三十年代初,我上北京大学,住在沙滩一带,他原在山海关教书,大概因为东北沦陷,那个地方不能再安身,也到北京来,并也住在沙滩一带,于是交往就多起来。我们都穷,但吃好些的欲望一如常人,于是常常在一起用煤火炉做饭吃。吃什么要由手头的松紧决定,松时自然很少,所以经常是买十枚铜币的肉,这样也可以饱餐一顿。有时候,不管由于什么原因,决定破例,就花七八角钱买个猪肘子,用微火炖烂,对坐享受一次。总之,是渐渐共苦乐了,交谊就越来越深厚。

当然,交谊的深厚不是,或主要不是来自共同做饭吃,而是来自越来越相知。我发现他的为人,是两种性格的奇妙混合。他处理有关自己的事,是个乐天主义者,随遇而安,甚至及时行乐;谈天说地,扯皮取笑,常常近于玩世不恭;喜欢吃喝,常常顾前不顾后,简直可说是个享乐主义者。但是对人就完全不同,就是嘻嘻哈哈时候也决不越礼,并且,更可贵的是真挚,对老朋友总是热心关注。这种性格的影响有好坏两个方面。好的一面是与不少人建立了深厚的友谊,甚至死后还留在人的记忆里。坏的呢,都是与他自己有关的。他聪明,新旧学造诣都不坏,可是因为乐天,不急于事功,应该有成绩而竟没有留下什么。

依古训,应该躬自厚而薄责于人,还是多说他的优点吧。总的说,最值得怀念的是在坎坷途中相互的扶助。这常常是在面对之时,周末的共饭,闲谈,抚今思昔就是一例。也有时候不是对面。例如有一次,他住在家乡永清县,一个村庄,是五月节前,穷得连买菜钱都没有了,家居无聊,到镇上散散心,万没想到接到我寄去五元钱的信。回信说,他最不喜欢吃倭瓜,可是穷得要命,只能吃院里自种的倭瓜。五月节来了,想换换样,居然就由天上降下五元钱,可见上天无绝人之路,云云。我接到信,既欢乐又感慨,想到他曾开玩笑,说天老爷最胡涂,譬如他最喜欢吃鱼,可是鱼有刺,最不喜欢吃倭瓜,倭瓜却没有刺,如果让鱼刺生在倭瓜里会多好,于是又写一封信,说幸而天老爷胡涂,如果聪明,让鱼刺生在倭瓜里,他的境遇就更可怜了。

此后不久,他回到北京,经人介绍,到宁晋县去做秘书工作。行前同我商量,说当教师惯了,改行,有些不安然,想改个名字。我说,就用昔年的外号,由英变中,写佛谛,不是很雅吗?他同意,就用这个新名前往。以后来了一封诉苦的信,说不止一次,遇见所谓通文墨的人士,见到他的名片就恭维说:"您一定是佛学大家了。"他说不是,对方以为是谦虚,他越矢口否认,对方越不怀疑,总之,闹得他进退两难,如坐针毡。

幸而时间不很长,他又回到北京,重理旧业,被尊为佛学大家的尴尬局面结束了。以后我们同住北城,见面的机会多了,周末共饭闲谈的机会也多了。寒来暑往,风平浪静,都以为可以长此"奇文共欣赏,疑义相与析"。但是"文化大革命"的风暴来了,故人见面不便,从此就断了音问。记得最后一面是一九六八年的夏天,是早晨,在我上班的路上,他估计时间,在路旁等我。我们不敢多谈。我只说是还平安,将来如何不知道。转到说他,我说推想不会怎么样。他说:"那也难定,说严重就严重,说不严重就不严重。"说完,他催我赶紧走,我们就这样永别了。

直到一九六九年春天,才由他女儿那里知道,是一九六八年后期,说清查出身,发现故乡还有几十亩地在他的名下。照当时的不成文法,这就要遣送还乡。也许就因为怕走上这条路吧,在一九六九年年初,他在西郊新迁的一间个人独宿的小屋里喝了敌敌畏,"自愿"离开这个世界了。据说死的几天前写了两封信,其中一封是给我的,但写后不久就烧了。又死前床上的被子叠得很整齐,他女儿说,这是怕脏了,孩子们不能用。

人生百年,终于不能免这样一次,走了也就罢了。但他常常使我想到一个问题,就是,所谓乐天主义,它的力量究竟有多大呢?我多年以为能够理解他,也许实际并不理解他吧?每想到这里,总觉得没有看到他的最后一封信,真是太可惜了。

张守义

张守义先生是文学艺术界的名人，因装帧、插图有特殊成就而出名。我是久闻其名很晚才得识荆。其实说久也不很久，是八十年代早期，我报废十年之后，又为公家编书，并适应新风，业余甚至不业余，还搞点自留地。如人的下床活动，要外罩些西服领带、超短裙之类，书籍由印刷厂移到书商的摊或架子上，要有封面。不记得听谁说，设计封面，人民文学出版社的张守义很有几下子，已经成为这方面的名家。其后不久，广播学院的徐丹晖来，说美术馆有人民文学出版社的装帧展览，希望我随她去看看。我去了，看到不少精彩的黑白画，出于张守义，简单几笔，像是异想天开而神气活现，心里想，果然名下无虚士。徐丹晖的妹妹徐中益也在人民文学出版社美编室工作，与张守义是同事，所以徐丹晖同张守义也熟。据她说，张守义是个怪人，不吃饭，专靠喝啤酒活着。不知道只是凭印象还是也有调查研究的根据，一提起怪我就想到孤高，想到目空一切，因而再下行，就推断，像这样的人，艺高，值得接近，但一定难求，也就不得不敬而远之了。直到后来遇见徐中益，才知道靠啤酒活着的怪是因为胃有病，吃家常食物不能吸收；至于难求云云，也不是那么回事，其实人是很随和的。

既然如此，我就乐得拿出我的得揩油处且揩油主义，再有文字集成本本，就求他设计封面。他是特别精于为外国文学作品装帧插图的，我的拙作，既非外国又非文学，可是他也接受了，而且,至少我看,是勉为其难地交了稿。说勉为其难,是因为我求他设计封面的几种书,如《文言和白话》《禅外说禅》《诗词读写丛话》,都既无人物又无故事,就说是可以凭灵机、凭联想吧,看不清面容,抓不着辫子,如何灵、如何联呢?可是,除《禅外说禅》,我曾提供世尊拈花、迦叶微笑的些微线索以外,他都是借助于灵机一动,完成了任务。这灵机的成就方面的表现是,看到的人都觉得好,可是说不清为什么就好,问我与书的内容有什么联系,我说我也不知道。

是一九九二年的秋冬之际,迟迟其来的《诗词读写丛话》终于出版了,为了礼貌,也为了顺应以稀为贵的常情,想欣赏一下怪,我和这本书的责任编辑张君厚感,乘车到东郊张守义的住所去看他,名义是给他送书和稿费。爬上五楼,叩西面的一个小门。家中像是没有其他人,开门的当然只能是他。门开而人亮相,我一则以惊,一则以喜。惊是早已知其怪,却没料到会怪到这样子。如何形容呢?只好抄他的熟人霍达在一篇文章中所说:"头发那么长、那么乱,脸色又似乎几十年未曾洗过,完全适用一个现成的词儿'蓬头垢面',和他的作品似乎一点儿也'不搭界',不被人认为是流浪汉才怪呢!"这顶"流浪汉"的帽子加得妙,在我的眼里略加补充,不过是还透着和气和热情而已。再说喜,他是承德人,五十年代前期中央美术学院绘画系毕业,塞外的风景佳丽之地出生,造艺术家的大宅门里出身,兼从事艺术工作,这蓬头垢面就正可以表示他已经远于世俗,化于艺术。屋子很小,他很为难地表示请坐,因为不只没有坐处,是连立的锥地也没有。架子上,桌子上,不要说,都被乱书和杂物占满,就是仅有的一个沙发,两个椅子,上面也是堆满书籍杂物。不过无论如何,和气和热情还是产生了大力,于是他推的推,扔的扔,终于为我们二人挤出两个仅能容身的座位。落座,一纵目就看见挂在北墙上又像画的两个大字,"酒仙"。于是由酒说起,问他一天喝多少,然后说正事,送书和稿酬,并表示感谢。他常是所答非所问,因为,我想,求答得体,他就要暂时由艺术世界逃出来,大概很不容易。说着,他忽然拿起一个空啤酒瓶,让我们在商标纸上签字,他说来访的都要这样签名留念,晚上揭下来保存,这就是他的日记。我们写,他像是很感动,说有印的他的画册,推想就是《张守义外国文学插图集》,应该送给我们。于是到书架上搜寻。但终于没找到,只好表示歉意,说什么时候找到再送。我们说五时以后汽车还有任务,不能多谈。他说下次最好不坐汽车,可以谈半天,喝啤酒。我们告辞出门,请他回去。没想到他坚持要送上汽车,说对于长者,必须这样。

他的流浪汉的丰采,以及希望长谈喝啤酒的恳切,别后我一直记着。可是因为杂事多,拖了两三个月,直到眼看就是年底,兼以我的另一本书的封面材料必须送给他的时候,我和张君厚感才又去他的住所。是下午三点左右,他屋里有客人,一对并无关系的青年男女。这一来就更没有坐处。主客似乎都有此感,于是客告辞,主赶紧找空啤酒瓶,请签名,然后说了些有关事务的话,才把那两位送走。有了上次的经验,我在路上早已同张君厚感打了招呼,是要抢先说我们的,办我们的,不然,恐怕拖到半夜我们也出不来。我们照已定的战略战术实行,继续那两位的签名,拿起还未退隐的空啤酒瓶,先签了名。然后拿出封面的参考材料,我的手稿和照片,请他看,问可用不可用。他注视了一下,忽然若有所悟,说客人来了,应该先泡茶。他走了,过不多久,居然找来一个瓷壶。又走了,想是去找茶叶。又不久,回来,托着的却是个小锦盒,打开,是一段半寸多长满身锈的铁丝蒺藜,说是前几年去德国,在纳粹集中营的周围捡的。一转身又拿来一个锦盒,里面是一块只有一节手指那样大小的石块,说是在柏林墙下拾的。然后他解说拾和存的意义,说,比如到歌德、海涅等的故居,在墙角,在阶前,碰到个石块,可以肯定,那位大作家一定脚踏过,甚至手触过,还有什么比这更值得纪念呢?所以他到处拾石块,记下来,珍藏着。就这样,他到德国一趟,游了许多地方,拾了大量的石块。回来,行李沉重,老伴以为必有贵重的东西,如金饰物之类,及至发现是一箱石头,险些同他离婚,老伴说的想来是一句玩笑话,因为过一会儿他又找画册,说应该送我们,还是"上穷碧落下黄泉,两处茫茫皆不见",最后叹口气说,每天的时间,找东西要占去百分之三十,老伴到侄女家帮忙去了,如果在家就会好一些。总之,还是终于没有找到,同有些人一样,他也不得不接受"惯了一样"的生活哲学,说了一句"以后再说吧",改为干别的。这是去找茶叶。茶终于泡上,并倒了两杯,敬客。我们没有忘记战略战术,还是抓机会,往我的头像上扯。他直视我,忽然大声说:"灵感来了,我要照真人画,然后照相片修改,效果会更好。"我想这一下可成了,于是正襟危坐,准备他画。不料他的灵感惯于远飞,一瞬间又飞到长白山的天池。这样的虔诚经历,上次他已经说过,这次仍然有兴致重述。为但丁的《神曲》设计封面和画插图,他两次登上长白山看天池。第一次是一九八四年七月,赶上阴雨大风,他的灵感使他看到《神曲》中的地狱。第二次是一九九二年七月,《神曲》中译本再版的时候,为了答谢天池和但丁的赐予,他带着刻在镇纸石上、锌版上的但丁头像,登上长白山。这一次赶上天朗气清,风景佳丽,他看见上空飘来一片白云,就感到是但丁的身影出现在天堂之门,并向他招手。他赶紧跪下,面向天池叩拜,然后立起,把镇纸石和锌版扔在天池里。他说这些,像是又回到天池,虔诚到把一切都扔到脑后,只有一件,不是因为记得,是因为照习惯,间或拿起啤酒瓶,瓶口对人口,一仰头,总有一茶杯吧,下咽,然后放下,接着说。万幸,说到但丁头像扔在天池里,他沉思,停了一会儿。我想,良机不可再失,于是提醒他,说我的头像,他的灵感,兼说到时间已经不早,等等。他像是大梦初醒,向我注视一下,说:

"就这样坐着,不动,坚持一会儿就成。"我照吩咐坐好,开始坚持,并以为不过三五分钟,没什么困难。于是等待,或者更多的是盼望吧,眼盯着他。以下是所见。他先找速写本,说就在沙发前的长木几上,可是由上到下,不知翻了多少层,多少遍,就是找不到,最后不得已,只好用一张白纸代替。接着找画笔,说要那支粗的,也是终于没有找到,幸而也碰到个替身,细的,说对付着用吧,于是搬来一个凳子,放在我对面,坐下。我再开始坚持,同时看他。他注视我面部,像是灵感又来了,举笔,正要往蒙在一本硬皮书上的纸上画,忽然大声说:"呦!还得找眼镜。"我又一次放下坚持,等。幸而眼镜就在他背后的书架上,没费力就找到。其后我坚持,他画,总有五分钟吧,终于大功告成。我和张君厚感,怀着胜利的心情,向他告辞。他和上次一样,理由是对于长者,坚持要送到公共汽车站。我们抗不了,只好听之任之。就这样,一直走到长街之上,才互说谢谢,握手作别。

　　作别之后,这个怪人使我久久不忘,或者说,关于他的为人,我想得很多。想弄清楚的主要是,他究竟是怎样的一个人。显然,这就要透过外表,深探他的内心状况,或说精神世界。外表,他不修边幅,几乎一切都乱七八糟。思路不集中,想起什么是什么。总之,是没有处理家常事务的能力,至少是兴趣。可是同时,他并不胡涂,并不低能,即如我看到的他画的黑白画插图,堂吉诃德、懦夫、抢亲等,真是任何人都不能不拍案叫绝。这能力从哪里来?前面多次说到灵感,灵感也要有来源。我手头有一张他向天池跪拜的照片,俯身,两手捧头,简直是忏悔甚至痛哭的样子,我再看,一想就恍然大悟,原来他的怪只是不同于常,常人是生活在柴米油盐的世界里。他不然,是由深情热爱出发,生活在充满幻想的艺术世界里,因为通过幻想住在艺术世界里,所以对于家常事,包括书籍杂物等,他就视而不见;在旁观的常人的眼里,他就永远像是心不在焉。但他同时还有深情热爱,所以又舍不得现世的一切,大人物,如歌德、海涅,小事物,如一花一草,他也希望都能永生。总括地说,他是想一反孔老夫子之叹,希望川水不流,人间也就不会有逝者。可是事实是"逝者如斯夫",怎么办?万不得已,他才拾石块,想在许多石块上寄托幻想,挽住历史。欧阳文忠公词有云"人生自是有情痴",我想张守义的为人,就应该说是"情痴","怪"只是表面现象。

情痴,痴有等级之分,张守义的等级最高,成为宗教的虔诚。这好不好?评价要有标准,标准难定,好不好也就难说。可以说说的是难不难。据我所知,是很难,即如忘掉家常的柴米油盐,举头望见《神曲》的天堂和地狱,除了来自天命以外,还有什么办法?那么,就可以说是得天独厚吗?推想他老伴就未必这样看。那就退一步,不问厚薄,只承认为稀有吧。我是常人,对于稀有,常常是虽不能而怀有敬意。说起不能,又不免感慨万端。比如宗教感情,我多次谈到,为心安理得的稳固基础,可是我还是偏袒怀疑,无力走向信仰。又如深情热爱,我也不是没有,可是又常常想到现实以及佛道的空无,其结果就成为进退维谷。这自然也是天之所命,不过天道远,人道迩,我,作为人,与张守义的作为人相对,就不能不感到近于世俗;暗说几声"惭愧"了。

王门汲碎

一九三八年初,以连续的机缘,我迁到北京鼓楼以西、后海以北的一条胡同住。房的东邻是颇有名的广化寺,民国初年,北京图书馆曾经短期在这里,因而文化界的大名人,如缪荃孙、鲁迅等,经常到这里来。我租的房,据说清末民初还是个穷王府,因落魄而售与我的房东李姓。李四十岁上下,在某车厂任厂长。人严肃,有些近于板滞,同院住户称之为李先生。他的夫人王氏,身体粗壮,表情严肃认真,院里人都叫她李太太。这认真的背后好像藏有热心的力量,所以给人的印象是宽厚而迂阔。

住了一个时期,才知道李太太原来是王铁珊的二女儿,名用骙。王铁珊,名瑚,定州人,推想或是刻《畿辅丛书》的定州王氏的后代。他是清光绪二十年甲午恩科进士,与张謇(状元)同榜,李先生的父亲也是进士,想是由于这种关系两家才结了亲。

王铁珊在民初是相当有名的人物,原因的少一半是官不算小,做到京兆尹,多一半是言行远于世俗,清廉至于迂腐的程度,常常引人发笑。据说任京兆尹时期,春天出外干什么去了,碰巧这时候夫人从原籍来要钱,趁农忙之前修理住房。衙门管财务的人问明来意,由公款里暂支与三百元,打发走了。过几天,王铁珊回来,管财务的人报告此事,意在表功,不想长官大怒,要惩治,连夫人也算犯罪,罪名是携款潜逃,一时传为笑谈。他的这类故事多得很,再举一件。他是冯玉祥的老师,因为操行严正,冯将军非常尊重他。二十年代,冯将军一度占领北京,想请老师出任故宫博物院院长,他坚辞。据说措辞是这样:"我自信一生清廉,不爱财,不贪财。故宫宝物很多,我当然不会偷。可是故宫好书也多,我爱书,当然也不会偷。不过只要一动心,我就完了(意思是不再是完人),所以决定不干。"历史上记载的清廉,有些是假的,至少是夸大。王铁珊不然,就我们所知的一点点看,是货真价实。他晚年很穷苦,为了糊口,到辅仁大学教书,据听过他的课的蔡君说,冬天上课,总是穿那件灰布破皮袍,像是不能保暖,讲几句就掏出手帕擦涕。就这样不久作古了。夫人在原籍,后来不能活,来北京依靠二女儿,住在西院南房。有一年秋天,我的妻去看她,说了几句安慰她的话,她说:"我比老头子活着时候好多了,你看,我现在能腌满缸咸菜。老头子活着时候可不成,他说那得多少钱,所以只能腌半缸。我现在倒自由了。"妻回来说与我听,我想起《韩非子·五蠹》里的话:"今之县令,一日身死,子孙累世絜驾。"一时觉得"今之古人"的话并不都对,可是"古之今人"的话又说不通,可谓一笔胡涂账,不禁失笑。

且说房东李太太虽系女流,身心却都有乃父的风度:身,体格魁梧;心,正直而和善。李家经济情况比较好,工资高,有房产,可以收租。在社会交往方面,夫妇态度差别很大,李先生是杨朱派,愿意尽量少惹事;李太太是墨翟派,兼爱,愿意普度众生。李先生要上班,白天不在家,于是李太太就有了英雄用武之地。院里住房不少,或这家或那家,总会出现这种病或那种病。李太太稍通医道,于是听到谁家有了病人,她就登门去探视,谈治法,开药方,推测无力医治就送钱。临走总是嘱咐一句:"千万不要让李先生知道,他不让我管闲事。"院里一家姓于的,收入少,孩子多,不是穷就是病,李太太开的药方最多,送的钱也最多。对于我家,大概知道我们对中药兴趣不大吧,开药方次数不多。但我们都敬重她,因为知道她的诚厚为世间所罕见。譬如有一次,我的妻同她谈闲话,说她的二儿媳为人不坏,她说:"你不要信她。那次她儿子拆公用厕所的砖,你拦阻,她一直恨你。"还有一次,我一个同学来吃午饭,用他习惯的大嗓门说天说地。李太太听见,以为是吵架,执意要来劝。儿女拦阻,李先生反对,才勉强作罢。事后,她的女儿当做笑话告诉我们,我们才知道。

想不到,她的诚厚也曾引来麻烦。"文化大革命"来了,风气是批判,除了极个别的以外,任何人都被怀疑为坏人。李太太是"匹夫无罪,怀璧其罪",自然要批判。挖掘材料,于是找到于家。于家女的不识字,自有应时义士代写大字报,"揭发"不少开药方送钱的事实,最后"上纲",判定为"收买贫下中农"。幸而这个罪名连"被收买"的于家也不信,于是低头而继以忍,日久天长也就过去了。另一个风波是在"小组讨论"中清算三代,她父亲是官僚,当然是坏人,照规程应该"自动"批判。可是她说她父亲是好人。自动不能完成,自然要"他动"批。发言的不少,绝大多数是用颠扑不破的理论证明,"做官的都骑在百姓头上,没一个好人。"少数略知情况的由另一个方面立论,是凡清廉都是伪装,实际必是贪污。批到言无不尽的时候,问李太太有什么感受,她仍坚持她父亲是好人,一生清廉,没贪过一文钱。到一天的末尾,只好散会。第二天继续,第三天继续,情况还是这样。难得结束,有个聪明人想个办法,委托李先生开导她,意思是只要说一句,那时候我年轻,不清楚,也许不好,就算完。下一天,大家怀着胜利结束的希望来开会,静听李太太的发言,是:"昨晚上李先生劝我,让我说几句假话,过去就得了。我不答应,气得他拧我。拧我我也不能说假话,反正我爸爸是好人,一辈子清廉,没贪过一文钱。"会就这样以全场暗笑告终。

王门还有一个人,是李太太的胞弟,也值得提一下。这位先生文化不低,不知受了什么刺激,精神出了毛病。五十年代,生活没有着落,来投奔姐姐,住在外院一间小西房里。孩子们叫他王疯子,没有人理他。他也粗壮,面部沉郁,总像是思索哲学问题的样子。走路步法很特别,总是左足迈大步,曳着右足随着向前移。他既不打人,又不骂人,有时自言自语,像是背什么诗句。他虽然有病,可是言谈举止仍不乏严肃认真的风度,所以我总是客气地对待他。他有时到我屋里来,常是紧走到桌子跟前,用力拍一下桌子。我问他这是做什么,他说:"拍案惊奇嘛。"我请他坐下,同他闲谈。有时谈到他父亲的为人,他总是立即站起来,略躬身,两手下垂,像侍立的样子,直到话题转了才坐下。有时候,刚坐下,又谈及,于是又站起来。碰巧这样反复,帘后看着的孩子就哈哈大笑。他却郑重其事,认为理所当然。他体质好,饭量大,没想到五十年代末,困难时期来了,人人缺粮,只得各自吃自己能得的那一份。别人差得少,他差得多,终于没有耐过去,死了。

六十年代末,我终于不得不迁到西郊,与住了三十多年的院落,以及可尊敬的李太太,离别了。此后,由于种种情况而自顾不暇,连再去看看旧居的余裕也不再有。大概是七十年代末吧,一个旧邻居来看我们,说李太太得了一点小病,大家都不以为意,可是竟越来越恶化,死了。得病初期,她曾让家里人给我们写信,说很想我们,可是家里人说,大家都忙,没事,不必麻烦人,所以没写。我们听了,心里很不好过,死之前没有再见她一面,辜负她怀念的盛意,真对不起她。现在,又几年过去了,有时想到她的为人,觉得应该纪念她,所以写了这篇"秀才人情纸半张"的小文。

银闸人物

　　银闸是北京邻近紫禁城东北角的一条小巷,北口外是大家熟知的"沙滩",即北京大学所在地;曲折向东南,东口外是北河沿,推想原来一定有水闸在某处,早已没有遗迹了。那是三十年代初,我住在巷内路南一个小院落里。宅舍是北京下层居民的规格,方形的小庭院,北房三间,西端有门道,东西房各两间,自然都是平房。我住在西房,大概有两年吧,柴米油盐,喜怒恩怨,大部分化为云烟,只有邻居的两个人,多年来影子一直在记忆中晃动。

　　一个是湖南人,男性,二十多岁,姓邓,因为同院人都叫他老邓,所以连名字也不记得了。他比我来这院较晚,住在北房东头一间。大概是来北京找点出路,所以并未上学。生活费用由老家供应,不多,而且时间不准,所以常常贫乏。他的特点是十足的憨气,脸上总是很严肃,即使别人同他开玩笑甚至耍戏他的时候也是这样。他还没结婚,有人问他想娶个什么样的,他说一要美丽,二要长发梳头,三要缠脚,四要会诗词歌赋。听的人立即想到,他心目中的如意佳人是崔莺莺、杜丽娘之流,不禁在背后暗笑。可是他很认真,说不是这样的就终身不娶。

　　北房西头住着一对夫妇。男的姓王,资本家的子弟,还在大学上学。女的姓吴,江南人,青楼出身,明媚俏丽,颇有河东君的风度,只是天足而不缠脚,更不会诗词歌赋。王为人马马虎虎,一切无所谓。吴有些孩气,开朗,喜欢开开玩笑取乐。于是不知

1966年冬全家合影（前排左起：夫人、外孙、作者；后排左起：二女儿、三女儿、二女婿、大女儿、四女儿）

1968年8月与外孙女在一起

出于有意还是无意,吴向老邓表示,她不想再同王混下去,如果老邓愿意,她可以扔开王,同老邓白头到老。老邓立刻信以为真,于是做娶吴的准备,还常常同邻居谈他的香甜计划。有一次,同邻居的某人谈这件事,某人说,吴长得不坏,人也爽快,只是有缺点。他问什么缺点,某人说,发太短,脚太大,而且不会诗词歌赋。他直着眼痴呆了一会儿,没说什么。可是进取之心并没减少,常常问吴什么时候可以舍旧奔新。有一次,是当着我的面催促吴,吴说:"老王还有半袋面,等吃完了办理,咱们可以省一点。"我回到自己屋,同妻谈起这些话,两个人都大笑。可是老邓似乎完全相信,仍在痴心地等着。后来,半袋面吃完了,吴终于告诉他,是"前言戏之耳",这个玩笑才以悲剧告终。

  推想老邓受的打击不小。有一天,他吃醉酒回来,将近半夜,全院听见他在屋里高声自语:"现在什么时候?现在十八点。再来一杯。"这样反复说,足有个把钟头吧,才沉寂了。我同妻说,老邓准是醉后昏迷了。第二天早晨,大家忙着去看他,他不改常态,仍然那么严肃,深思的样子,问他,才知道喝的是水。

  此后不久,他就迁走了,听别人说是住在东城某胡同。又过了不久,接到他某日在某饭庄结婚的请帖。到那天,我恰巧有事,不能去祝贺。老王去了,我问老王新娘怎么样。老王说,相当难看,而且短发大脚,没有什么文化。又不久,也许因为事与愿违,心灰意冷吧,听说他回湖南老家了。他没有来辞行,我们就这样分别了。又过了几年,听一个由湖南来的谁说,老邓作古了。死前生活怎么样,何因致死,都不知道,可以推知的是仍然怀有永远不会成为现实的幻想。"百岁应多未了缘"(清徐大椿诗),人生不过如此,也只好这样安息了。

  再说另一个,女性,也是二十多岁,在我的记忆里是昙花一现的人物,姓什么不知道,从哪里来到哪里去也不知道。只记得中等身材,消瘦,衣服样式有些特别,性情冷漠,很少出屋,几乎没有同邻人说过话。她有男人,三十多岁的样子,有些土气,像是塞外什么地方来的,也不同邻人说话。他们租住东房,不过一两个月就迁走了。用北京人好客好闲谈的标准衡量,这家人"死硬",外地气重,简直是格格不入。这样过了些日子,有一天,我回来,妻急着告诉我,说同东房那个女的谈了话,真把人笑死。我问是什么话,妻说:"她家男人出去了,看我一个人在院里,就叫我进她屋,请我坐下。然后她坐在我面前,恭恭敬敬地说:'请问这位娘子尊姓大名,仙乡何处。'我几乎笑出来,胡乱应酬几句赶紧跑出来。"我听了,也觉得有些可笑,但更多的是感到惊疑,她是个什么样的人呢?显然,她自以为还是住在章回小说和杂剧传奇的世界里,自己是小说戏剧里的,街头巷尾的所遇也应该是小说戏剧里的。可是,我们惭愧,是世俗人,离小说戏剧太远,因而就不敢再去交谈。不久,他们离开这院落,正如暗夜的流星,一闪,无影无踪了。

寄寓京华超过半个世纪,我接触的人不少,像这两位银闸人物还是希有的。他们是住在离尘世较远的诗化的或说幻想的世界里,虽然生涯近于捕风捉影,但是经常望影而想捕,也是不无可取的吧?这有时使我想到塞万提斯笔下的堂吉诃德和桑丘·潘沙,堂吉诃德持长枪,骑瘦马,时时在向"理想"世界冲,桑丘·潘沙则处处告诫主人,这个世界是"现实"的,并没有什么神奇,究竟是主人对呢还是仆人对呢?可惜这两位银闸人物往矣,听听他们高论的机会不再有了。

汪 大 娘

我及冠之年来北京,认识旗下人不算少。印象呢,也是说来话长。扬州十日,嘉定三屠,我知道。但这也不好就以之为证来个一边倒的论断,因为据李圭《思痛记》一类书所记,创点天灯之法、以杀妇孺为乐的并不是旗下人,而是炎黄子孙。根据法律面前人人平等的原则,至多也只能判各打五十大板。在这类事情上,我们最好还是,或说不得不,依圣人之道,既往不咎。那就说"来"。高高在上的,雍正皇帝,乾隆皇帝,都够厉害,但无论如何,与朱元璋及其公子朱棣相比,总是小巫见大巫。这样,也就可以轻轻放过。还是往下看,男如纳兰成德,女如顾太清,说句不怕人耻笑的话,我都很喜欢。再往下,就碰到余及见之后一些人,取其大略而言,生活态度,举止风度,都偏于细致,雅驯;也不能不柴米油盐,但大多有超过柴米油盐的所好;待人温和有礼,却像是出于本然;总而提高言之,是有王谢气。

有王谢气,也许就值得写入《世说新语》,我前几年写《负暄琐话》,东施效颦,笔下也曾出现一些旗下人。但那都是有或略有社会之名的。清一色,就可能引来希图文以人传甚至势利眼之讥。所以要补救,写一些无社会之名的,哪怕一位也好。搜罗,由近而远,第一个在记忆中出现的就是这位汪大娘。但写她也有困难,是超过日常生活的事迹太少。怎么办?还是决定写。理由有二:一来于兵家,曰出奇制胜,很多大手笔写大人大事,我偏写小人小事;二来于小说家,曰有话即长,无话即短。

言归正传,且说这位汪大娘是我城内故居主人李家的用人,只管做饭的用人。汪后加大娘,推想姓是男家的。我三十年代末由西城一友人家借住迁入北城李家,开始认识汪大娘,那时她四十多岁。人中等身材,偏于瘦;朴实,没有一点聪明精干气;很少嘻笑,但持重中隐藏着不少的温和。目力不好,听说曾经把抹布煮在粥锅里。像有些妇女一样,过日子有舍身精神,永远不闲着。不记得她有请假回家的事,大概男人早已作古了吧。后来知道有个女儿,住在永定门外,像是也很少来往。李家人不少,夫妇之外,子二女三,逐渐都成婚传代,三顿饭,活儿不轻。活儿不轻重是小事,还有大的。李家是汉族,夫妇都是进士之后,门第不低。不过不管门第如何高,这出身总是旗下人的皇帝所赐。而今,旗下人成为用人,并且依世俗之例,呼家主人夫妇为老爷、太太,子为少爷,女为小姐,子妇为少奶奶,真是翻了天,覆了地,使人不禁想到杜老《哀王孙》的诗,"但道困苦乞为奴",不能不感慨系之了。

　　以下更归正传,说汪大娘的行事。勤勉,不希奇,可不在话下,希奇的是身份为外人却丝毫不见外。她主一家衣食住行的食政,食要怎样安排,仿佛指导原则不是主人夫妇的意愿,而是她心中的常理。她觉得她同样是家中的一员,食,她管,别人可以发表意见,可以共同商讨,但最后要由她做主。具体说,是离开常轨不成,浪费不成。她刚来的时候,推想家里人可能感到不习惯,但汪大娘是只注意常理不管别人习惯的,日久天长,杂七杂八的习惯终于被她的正气憨气压服,只好都依她。两三年前,我们夫妇往天津,见到李家的长媳张玉婷,汪大娘呼为大少奶奶的,闲谈,说到汪大娘,她说:"我们都怕她,到厨房去拿个碗,不问她不敢拿。孩子们更不成,如果淘气,她看不过,还打呢。所以孩子们都不敢到厨房去闹。她人真好,一辈子没见过比她更直的。"

李家房子多,自己住正院,其余前院、后院、东西跨院的房子,大部分出租。门户多,住时间长的,跟汪大娘熟了,家里有什么事,她也管。当然都是善意的。比如有个时期,我不知道肠胃出了什么毛病,不喜欢吃饺子。情况传到汪大娘那里,她有意见,说:"还有比煮饽饽(旗下人称水饺)更好吃的?不爱吃,真怪!"我,至少口头上,习惯也被她的正气和憨气压服,让家里人告诉她,是一时有点胃病,过些日子会好的。

汪大娘也有使人费心的时候。是一年夏天,卫生的要求紧起来,街道主其事的人挨门挨户传达,要防四种病。如何防,第一,也许是惟一的要求,是记牢那四种病名,而且过两三天一定来查问。李家上上下下着了慌,是惟恐汪大娘记不住。解救之道同于应付高考,是抓紧时间温习。小姐,少奶奶,以及上了学的孩子们,车轮战法,帮助汪大娘背。费了很大力量,都认为可以了。不想查问的人晚来一两天,偏偏先到厨房去问她。她认为这必是关系重大,一急,忘了。由严重的病入手想,好容易想起一种,说:"大头嗡。"查问的人化严厉为大笑,一个难关总算渡过去。

还有更大的难关,是她因年高辞谢到女儿家养老,"文革"的暴风刮起来的时候。李家是匹夫无罪,怀璧其罪,当然要深入调查罪状。汪大娘曾经是用人,依常情,会有仇恨,知道得多,自然是最理想的询问对象。听街道的人说,去了不止一次。不幸这位汪大娘没学过阶级斗争的理论,又不识时务,所以总是所答非所求。比如人家带有启发性地问:"你伺候他们,总吃了不少苦吧?"她答:"一点不苦。我们老爷太太待我很好。他们都是好人。连孩子们也不坏,他们不敢到厨房淘气。"不但启发没有收效,连早已教她不要再称呼的"老爷太太"也冒出来了。煞费苦心启发的人哭笑不得,最终确认她竟不像留侯那样"孺子可教",只好不再来,又一个难关平安地渡过去。

最后说说年高辞谢,严格说是被动的,她舍不得走。全院的人也都舍不得她走。但人的年寿和精力是有限的,到必须休息的时候就不能不休息。为了表示欢送,李家除了给她一些钱之外,还让孩子们带她到附近的名胜逛逛。一问,才知道她年及古稀,还没到过故宫。我吃了比她多读几本书的亏,听到这件事,反而有些轻微的黍离、麦秀之思,秀才人情,心里叨念一句:"汪大娘不识字,有福了!"那几天,汪大娘将要离去成为全院的大事,太太们和老太太们都找她去闲谈,问她女儿的住址,说有机会一定去看她。

　　我们也抄来住址。但不凑巧,还没鼓起勇气前往的时候,"文革"的大风暴来了。其后是自顾不暇,几乎连去看看的念头也消灭了。一晃十几年过去,风停雨霁,人人有了明天还可以喝清茶看明月的安全感,我们不由得又想到这位可敬的汪大娘,她还健在吗?还住在她女儿那里吗?因为已经有了几次叩门"人面不知何处去"的伤痛经验,我们没有敢去。但她的正直、质朴、宽厚,只顾别人、不顾自己的少见的形象,总在我们的心中徘徊;还常常使我想到一个问题,是:常说的所谓读书明理,它的可信程度究竟有多大呢?

凌　大　嫂

一转眼,凌大嫂下世已经一年有余了。早该拿笔,写一篇纪念文章,一直拖到现在,是因为感到难写。难写,原因主要不是事迹少,是美德多,难于写得恰如其分。沉吟再三,也只好勉为其难,拿笔试试,看能不能写得八九不离十。

干脆就由美德说起。什么美德呢?不过是多种旧史表扬的"列女"大多具有的,朴厚温顺,知礼守礼。说到列女,说到礼,以打倒孔家店为职责的新人物会疾首蹙额,说那一切所谓美好,都来自男性的编造,为了维护男性的利益。是不是这样?是这样,又不完全是这样。空口说白话不成,要有理由。那就说说我一时想到的理由。其一,单说旧时代,德覆盖内外,外,具体化为多种规矩;要求人照办;照办了,是内。规矩有片面的,有全面的。如丧偶守节,约束女性不约束男性,是片面的,说是为维护男性的利益,一点不错。如以温厚之心之行待人,女性应如是,男性也应如是,不是片面的,说是男性专为约束女性而编造,就近于杀不辜以泄愤。其二,德化为规矩的要求,有由来,有所为,对不对,问题非常复杂。举最显著的。一种是标准问题,标准是孔子所谓"朝闻道"的道,今语所谓人生理想,显然,道不同就不相为谋。这是说,不同的人会走不同的自认为正确的路,公说公有理,婆说婆有理,判定对错,使人人都点头,大不易,或干脆说办不到。另一种是时代问题,汉唐时期,规矩如何如何,我们现在看,错了,会不会如王羲之在《兰亭集序》中所说,"后之视今,亦由(犹)今之视昔"呢？将来的事自然只有将来的人能知道。所以对于这类难题，我一贯是站在保守派一边，说接受传统并身体力行之的是好样的，纵使对于他或她的所信我未必同意。其三，经过多年来的风云变化，革故鼎新加速，至少我觉得，旧时代有些值得保留甚至珍重的，也已如随着黄河水流之泥沙俱下，未免可惜。可珍重的都有什么？全面不好说，只好星星点点，于是想到凌大嫂的为人。与新潮相比，她属于旧潮，其实在旧潮中也未必占多数，所以我觉得，在举世向钱看的现代，必将成为或已经成为《广陵散》。她过早地走了，我有时不免有老成凋谢之感，所以决定写这篇小文，表怀念之外还有个奢望，是像这样不能上桌面的妇女，也可以不与草木同腐。

　　学诸子的笔法，论完，谈事。凌大嫂，姓王，出生于北京东南百余里香河县城南不远一个农村的中产之家，依农村惯例，凭父母之命，媒妁之言，十七八岁嫁与邻近村庄大致门当户对的一家，姓凌。男女同岁，也是依惯例，洞房花烛之晚才第一次见面。可是能够和睦相处。现在年轻人会觉得奇怪，不经过恋爱阶段，如无根之木，怎么能生长呢？是因为有另外的根，而且是两个。其一是"天命之谓性"，因为一个是男的，一个是女的，容易合二为一。其二是旧礼教，主要是要求女的，嫁谁就为谁服务，劳而无怨，死也无怨。这旧礼教当然是不合理的，且不管它。只说凌大嫂，也如《庄子》所说，有了形体之后，就"劳我以生"。未嫁时怎样，我不知道。已嫁之后，据说她的烹调技艺好一些，公爹讲究吃，饭总要由她做。婆母脾气不好，经常受到不宽厚的待遇。丈夫在外面工作，陆续生育，得一男三女，都要由她养育。此外，过农村生活，离不开耕种，劳动的量也不会小。多种负担相加，可以想见，算生活之账，是只有劳累而没有休息，只有忍受而没有享受，由旁观者看，是只有苦而没有乐。可是凌大嫂则不以为意，或者说，朝朝夕夕，年年月月，总是很坦然。这是因为她有个未整理成为系统的甚至自己并不觉得的人生哲学，是：劳动，吃苦，为别人，是天经地义。

已经是八十年代中期，凌大嫂年及六十，在北京她丈夫和小女儿的住处，我第一次看见她。身材高，健壮，一身褐暗色的衣服，旧而不破，严谨，稳重，见生人不坐，怯于说话，典型的旧式农村妇女。她长期住在家乡，因为有瘫痪的婆母，与妯娌轮换，要伺候；家里有未嫁的女儿，儿妇，孙女，离开，不放心；麦大二秋还要忙农活儿。可是北京有个小女儿，更不放心，还有不少拆拆洗洗的活儿要做。所以不得已，只好来来去去。据说儿妇孝心，曾表示家里的诸事由她担起来，就不要这样劳累，两头跑了。凌大嫂说："我的婆母，我不能教别人伺候。"所以还是坚持来来去去。其时我也过着来来去去的生活，即每周的中间在城内单位，两端在西郊家里。家里吃饭有人管，城内吃饭没人管。承凌公好意，说凌大嫂来京之时，我可以到他家吃晚饭。我说这太麻烦，辞谢。凌公换为以利诱，说我常说想吃家乡饭，让凌大嫂做家乡饭，尝尝，岂不很好。于是由尝试渐渐变为成例，只要凌大嫂来京，周三晚饭我一定去，周二晚或去或不去。家乡饭种类也有一些，最常的是京东肉饼和玉米渣粥。凌大嫂知道我不愿意吃太油腻的，肉馅里总是加些菜。材料细致，火候细致，烙成，总是比饭馆（包括香河本土的）里的好吃得多。烙肉饼是细活儿，费工，厨房热，我表示过意不去，凌大嫂总是说没什么。做完，请她也入座吃，她向来不来，说已经在厨房吃了。据凌公说，背后还议论，说："这老爷子真好伺候，给什么吃都说好。"

就这样过了几年，是一九九一年初夏，凌大嫂又来京，还依老例，带来些家乡食品，如豆腐皮之类，我也依老例，去吃。某一个星期二，听说凌大嫂得急病，送医院了。赶到医院看，知道是脑溢血，由星期一晚上晕倒，一直昏迷不醒，正在抢救。人不胜天，医院用尽办法，延续三四天，终于还是停止呼吸了。事后，我问凌公:"想来是久已血压很高,本人没有感觉吗?"凌公说:"应该有感觉,可是她不说。"我想,这就是她的人生哲学的一种表现,活着完全是为别人,所以想不到自己的病苦。

她突然失去知觉,没留下什么话,如果死后有知,一定还是多种不放心吧？因为亲人都还活着,连必须由她伺候的婆母也还活着。她还想照顾这些人,用自己的忘我劳动使有关的人多得一些福利。值得大书特书的是这有关的人中还有我,因为据凌公说,就在晕倒前不久,还计划星期三晚饭吃什么,让我尝哪一种家乡味。凌公还谈到她下世前的一些话,是有一次,她问凌公还记得不记得,第一次见面,是谁先说的话。凌公说记不清了。她说是她先说的,因为她听说,谁先说话谁先死。我听了不禁愕然,想不到世间竟有这样的人,坚守传统的礼,刚一面就准备为人舍生。她真就先死了,留下什么呢？只有罕见的德,也只能存于少数人的记忆里。少数,能够记住过往的也好;至于未来,再找这样的人恐怕就太难了。

怀疑与信仰

北京大学校刊编辑部的人来,说今年是建校九十周年,想印个纪念文集,希望我写点什么。我有些胆怯,因为没有什么值得听听的话好说。但又义不容辞,这有如为亲长开个纪念会,不管我怎么可有可无,也非参加不可。问内容有没有什么限制,说要围绕"我与北大"写。写什么呢?大事,没有;琐细,敝帚享之千金,读者会厌烦。困难中想出一条路,几年以前,感到衰迟之来,常常更加怀念昔年的有些人,有些事,有些境,于是把一时的记忆和观感写下来,零零碎碎,集到一起出版,名为《负暄琐话》。其中不很小的一部分是谈我上学时期的北大。"我与北大",命题作文,我算是已经写了后一半。还有前一半,"我",没写,这次就无妨以此为内容,算作补阙或拾遗。

写"我",选与北大有关系的,也太多了。多,无妨,篇幅可以拉长。有妨的是性质太细小的,如饥餐渴饮,太偏僻的,如个人恩怨,都不值得说,因为,用时下的话说,是没有教育意义。想了又想,想出上面那个题目,自己认为,分量超过饥餐渴饮,可以说说。由己身出发考虑,也应该说说,因为它,作为问题,已经伴我或说缠我几十年,而且看来还要缠下去,直到无力再想它。是什么问题呢?记得是当年读英国培根的书,大概是《新工具》吧,问题的性质才明朗化的。培根说:"伟大的哲学始于怀疑,终于信仰。"我以很偶然的机会,走进北京大学的门。在母校的培育中生长,学会了怀疑;不幸半途而废,虽然也希望,却没有能够"终于信仰"。这不知道应该不应该算作辜负了培育之恩；但思前想后，心里却是有些感慨的。以下就围绕着这点意思，说说有关的情况。

想扯得稍远些，由迈入校门的偶然说起。那是一九三一年夏，我通县师范学校毕业，理应去教小学而没有地方要，只好换个学校，升学。北大考期靠前，于是交了一元报名费，进了考场。记得第一场考国文(后来称为语文)，作文题是八股文的老路，出于《论语·季氏》，曰"不患寡而患不均，不患贫而患不安，试申其义"。那时候还没念过俞樾的《古书疑义举例》，不知道原文有错简(应作"不患贫而患不均，不患寡而患不安")，于是含糊其辞，在"寡""贫"方面大做其经义式的文章。其间并引《孟子》为证，说"河内凶，则移其民于河东，移其粟于河内"云云。这里要插说几句话。我小学的启蒙老师姓刘，名瑞墀，字阶明，是清朝秀才。以会作破题、承题、起讲的大材而教"人手足刀尺，山水田，狗牛羊"，心里当然有些不释然。于是锥处囊中，或由于爱人以德，就自告奋勇，晚上给我们一些也还愿意听听的孩子们讲《孟子》。他的教法革新了，是先讲解，后背诵。"河内凶"这一章靠前，记得牢实些，所以能够抄在考卷上。其时北大正是被考古风刮得晕头转向的时候，推想评卷者看到纸上有《孟子》大文，必是相视而笑，莫逆于心，于是给了高分。其他数学、外语等都考得不怎么样，可是借了孟老夫子的光，居然录取了。

录取为文学院学生，选系，听了师范同学也考入北大的陈世骧(后到美国教书，已故)的劝告，入了中国语言文学系。那时候，文史哲几乎不分家，于是听课，杂览，就三方面都有。主干是温故，也想考古。考古要大胆怀疑，如顾颉刚先生那样，说夏禹王可能是个虫子。又要小心求证，于是就不能不多翻书。现在回想，其时的生活是在两条线上往前走，一条可见，一条不可见。可见的是上课，钻图书馆，心情有如乡下人进城，大街小巷，玉钏朱轮,都想见识见识。具体说,也听了熊十力先生的《新唯识论》课;图书馆呢,由板着面孔的正经正史等一直到《回文类聚》和《楹联丛话》之类,都翻翻,这,吹嘘一点说是走向博,其实是"漫羡而无所归心",关系并不很大。关系大的是那条不可见的,默默中受北大精神的熏陶。这精神是两种看来难于协调的作风的协调。那是一,乱说乱道;另一,追根问柢。或者合在一起说,是既怀疑又求真。说这关系大,是因为它指引的方向不只是浮在水面的博,而是走向水底的深。表现于外是口说笔写,要确有所见,不甘于人云亦云。

这当然是说学校,不是说我也这样有所得。但是俗话说,近朱者赤,近墨者黑,我想出淤泥而不染也做不到。这说来话长,只好大题小作。大概是学程四年的后期,追根问柢和怀疑互为因果,使我的兴趣或说思想有了较大的波动。原想写的《九鼎考》扔下了,认为即使考清楚了,与现在又有什么关系?重要而迫切的是要弄明白,"朝闻道,夕死可矣"的"道"究竟是怎么回事。说通俗点是怎样活才不是白白过了一生。这使我相当惶惑。只是惶惑,还不知道这个问题太大。有眼不识泰山,于是问人,以为轻易可以解决。只有两次,印象深,还记得。先一次,大概是问比较活动的什么人吧,答复是要读政治经济学。读了一点点,觉得不对,因为那只是讲怎样求得温饱,并不讲为什么要温饱。后一次,是问在生物系上学的牛满江同学(现在美国),生物的生有没有目的,他想了想,答,传种之外像是没有目的。我当然不满足,因为这还不是值得夕死的道。是母校的追根问柢精神使我怀疑,又不甘于停止于怀疑,于是我不能不摸索着往前走。

近水楼台,先注意本土的所谓道。这也多得很,其显赫者是儒道释(外来而本土化)。儒接近常情,有所谓三不朽:立德,立功,立言。如果不追根问柢,这种道颇有可取,因为即使学周孔、秦皇汉武很难，努力，写点什么，总不至于可望而不可即。问题是这种道并不是人人都同意，如老庄就是主张好事无所谓的；佛家更趋极端，认为这都是此岸的事，不只空幻，而且不免于苦。更大的问题来自理论方面，是，为什么不朽就可取？追到最后，恐怕只能乞援于《中庸》，说"天命之谓性，率性之谓道"。这说得雅驯，其实性质与倒霉，死于车祸，只好认命，正是一路。上天让我们乐生，求饱暖，我们除了顺从，还有什么办法？

母校的追根问柢精神使我不能停止于顺天，于是冥思，也找书看。书的范围，一言难尽，总之是这条弯路相当远，日久天长，甚至发现日暮途远，想倒行逆施也难于做到。而所得呢，又是一言难尽。情况可能与宋朝的吕端相反，是大事糊涂，小事不糊涂。所谓大事，是道的理的一面，还是找不到可以贯通一切并为一切之根据的什么，换句话说，是还不能树立起信仰。所谓小事，头绪纷繁，这里只说两类值得一提的。一类是道的行的方面，我不得已，思想上只好走写《逻辑系统》的英国小穆勒的路，他中年也烦闷，找不到可以为之夕死的道，后来左思右想，接受了边沁主义。儒家的顺天命，加上"己欲立而立人，己欲达而达人"，也是边沁主义一路，我同意，理由不是认为这样最合理，而是为多数人着想，只能这样。这态度，由理论上衡量，是不怎么积极的，因而就给持不同意见者，如佛家，留下余地，他们不高兴在此岸，那就到彼岸也可以，只要说得到做得到就好。小事的另一类是熟悉了大问题之下的诸多小问题。举有实用价值的为例，我不再怕鬼，因为确知现实世界没有《聊斋志异》写的那样有情，人死如灯灭，就是想鬼也没有。绝大多数也许是没有实用价值的，总的说，是常用较冷的眼看一切。这样看，事物就常常不像说的那样单纯，接受整体之前，要分析。就是说，还是怀疑的精神占了上风。其间一件小事更可以说明这种心情。那是读英国罗素的《怀疑论集》，现在还记得有一处说，历史课本讲打败拿破仑,英国的说功都是英国的,德国的说功都是德国的,他主张课堂上让学生兼念两种,有人担心学生将不知所措,他说,能够教得学生不信,就成功了。我欣赏他这个意见,因为是摇鼓助了怀疑之兴。

这样说,心里长期盘踞着母校的怀疑精神,我就毫无遗憾吗?也不然。值得说说的是两种情况。

一种偏于世俗,是应付社会的捉襟见肘。世间有些事物,有些人看着完全好,或完全坏。我却常常不这样看。问我,窥测对方的意旨说,不好;顺着自己的思路说,也不好。怎么办?因为难办,也就难说,这里只好不说。

一种偏于微妙,是知心安理得之为绝顶重要而不能心安理得。记得这种心理状态不止一次跟深知的人说过。我外祖母是个乡下老太太,信一种所谓道门,精义不过是善心善行得善报。有一次,我站在现代科学的立场,说并无来世,惹来几句咒骂。现在想来,这是怀疑和信仰的交战,哪方胜了呢?外祖母有信仰,当然相信得全胜。我呢,仔细想想,是胜败难说,因为来世虽然靠不住,但那是信仰,有大用,用佛家的话说,是可以了生死大事。死生亦大矣,无妨缩小一些,说心安理得。而我,因为没有外祖母那样的信仰,一直是连缩小的心安理得也不知道如何才能取得。细想起来,这心情是有些苦的,记得前几年曾写几首观我生的诗,其中第二首的尾联是:"屎溺乾元参欲透,玄功尚阙祖师禅。"这可以最简要地说明我与北大的关系:是母校的怀疑精神引导我去思索道在屎溺,思索乾元亨利贞;可是自己琢而不成器,始终不能禅悟,见到如能朝闻则夕死而无憾的道。

善心善行得善报,报要由至上的外方来,待报,不问至上的有无,何形何质,何自来,是信仰。更典型的信仰是上帝全知全能全善,给我们福,要感谢,给我们祸,也要感谢。相信某种说法永远是真理也属于这一类。树立这样的信仰并不容易,因为与追根问柢的精神不能水乳交融。一种美妙的想法是使怀疑和信仰共存共荣。这做得到吗？我不知道。也许培根有办法，可惜不能寻其灵而问之了。另一种，不是美妙的，只是实际的想法，是分而治之。分是照古人的说法分，形而上者谓之道，形而下者谓之器；然后是上不能知，存疑，专顾下。以《中庸》的话为例，"天命"是形而上，可以不问理由，只是接受；然后是用全力钻研"率性"，以解决夫唱妇随、柴米油盐等问题。其实，古今中外无数的贤哲，更加无数的常人，都是这样做的。名堂可以叫得冠冕些，如以仁义王天下，边沁主义，等等，用庄子的话一言以蔽之，都是"知其不可奈何而安之若命"。在这类既复杂又朦胧的问题上，我因为死抱着母校的怀疑精神不放，虽然也知道，分而治之之后，应该尽量少问形而上的道，以求在形而下的范围内徜徉，取得微笑；可是总认为，这低一层的"知其不可奈何而安之若命"的想法和做法还是无根之草，或根不深之草，是长得并不稳固的。

　　越说离实际越远，应该就此打住，回到本题。意思很简单，是，如果人可以切为身心各半，我的心的一半，已经超过半个世纪，是在母校怀疑精神的笼罩下，摸索着走过来的。这使我有所得。但没有大得，因为未能"终于信仰"。这样说，对于母校，我的心情也就不能不分而治之：有时感到惭愧，因为没有成材；有时也感到安慰，因为没有忘本。

天道与人生

"仁者心动"见《六祖坛经》。心动是因执迷而有所想。不迷而悟就无所想吗？也想，所想是"本来无一物"。至于我们常人，感知有物就不能领会无物的境界，也就常常不免于心动。由成群的常人缩小到我己身，今日下午照例少事，面对窗外的阴翳，心不能如止水，动了。竟想到玄远，天道吝、人生苦之类的问题。文章是自己的好，连带思绪也是自己的好，决定记下来，如果有幸灾梨枣，给有缘的人看看。

凡事都有起因，此次心动的起因是近天灾联想到远天灾以及大环境的不可靠，于是心情一飞跃就跃到《老子》的"天地不仁，以万物为刍狗"。不仁，多理解为没有善心，听说也有解为没有觉知的，吾从众，则"以万物为刍狗"的确义应从《庄子·天运》篇说：

> 夫刍狗之未陈也，盛以箧衍，巾以文绣，尸祝齐（斋）戒以将之，及其已陈也，行者践其首脊，苏者取而爨之而已。

意思是有用就用青眼看，用过之后立刻换为白眼。很巧，这看法同于有些带悲观色彩的哲学家，说天生人（或扩大为生命），所求不过是传种（求生命不断灭），所以能传种的时候，单看人类的女性，粉白黛绿，很美，及至"够不够，四十六"以后，面由粉嫩变为枯黄，就很像"及其已陈也"的刍狗了。可悲吗？我此时的想法还不止此也，或者说，是从更宽广的角度看，人，或扩大为一切生命,有了生,所求为平安,舒适,快乐,以至不断灭,而实际则是难,难,难。

多想到难,违反自求多福之道,乃来于不得已。是不久之前传来台湾大地震,死伤人不少,稀有的是余震很多,竟仍有七级以上的,我们在其上安身的这个球体,它的内部如此不稳定,会不会闹更大的乱子?自然谁也不知道。不知道,就难免从杞人之后,忧天。比如真就忧到自己的脚下,忽而也动了,幸而不大,自己喜欢的一些长(读丈)物,安坐在多宝格里的,北朝的陶砚、南朝的瓷灯之类,还能逃过劫数吗?忧引来怕,不由得想到许多可怕的。限于地震,也是不久前,有土耳其的,再前,切肤之痛,有唐山的。地震之外呢,天灾还多得很,单说风和水两个大户,花样很多,破坏力很大。这样说,是我们切盼的平安,能得不能得,还要靠机遇,因而"能断百思想"还好,不能断就难得心安。

这不能心安,随着宏观知识的增加,范围还会扩大,程度还会加深。比如只是扩大一点点,有孙悟空的本领,一个跟头十万八千里,往远离地球的方向折,一而再,再而三,直到回头望望,地球变小像个车轮,在空中飘着,无依无靠,而且在转动,会有什么感想?至少杞人之流会忧,忧它可能飘到无何有之乡,或犯小孩子脾气,不规规矩矩转动。或曰,你这是破格的胡思乱想,因为有引力等规律管着,必不会有意外的变。可是说到变,我们就不能不想到两种情况。一种是常态的变,佛家所说生住异灭的变,即总会有一时,地球,大到太阳系,甚至银河系,不再是这个样子。另一种是可能的变,设想个最大的,是规律的变为空无,后果如何就不可问了。有人会说,这真是异想天开。我想反驳一句,对于我们的宇宙,我们的所知还很少的时候,说某些情况不可能,不同样是异想天开吗?至此,可以总而言之,是心之官飞到地球以外,我们就更加不能心安了。

以上所说难得心安的情况还可以说是属于偶然,即碰到不碰到在不定中。还有属于必然的,是病和老死。病和老带来苦,是小焉者,甚至可用《庄子》"大宗师"的态度对之。死就不同,带来断灭,与生命的本性冲突,所以看破红尘如佛家,也同意常人的"死生亦大矣",一再强调"生死事大"。不能长生,事大,而又无可奈何,所以全面看人生,轻会近于佛家,多有苦;重呢,就只能沉痛言之,没有意义。

可是或上帝创造,或自然演化,偏偏出现了生命。有这样一个宇宙是个奇迹,不可解。宇宙中出现了生命,低,有生存、绵延的欲求,高(如我们自吹的"万物之灵"),生存、绵延的欲求之外,还能"知"(由分别人己到测定光速等等),同样是个奇迹,不可解。不可解,只好不知为不知。但是难得忘掉切身感知的,是由"天命之谓性"接受有所求,而也是定命,连有所求的己身,处境也是燕巢于幕,时时有大大小小的各种危险。想到危险,甚至经历危险,如果不甘于顺受而也作《天问》,向上帝也好,向大自然也好,就可以说:"天生人,同时生坎坷,困苦,直至断灭,与之相伴,难道真是有意恶作剧吗?""天何言哉!"问而不答,而诸多危险不能减,微弱如人,又能怎么样?只是希望运气不坏;不幸希望落空,"畏天命",忍;忍而超过限度,断灭而已。

语云,死马要当活马医,未断灭,有生,就要有个自己认为适当或只是不得不如此的生活之道。绝大多数是乐生主义者或希望主义者,举上层者为例,昔日士,读四书五经,作八股文、试帖诗,希望有朝一日金榜题名,连升三级,大富大贵,光宗耀祖;今日商或企业家,集资,开厂,炒股票,希望有朝一日成为大款,高楼、轿车之外,还要建别墅,金屋藏娇。这样的生活之道,观身,很活跃,改为观心,则仍是《诗经》所说"不识不知,顺帝(天帝)之则"一路,只是外加一些机心。不幸是帝之则中也有坎坷、困苦直到断灭,因而希望常常如肥皂泡,短时间华美,转眼就破灭,如士则竟未能金榜题名,商则竟未能成为大款。佛家戴由印度进口的眼镜，面对人生，总是看到希望破灭的一面，所以《金刚经》说现世"如梦幻泡影"。人，所想望都是常乐加不灭，做不到，所感就成为"苦"。佛家的所求是灭苦，理论上，办法有外和内两种，外是除去苦的一切来源，包括天灾、人祸以及生老病死。显然，幻想为有神通的佛、菩萨也必做不到。外此路不通，只好转为内，用今语说是改造思想，具体要求是比《老子》的"不见可欲"更进一步，成为虽见可欲而心仍不乱。这显然很难，所以要用止观、参禅诸法改变对外界的觉知和感受，如"看山不是山，看水不是水"是变觉知，视美女为不净是变感受。不能变是迷；能变是悟，所谓即心是佛，顿悟可立地证涅槃，得常乐我净。想得不坏，只是抗"天命之谓性"的性太难，皈依后的四众的生活情况千差万别，不好说，只说可入《高僧传》的人物，最终还是不免于示寂，入塔院了。与佛家的仍有所求相比，庄学的道家重逍遥，无所待，或说看一切得失为无所谓，反而离超脱更近些。缺点仍是冥想容易，做很难，比如庄子，不是也曾向监河侯借粮吗？可见饥寒之苦，哲学是不能挽救的。这总的说是，改造思想的内功纵使言之成理，由理过渡到事，是很难畅通的。

所以切实可行之道仍是实事求是，有了生，一面尽人力，求活得好些，或说困苦少些，另一面要了解人生，知道多如意也罢，少如意也罢，都不异于燕巢于幕，时时会遇到危险。或曰，如此卧不安席有什么好处？初步答：有好处也罢，没好处也罢，既然实况是这样，只好承认。进一步答：承认是安不忘危，会有好处。由小而大是一，反梁惠王之道，看"利"不那么重了。试想，能够洞悉人生的诸多花样不过是天命的不得已，时时在危险中而没有究极意义，还会为蝇头小利或牛头大利而拼死拼活吗？二，由不重利前行，可以使"争"降温，因为所争千种万种，可以万法归一，是利。争有小范围的，由人与人起，可以放大，直到国与国间，如果能降温，其功德真是大矣哉。三，这种观照人生的觉知有可能推己及人,如叔本华所说,己身以外的人都是"苦朋友",则可以培养"爱人如己"的"德",且夫"太上有立德"(见《左传》),则必带来多种善果,就不劳费辞了。

思绪至此,连自己也感到有些飘飘然。要收视反听,从速回到脚踏的实地。如梦醒,不免于问:杞人忧天之类也可以推己及人吗?又是难。畏难,改为看窗外,阴翳早已变为快晴。知地虽震,未影响秋高气爽,还是断百思想,扔开雕虫之笔,到院里去晒太阳吧。

安于不知天

语言中常听到"天"的声音,文字中常看到"天"字,音同、字同,上下文不同,意义可能不一样。不一样,有一个算一个,相加,其和会很多。举两种常而重的:一种主要来于仰首所见,天圆地方之天是也;另一种主要来于玄想,说法很多,"天何言哉"是,天不变则道不变也是,用今语可以说得明朗些,是"万有之本"。前一种天存于目,能变的花样不多,可存而不论。后一种天就大有文章可作,古今中外的贤哲几乎都以此为题作过文章。他人做了自己还做,前人做了后人还做,表示:一,都信自己的玄想,不信他人的玄想;二,都对这样的天有兴趣,想明白其真相或所以然。这所以然可以加细说,是何以会有,如何发展变化,以及有没有价值性质的意义。显然,这都不容易知道。难而不退,为什么?是因为我们能觉知,觉知中有万有,并觉得我们是万有的一部分,生而为人,如不幸,不知母为何人,尚视为终身之憾,况最根本的母乎?

求知根本的母,也是一种欲望。如果真能知呢?恍惚记得斯宾诺莎说过这是最高的获得。人同此心,推想他这种想法,古今中外的贤哲都会接受。都有这方面的求知欲,可是天道远,看不见,摸不着,想知其究竟,只能任"意"之根去逍遥游。逍遥者,照庄子的说法,要"无待",即不受任何限制。可能连因果的连锁也不要了吧?所以其结果就人各异辞,都以为自己的想法有道理,别人的有缺漏,甚至未能言之成理。且夫理,还有一个逻辑的,是同一事物而解说不同(如李商隐《锦瑟》诗的主旨,有人说是悼亡,有人说是咏自己的诗作),可能都错,不能都对。对天之本然的诸多推想正是这样,"只可自怡悦,不堪持赠君"。不能使人人首肯,一个重要的原因就是由玄想来,难得在实物方面取得证明。这实物,我们过去曾称为"宇宙",是空间、时间的混合,旧坛子可以装新酒,现在仍然称为宇宙。天换为现代化的宇宙,大变动是由心之官走到外界,由恍兮惚兮变为可见,可测定,直到大而至于无边,远而至于无尽。这样一个宇宙,或天,身上还要粘连着旧时的问题,即何以会有,如何发展变化,以及有没有价值性质的意义。

价值,或意义,难言也,也因为有更急的,只好放一放,暂看作没有这样的问题。这更急的是,既然已知有这样一个宇宙,就应该先弄清楚它的形质。目的与昔人不异,方法却是崭新的一套,即不再是玄想,而是"科学"。科学方法的特点是,先辨清实况(多借助仪器),然后解释(借助规律并更新规律)。显然,这是个既庞大又复杂的工作。可是众志成城,到本世纪结尾,与"道生一,一生二,二生三,三生万物"的时代相比,我们的所知可说是颇为可观了。可观的观包括微观和宏观,微观越追越小,宏观越追越大。我们吃现成饭的常人对宏观更感兴趣,这里专说宏观。门外汉只能说门外所见,大致是由我束发受书的时候起,先知道天圆地方是无根之说,我们的立脚点是个球体,只是一个恒星太阳系里一个不大的行星。其后随着常识的增加,宇宙逐渐增大,"里"的尺度不合用了,要换为"光年"。跟随着这新的尺度向外延伸,很快就伸到银河系,河外(数不尽的)星系,直到类星体和黑洞等等。太大了!而且不只此也,就是这个大怪物还在高速膨胀。其内呢,现在仪器又升空,去找反物质和暗物质。据说还有反引力。其实,更奇的乃近在眼前,即有"生命"。比如说,有这么个宇宙是奇,"知道"有这样一个宇宙不是更奇吗?

以上由一个小行星到其大无外的宇宙，以及其内的千奇百怪，都是"知道"驰骋到某种程度才知道的。这驰骋的能力的本性也许竟是不受拘束的，于是有的人就不停止于看到现象，而是进一步，问为什么会有这样的现象，即想逆流而上溯其源。据说一种有力的推想是"大爆炸"。爆炸产生宇宙，也就带来时空；爆炸之前呢，据说只有沧海之一"粟"那么大或更小的"一个"颗粒，不久前看英国霍金的言论，说大小如绿豆。假定这大爆炸的推断不错，我们仍然会碰到不少问题。问题有枝干性质的，如一，为什么不得不爆炸？二，爆炸产生的一切（形质、运动、规律等）都是那一粟中本有的吗？问题还有根性质的，如一，爆炸之前那个一粟或绿豆何自来？二，已来是"有"，有没有"无"？甚至能不能"无"？我们常人的想法，如果是"无"，连带的就不再有问题；幸或不幸是"有"，我们当然想知道这"有"是怎么回事。

可惜是有关宇宙的新知并未能使我们减少迷惘。将来呢，新知增加，会不会有一天，如禅师之顿悟，一切问题都烟消云散呢？希望能够这样，却缺少信心，因为，如康德之面对二律背反，我总是觉得，"有""无"问题的甚解很可能是在人的智力所能及的限界之外。若然，则生生不息，很后的后来者也就未必能够欣逢问题净尽之时吧？

带着不知其母的大问题辞别现世，亦大问题也，如何对待呢？抱憾是一种心态，安于不知是另一种心态，我是认为应该走后一条路。走上这一条，是不是如读《论语》"知之为知之，不知为不知，是知也"，还有些自负呢？曰不然，我是宁可念到"不知为不知"就停止，不再想这类烦心的大问题。

月是异邦明

我不是连月光也是外国的亮派,可是实事求是,也不得不承认,有时候,或在某一方面,外国的什么确是值得效法,至少是参考。说效法,参考,不说买,是想把谈论的范围限定于唯心,而不及唯物。说到物,大如汽车,追奔驰,小如饮料,追可口可乐,甚至纯土而不洋的,包装上印几行洋字,档次就像是提高了不少,总之是已经有口皆碑,再说就等于颂扬人活着要吃饭为真理,将为三尺童子所笑。而说起唯心,我这里断章取义,是指对于某种事物,我们怎样看,或更具体些,怎样评价,还苦于范围太大。应该缩小,即指实说。可是有困难。困难之小者是千头万绪,三言两语说不清楚。困难还有大的,是事不只关己,而且及于古往今来的大己小己,说,求明确就难免是是非非,也就会成为不合时宜。但是还想说,怎么办?只好多叙事,以求因事见理。此开卷第一回也,宜于说说想说的因缘。也不好过于指实说,是近一个时期,见了一些什么,闻了一些什么,旧的胡思乱想之习不改,于是想到过去,想到将来,想到事,想到理,想到希望,想到幻灭,想到幸福,想到苦难,想到明智,想到愚昧,终于想到难难难,心里不免有些凄惨,古人云,情动于中而形于言,所以想把这些乱七八糟的统统写出来。内容过杂,但也有个主线,是小民,数千年来,为求幸福,至少是安全,曾经有多种想法,这多种想法中有泪,也有理,可惜这理并不容易明,所以还值得深入想想;如果凭己力想不明白,那就学玄奘法师,到异邦去取点经也好。

也是古人云,天地之大德曰生。小民也是人,因而也就乐生。生有多种,专由苦乐一个角度看,有人很苦,如缺衣少食还要受欺压的小民;有人很乐,如帝王。苦乐的来源,可以是天,但绝大多数来于人;因为天灾是间或有,而且天塌砸众人,受害而心可以平和。人祸就不同,而是强凌弱,众暴寡,无孔不入。受人祸之害,苦而心不能平。不平则鸣,是韩文公的高论。这论其实还应该有下文,是一,鸣必无用,因为人祸来于力(绝大多数来于权)不均等,鸣不能改变权的不均等状态;二,也是由于权不均等,有权者可以使无权者不敢鸣(用刑罚之类的办法),甚至不能鸣(用垄断报纸、电台之类的办法)。而苦和不平则如故,怎么办?理显而易见,是求有某种力,能够变不平为平,或说得实惠些,来保障安全甚至幸福。这某种力,究竟应该是什么,如何取得,问题过于复杂,或者说太大,不好说;只好避近就远,或说数典不能忘祖,由高高的说起。

最高的,依旧的常识,是天。天,圣贤怕,所以说"畏天命";帝王也怕,所以要定时祭祀,祭祀之前还要斋戒。如果天真能主持公道,维护正义,人间的不平,以及由不平而来的苦难,就可以没有至少是减少了吧?小民是这样希望甚至进而相信的,所以总是欣赏这样的话:"天道福善祸淫。"(《尚书·汤诰》)"天之所助者,顺也。"(《易经·系辞上》)"天之道损有余而补不足。"(《老子》)但希望总是希望,事实呢,大量的循规蹈矩的小民还是备受苦难,不少杀人如麻的在上者还是享尽荣华富贵,最后寿终正寝。事实胜于雄辩,所以就是在古代,也还是有"天道远,人道迩"之叹。不信天道,有另想办法的,如荀子作《天论》,就说:"大天而思之,孰与物畜而制之?从天而颂之,孰与制天命而用之?"还有表示痛心的,如杨衒之在所著《洛阳伽蓝记》里说:"昔光武受命,冰桥凝于滹水,昭烈中起,的卢踊于泥沟,皆理合于天,神祇所福,故能功济宇宙,大庇生民。若(尔朱)兆者,蜂目豺声,行穷枭獍,阻兵安忍,贼害君亲,皇灵有知,鉴其凶德;反使孟津由膝,赞其逆心。《易》称天道祸淫,鬼神福谦,以此验之,信为虚说。"虚,实,难证,但总是远水不解近渴,又语云,得病乱投医,于是,放弃天道也罢,半信半疑也罢,而幸福和安全是迫切的,所以不得不另想,或兼想别的办法,其性质是娘娘庙烧香不灵,只好转往太上老君庙,或呼天不应,只好降而图实际,呼人。

这办法是许多人想出来的,但可以推孔孟为代表,因为信得最坚,喊得最响。办法是什么呢?是求高高在上者能够行王道,或说施仁政,爱民如子。小民的所求是明确的,用孟子的话说是"养生丧死无憾"。这仁政的办法是在实况制约之下想出来的。实况是有权无限的高高在上者,而在上者,因为权无限,就可以英雄造时势,甚至一张口就举国震动。以这种情况为背景,不只孔孟,就是我们中的一些人,也会相信,"如果"在上者乐于施仁政,小民就可以福从天上来,一切与幸福、安全有关的问题就都不成问题。施仁政是老话,新说法是贤人政治,这就会引来两个新问题:一是如何能保证在上者必是贤人;二是贤人的所想(如太平天国要求小民拜天父天兄,然后分住男馆女馆),万一与小民的所求相左,怎么办?前一个问题更大,只说前一个,准情酌理,如果不贤,最好是换一个。可是不要说做,有几个人敢这样想呢?剩下的惟一办法,也是孔孟一再用的,是规劝加利诱,如孔说"先之,劳之",孟说"王何必曰利,亦有仁义而已矣",是规劝;孔说"为政以德,譬如北辰,居其所而众星共(拱)之",孟说"当今之时,万乘之国,行仁政,民之悦之,犹解倒悬也,故事半古之人,功必倍之",是利诱,可谓煞费苦心。而结果呢?理论上有两种可能,采纳和不采纳;而实际则几乎可以说只有一种可能,是你说你的,他干他的。事实正是这样,如孔孟奔波了半生,磨破了嘴皮,最后还是只能还乡,或授徒,或授徒兼著书。今天我们看,孔孟的办法,本质是乞怜,形态是磕头,其失败是必然的。

这是孔孟的悲哀。也是其所代表的小民的悲哀,寄希望于天道,无所得,转而寄希望于(大)人,同样是一场空。

但是又不能不活,而且难于放弃奢望,幸福,至少是安全。于是只好再下降,或说变兼善天下为独善其身,具体说是寄希望于清官或好官,以求小范围之内,变欺压为公道,化不平为平。歌颂好官,推想应该是从有官民之分的时候开始,因为官是既有权又紧压在头上的,通例必作威作福,损民肥己,忽而出个例外,从小民方面说,以为送来的是棍棒,却是面包加果酱,怎么能不喜出望外?怎么能不焚香礼拜?其实还不只小民,即如太史公司马迁,不是也在《史记》中辟地,为一些循吏立传吗?等而下之,古今多种笔记,也是对于这种例外的官的嘉言懿行,无不津津乐道。小民不能写,甚至不能读,但盼望有好官则更为迫切,语云,有买的就有卖的,于是应运而生,就有了不少好官的传说。其中最显赫的是宋朝的包拯,因为小民敬爱,尊称为包公。其后还有个明朝的海瑞,也许因为晚生几百年吧,却没有高抬为海公。专说这位包公,舞台形象必是小民想望的,黑脸,表示铁面无私;能力大得不得了,所以探阴山,威风扩张到阳世以外。最让小民感兴趣的是只管公道而不管势力,所以如陈世美,与公主(相当于今日之高干子弟)结婚,也竟死在铡刀之下,为小民群里的秦香莲报了仇,雪了恨。真的包拯是否有胆量这样干,我们可以不管,姑且假定裴盛戎表演的就是真的,就是说,世间真有这样的好官,我们应该怎样看?一言难尽,只好多说几句。以一思、再思、三思为序。一思,我们应该与小民同道,说包公是大好人,值得钦敬,所行之事值得感激。再思呢,问题就复杂了,只说一些荦荦大者。其一,官是更大的官(包括最高的那位帝王)委派的,他好,也不能不具有两面性,即一只眼肯往下看,另一只眼不能不往上看,而眼往上一扫,爱民的思想和措施,还能保持多少,也就大成问题了。其二,要请数学家帮忙算算,包公式的官,赃官沈不清式的官,在所有的官中,究竟各占百分之多少?总不会包公占绝大多数吧?那么就来了其三,依概率论,比如父母官是包公的机会只是十分之一,甚至百分之一,小民的处境如何,就可想而知了。其四,靠官,官有权,他可以给你面包加果酱,也可以给你棍棒,除了听天由命以外,你有什么办法可以保证,他给你的必是面包加果酱,而不是棍棒?其五,这种歌颂包公式的好官,自然是因为苦难过多过深,渴望解倒悬的心情过于迫切,饥者易为食,渴者易为饮。这样说,我们就应该看到,比如陈士美被铡之后,人心大快的背后还藏着东西,是小民的长时期的普遍的深重苦难和无告,或说得形象些,泪水。还可以三思,是盼好官,歌颂好官,正如上面所指出,追问本质,是乞怜,表现的形式是磕头。我们现在标榜民主,乞怜与民主是背道而驰的。又,歌颂包公,不管包公如何秉公爱民,究竟还是官治,官治与法治也是背道而驰的。还可以想得再深些,如果民真能主,真依法而治,官好不好就关系不大,因为不管你心地如何,总不能不依法办事,否则民有力量让你下台,法有力量让你走进牢房。所以再推而论之,颂扬好官就正好表示,民未能主,法未能治。

话像是扯远了,还是转回来,说小民为了幸福和安全,寄希望于好官,这条路也难通,怎么办?只要还活着,希望是万难割舍的,只好另找寄托之地。古圣有云"人心惟危",那就向和尚学习,近的此岸不成,干脆远走高飞,寄希望于神异的彼岸,就是说,靠人不成,只好求鬼神帮忙,主持公道,为有冤者报仇雪恨。前如《太平广记》,后如《聊斋志异》一类书,记因果报应的故事,真是太多了,都是这种希望的反映。这种形式的报仇雪恨,主角有强者,如李慧娘,是成为鬼后自己动手报。绝大多数是弱者,靠神鬼代为动手,如关公一挥青龙偃月刀,坏蛋人头落地之类就是。雷劈也应该算作这一类,因为劈死某人是由神决定的。关公挥刀,雷劈,都是现世报,痛快,解恨,可惜不常见,即不是天网恢恢,疏而不漏,比如判窦娥死刑的那个坏官,虽然六月降雪,却没有说他受冻而死。有遗憾总是不快意的事,于是退一步,放弃亲见而满足于耳闻,甚至推想,是阎王老爷铁面无私,判官有善恶清楚的账,欺人太甚的坏蛋躲过生前,躲不过死后,必上刀山或下油锅,所谓善有善报,恶有恶报是也。这想得不坏,可惜的是,许多压榨小民的人还是腰缠万贯,到林下享清福去了,关公和雷公并没有管。至于死后,更加可惜,报应云云只是传说或推想,谁也没见过。

到此,天道、仁政、好官、鬼神,一切己身以外的善心善力,作为小民幸福和安全的保障,就都成为画饼。剩下的真饼只是苦难,因为力或权不均等,自己总处于少的那一方,就难得摆脱这种困境。但还想活,怎么办呢?只好再退,用祖传的最后一个法宝,忍加认命。不问青红皂白,上堂重责四十大板,回家自己养伤,是忍。忍是心中有怨气而口不说,自然就更不会见诸行。但怨气终归是怨气,有违古圣贤不怨天、不尤人之道,总之就修养的造诣说还得算下乘。上乘是认命,即相信苦难是天命所定,或前生所定,命定,微弱如小民,又能如何呢?这样一想,也就可以释然了。这最后一种办法,表面看,不高明,因为是变有所求(求天道、求仁政、求好官、求鬼神)为无所求;可是用实用主义者的眼看,且不说高明不高明;总是最靠得住,就是说,靠天道、仁政、好官、鬼神之类,都会一场空,忍加认命就不然,而是必生效。也就因此,从有官民之分之日起,小民总是以这妙法为对付苦难的最后的武器,而其中的绝大多数,也就居然能够活过来。

忍加认命,是承认有苦难。无论就理论说还是就事实说,苦难总不是可意的。所以要变,或说要现代化,话不离题,即应该想办法,求小民幸福和安全的没有保障,成为有保障。这不容易,因为,如上面所叙述,几千年来,小民想了多种办法,并没有生效,至少是不能保证,哪一种办法必能生效。看来,祖传的办法是行不通了,应该改弦更张。这是一种想法。但也只是"一种"想法,因为还有不少人(确数只有天知道)并不这样想。证据是电视中所见,如《无极之路》,仍在颂扬好官,还有推波助澜的,就我的孤陋寡闻所见,是会写旧体诗的,写成组诗,在报刊上助威。恕我重复上面的话,对于现代包公式的好官,我同属下的小民一样,认为既值得钦敬,又值得感激。可是问题在于,如果这位好官不来,小民的幸福和安全,保障在哪里呢?所以,根据上面对于寄希望于好官的分析,我总认为,歌颂包公,歌颂海瑞,无论就事实说还是就思想说,都是可悲的,因为看前台,是小民的有告,看后台,是小民的无告。

现代化,不只应该要求不再有无告,也应该要求不再有有告,因为,如果幸福和安全有了可靠的保障,就不会有强凌弱,众暴寡,也就用不着告。这是个理想,如何实现呢?道理上容易说,也是上面提到,举国上上下下都首肯的,是变祖传的乞怜为现代的民主,变祖传的官治为现代的法治。祖传青毡,王献之舍不得,历代传为美谈,几十年来的想法和生活体系,变,又谈何容易!所以无妨听听鲁迅先生的劝告,暂且放下经史子集,看点异邦的。我当年盲人骑瞎马,在书林里乱闯,也看了些异邦的。专说与小民苦乐有密切关系的治道,有些书的讲法就很值得我们炎黄子孙三思。可举的书不少,其中绝大多数还没有中译本,为了简便易行,只举近在手头的两种。一种是法国孟德斯鸠著《论法的精神》(张雁深译,1978年商务印书馆出版,上下两册。此书还有清末严复译本,名《法意》,不全)。几乎稍有文化常识的人都知道,这是讲三权分立的开山著作,其主旨是,只有分权才能保障人民的自由。孟氏是十八世纪前半的人,书应该算是老掉牙了,但西谚有云,书不像女人,老了便不成,所以还是值得热心于歌颂好官的诸公看看。看,是看靠法不靠官,他是怎么说的。自然未必有取信于一切人的说服力,总可以参考参考吧。

再举一种半老而未掉牙的,是英国罗素在半个世纪前(1938年)著的《权力论》,一九九一年商务印书馆出版吴友三的中译本。这本书量不大,主旨很简单,是一,权力是怎么回事以及表现的各种形式;二,容易滥用与可怕;三,如何节制。同《论法的精神》一样,其中所讲,我们未必尽信,但总是值得参考。值得参考,是因为,其一,他们所讲,是我们的经史子集里不讲的,只是为广见闻吧,也应该看看。其二,在生活与治道的大问题上,我们一贯是寄希望于善心,结果所得是画饼,而仍想活,并活得如意,就应该看看人家不问善心,在权上打算盘是怎么讲的。其三,人祸的苦难,绝大部分由权来,我们乞援于善心而想不到如何对付权,是空想,人家实际,如果所想对了,并有办法,就会使画饼变为真饼,实惠,为什么不尝尝呢?总之,直截了当地说,在这方面,我觉得,外国的月光也还可以去看看,所以取古人什么什么与朋友共之义,希望有些人,于歌颂包公、海瑞之暇,也找这类书看看,当然,更重要的是看后想想。

1970年与夫人、外孙女合影

1975年与夫人李芝銮在北大朗润园家门前

关于读书明理

写这样一个大题目,连我自己都吓了一跳。不得不说说来由,而说就不免话长。是几个月以前,看到,更多听到,讲《易经》的书多种多样,大走其运,印数多,销得快。相形之下,我的拙作是既印数不多,又销得不快。我惭愧,没有安分守己的修养,又没有沉默的习惯,于是写了一篇不信占卜预言、不信神秘主义的文章,题目是"何须蜀道问君平",刊于《读书》一九九一年三月号。问世之后,推想会引来讥笑,是你浅陋,不理解视听所及背后所谓底蕴的奥秘,所以才信口雌黄。很意外,讥笑还没来,却接到不相识的一位女士的电话,除了表示同意我的意见之外,还谈到同是读书而所见不同等等问题。为时间所限,我只说,这个问题很复杂,待有机会详谈云云,结束。其后想了想,说很复杂,大概还是低估了,因为书,四部九流,花样太多,而读的人,天之生材不齐,又人心之不同,各如其面,此外还要加上公的时风和私的利害,于是同一事物,彼亦一是非,此亦一是非,就不足为奇了。彼此是非不同,是庄子的看法。还有常人的行事,是各是其所是,各非其所非。有没有客观的是非?是非有知识论的和道德学的两种意义:曹雪芹死于壬午除夕还是癸未除夕,是知识论性质的是非问题;王国维应否自沉于昆明湖,是道德学性质的是非问题。知识论的比较简易,因为,至少是理论上,弄得水落石出是可能的。道德学的应否就不然,因为定应否,要有个比"事实"远为玄奥的标准,而这样的标准,经常是彼亦一是非,此亦一是非。这就又回到上面提到的问题,究竟有没有是非?我不得不承认有,因为不承认,这篇文章就不必写了。可是承认,尤其道德学方面的,想说清楚就真是一言难尽。不得已,只好避难就易,或说取巧,有言在先:一,以假定大多数人会默认为依据,多说是非而少说标准;二,读书与明理的关系,表现在人和事上千头万绪,这里只谈一点点,来于偶然想到,自认为还值得注意的。

以下入本题。不幸一开头就遇见缠夹二先生,是:读书可以明理,不读书可以明理,怎么说都不对,或不全对。说对不对之前,先要谈谈理是怎么回事。宋儒说万物只是个理,用现代化的帽子扣是唯心论;但理的范围却未必能够因此缩小。爱因斯坦说,上帝不会(可能义)掷骰子,是人事外的世界有理可循。人事之内,大到国与国间,小到马路上的人与人间,大家都承认,要讲理。这里只得损之又损,单说人的思和行,所谓合理,一方面,是能够与事实印证;另一方面,是不违背自己立人、达己达人之德。用反面的小事来说明:晨起鹊噪,以为必有客人来,而终日门庭寂然,可见这所信并不合理;看别人的钱包眼红,窃为己有,损人肥了己,就是窃者自己,除非以梁山泊的替天行道为理(仍不能离开理)由,清夜自思,也当觉得于理有亏吧?就凭这个存于人心的恍兮惚兮的有道理、不讲理等等之"理",以下谈读书与明理的关系种种。

循某下世名人喜作翻案文章之例,由反面下笔,是读书也可以不明理。这还有等级之差,或性质之别,想由显而隐说三类。

第一类,明眼人听了会失笑的。为了形象化,举真人真事为例。又为了"不薄今人爱古人",古今各举一位。古是唐朝房琯,开天著名人物,达摩面壁九年,他住山还多了一点。书当然读了不少,可是食古不化,安史之乱,他自告奋勇戡乱,用古车战法,在陈陶斜大败,连累诗圣杜甫也降了职。读者诸公会觉得逝者如斯,不足为训吗?不久之前有人告诉我,海湾战争的武器花样,竟有人说是早已见于《封神演义》,因而仍是"月是故乡明"云云,可见"如斯"并没有完全成为"逝者"。今是我的一位乡先辈,中小官僚,姑隐其名,因为我认识他的儿子,半个世纪以前,有一次在天津他家里见到他。也许是因为他感到知音难遇吧,就同我谈起他的政局预见来,主旨是还有个他执政的时期,就在不远的将来。看我表示惊讶,他由桌上拿起一本书给我看。书名是《中国预言七种》,只记得其中有《推背图》。他翻到一页,指点其上的一句隐语,大概是刘伯温说的,说那句话里藏着他的名字,就暗示某某下台之后,应该由他接任。我其时虽然无知,还不至无知到这种程度,于是出于世故或不屑争论,点点头应付过去。其后若干年还听到他的消息,不是《推背图》之类保证他执了政,而是如何终于野葬了。这古今两位都读了不少书,而竟至这样荒唐,可见读书未必就能明理。我还想加说一句会逆有些人耳的话,今日根据《易经》以推求想知而难知的种种,走的路与我的这位乡先辈又有什么分别呢?

第二类,不像第一类那样好说,因为一,那是多数人会承认的荒唐,这是千百年来几乎所有的人(甚至可以包括现在)承认的正大;二,由行方面说,荒唐的是可以不,正大的就不然,是舍此就无路可走。这是指长时期书中反复宣扬的一些(或很多)信条,因为反复说,假话就成为真的,不合理的就成为天经地义。天经地义,反映到心理上是无条件的好,也就应该无条件地接受,更进一步,也就永远想不到其中还有问题,可以问问"为什么"。自然,人力是有限的,有些问题,比如活着为什么比死好,我们就无力解答,幸而我们很少想到,也就可以当做没有这样的问题。有些信条不是这样,比如有关权利、义务的种种,一贯认为无所逃于天地之间的,就未必经得住问。可悲的是想不到问。——总这样说泛泛的不好,要转为务实,举例。当然最好是大个的,那就说纲常,昔人心目中最重的。例要少而能够说明问题,只说三纲的第一纲,君为臣纲。这四个字意义不显豁,需要正义,是,君王明圣,臣罪当诛;还要发微,是,登上统治宝座就可以为所欲为,被统治者只能服从、歌颂,直到赐死还要谢恩。这种情况自然是千百年来久矣夫,上限,文献(包括传说)足征的,也许要远到盘古氏吧?下限呢,不好说,可以概括言之,凡是可以为所欲为的都得算。情况是"事实"如此。还有"应否"如此的问题。《论语》有"天下有道,则礼乐征伐自天子出"的话,可见至晚由春秋起,已经视统治者说了算为当然了。其后,出于史官之手的,各史的本纪,出于各种官之手的足以汗牛的奏疏,以至野史笔记,都在唱同一个"君王明圣"的调调。你觉得肉麻吗?而是反复说就有了大力。于是而有无数的人被这样的"明圣"杀了,还要口无怨言;有不少的人为这样的"明圣"死了,带着"光荣"走向地下;至于数量更大的小民,在水火中哼平平仄仄平,也要"圣代即今多雨露"。最值得痛心的是,被杀而死,为君而死,书面上,口头上,甚至心地中,都认为理所当然。我呢,生也晚,受了洋鬼子一些影响,多闻阙疑,一直不相信有所谓明圣,因而对于这第一纲的许多表现,总是觉得,轻则可怜,重则可悲。何以这样说?以明朝为例,开国之君朱元璋,夺位之君朱棣,都是杀人不眨眼的刽子手,其后如正德皇帝,到处抢民女,是天大的坏蛋,天启皇帝,信任魏忠贤,开东厂,任意杀人,是天大的糊涂蛋,最后崇祯皇帝,愚而好自用,比如有名的学者郑鄤,因为被诬为不孝就凌迟处死于西市,总之,就是这样一群,在第一纲的庇护之下,有不少知名之士,还是甘心为他们死了。死者,早的如方孝孺,晚的如陈子龙,青史留名,什么名?不过是忠君而已。有谁曾问,忠于一个(如方孝孺,新君仍姓朱),或扩大为忠于一姓(如陈子龙),究竟有什么意义?有人会说,那是几百年前的事,评人论事要历史主义。那就说说近的。近来断续看了有关王国维之死的一些文章,关于死因,说法多种,只说陈寅恪先生,我想是意在表扬死者之德,兼宣扬自己之道,说是殉于纲纪,所以应视为文化史上的大节。这里不想说事实是否如此,只说纲纪之应否视为大。纲纪,说全了是三纲(君为臣纲,父为子纲,夫为妻纲)加六纪(诸父、兄弟、族人、诸舅、师长、朋友),讲的是人与人的关系;旧称伦理关系。称为伦理,含有应如何对待的意思;"如何"有具体内容,当然是传统的,指实说要分尊卑上下,一般所谓德,如忠孝之类,都要附着在这上上下下的阶梯上。维护这个,当然是全盘接受,合适吗? 即如君为臣纲一纲,王国维死时已经是民国,没有君了,忠的大节怎样显现? 灵活运用其精神? 那就成为忠于在上的某一人,至少我觉得,这不是现代化而是继续封建,是不合理的。与公开宣扬三纲六纪相类,还见于零碎的褒贬,仍以明朝为例,古文的多种选本选《左忠毅公逸事》,推崇左光斗死于东厂,可推崇之点是什么? 除了忠于天启皇帝幻想可以变坏为好之外,还能找出理由来吗? 另一面是钱谦益,一提起就觉得人不光彩,污点何在? 也不过是没有随着崇祯皇帝死而已。所举以上种种,由认为天经地义、身体力行到褒之贬之,都是读了书的,而且,如信条之被视为正大,都是正大人物,可是现在看来,都为专制压榨,重则摇旗呐喊,轻则添了油醋。当然,还要历史主义,不是说如此信如此行,道德方面有什么缺欠;而是说读书上了当,信了不当信的。换句话说,是读书并未明理。

第三类,也可以算作第二类的加码,所加是,时间可能不很长,也是由于反复说,自然连带就见于行事,于是成为风气,视为荣誉。荣誉的力量之大,凡是睁眼看看世态的都知道,除了承认无条件、想不到问之外,还要加上狂热。这种现象,古往今来,值得提出来说说的很多,只说一种,是因为近在咫尺,又有典型性。那是前些天买的一本《清代闺阁诗人征略》,翻看,其中人物,寡居多年的可以不计,竟有不少未成婚就守节的,出嫁不久夫死就殉节的,结果就得来酬报,旌表,有了荣誉。诗人,自然都是读了书的。据我所知,村野贫寒之家,不识之无的女子,这样求荣誉的罕见。这也可证,还要声明是"出现在看",读了书,反而离时风枷锁近了,离理远了。

此外,读书不能明理的事例,当然还无限之多。古人往矣,今人呢,不是还在热中于研究炼丹术吗?很抱歉,我没看过这类书,推想会比《易经》更实惠吧?人各有见,更值得重视的是人各有欲,杀风景不好,不说也罢。

至此,反面的话说了不少,要改为说正面的,是想明理,还是离不开读书。这段文章,作到这里就够了,一是理由很明显,二是推想不会有人反对。不过如果连古也算在内,例外也有一些。马上得天下的刘邦厌恶诗书,可是终于用了叔孙通,因为儒书能够使他坐宝座坐得稳,坐得舒服。此外还有两个大户,早的是老子,要使民无知无欲,见于他的《道德经》五千言,而这五千言,显然是读了书才能写的;晚的是禅宗和尚,说只用经遮眼,这是机锋,是从古德的语录中学来的,也就是先读了书。这样,对于想明理就必须读书这个意见,真是可以说是全体赞成通过了。这里需要说说的是,书和理之间像是还有点什么,应该用几句话明确一下。想要言不烦,只说三点。一是读书可以使生活的境界扩大并提高(或加深)。比如读天文学,知道隔牛郎织女的天河之外还有无数河外星系,这是扩大。读李清照词"雁过也,正伤心,似是旧时相识",也"感时花溅泪",比单单说个"八九雁来",人生的滋味浓了,这是加深。理要在这种大和深的土壤中生长。二和三,也可以说是一的加细说。先说二,是读书可以积累知识。理由用不着说。只说知识内容过于繁杂,其中有轻重的分别,问题比较小;有真假、好坏的分别,问题比较大。怎样分辨真假、好坏?难言也。这里暂且不说;单说讲理,既要以知识为材料,又要以知识为母亲,所以,虽然读书未必能明理,想明理又不能不读书。再说三,是读书可以培养见识。见识是分辨真假、好坏的能力,要由吸收别人的看法并比较其高低中来。显然,为明理,这最重要,否则,远而雅的,如孔孟之相信人君能行仁政,近而俗的,如义和团之相信肉身可避枪炮,就不值识者一笑了。

以上说想明理,非读书不可,前面又说读书也可以不明理,公婆各执一端,中间就挤出两个问题:一是为什么会有这种现象;二是虽然有这种现象,还不能不明理,怎么办。先说前一个问题,是因为书有多种,人有多种。书,以东汉为例,有大量讲谶纬的,可是也出个王充,写破除迷信的《论衡》,显然,读前者就会满脑子阴阳五行,读《论衡》就对旧经传也持怀疑态度了。再说人,真是心之不同,各如其面,减去习染和教养,兴趣也会千差万别。如同是读《红楼梦》,男士,见于清人笔记,有愿意娶林黛玉的,有不敢娶林黛玉的。逛书店可以更鲜明地表现这种情况,有人买史书,有人买小说,大概是前者愿意看实有的,并希望鉴往知来,后者愿意看虚构的,并希望有时也做个异想天开的梦。书不同,人不同,表现于思,就必致产生合理、近理、远于理甚至不合理的分别。

更重要的是解决第二个问题,怎么办。我的经验,特效药是没有的;但也要服药,试试看。药的一种是杂读。不说多读,原因之一是,读书以多为上,用不着说。原因之二,以武侠小说为例,性质专一而量多,也许奔往少林寺的人就更多,志愿就更加火热,那不是服药反而病重吗?同类,寝馈于《易经》、占卜、炼丹一类书,以为就可以前知五百年,甚至白日飞升,也是服药越多,反而近于病危了。但买书或借书而读,是人人有的自由,所以处方不能用禁读。退一步用缓和的是杂读,就是各种性质的都读。各种性质,自然不会一个鼻孔出气。比如炼丹术与化学原理,可以说是间接冲突;占卜书与反占卜的书,是直接冲突。有冲突就好,可以引来起疑,然后是思索,再然后是不怕不识货,就怕货比货,真金不怕火炼,假金自然就露馅,垮了。

药的另一种,或说改进的处方,是杂之中还要有所偏重。具体说是要多读些与分辨实虚、对错、是非、好坏之类有关的。这也可以分为间接、直接两类。以过去读书人都重视的国学为例,我读阎若璩的《古文尚书疏证》和钱穆的《先秦诸子系年》,自认为所得很多,因为除知识以外,还学了去伪存真的一些方法。这方法不是正面讲,可以称为间接的。还有正面讲的,是科学概论、知识论、逻辑、哲学概论之类的书。这类书内容不简易,因为都涉及真假、对错是怎么回事的问题,性质比较深微。这里多讲不成,因为一言难尽;不讲也不成,因为会莫名其妙。想折中,只举一个例,来于逻辑的,是矛盾律,内容为:全称肯定判断(如凡君王皆明圣)与特称否定判断(如某君王不明圣)矛盾,全称对则特称错,特称对则全称错。这是个分辨真假、对错的重要规律,以之为准绳,我们可以判断许多骗人的鬼话(一般用全称肯定的形式)靠不住,因为必有不少事例是反面的。逻辑这样,与它相通的另外几个学科也是这样,大家合伙,就会凝缩为一只有穿透力的眼,看到表面之下的真假、对错的本相。

但是这剂药也有不利之点。一种显而易见,是味苦,不好吃。由事实方面说,有几个人愿意扔开小说,皱眉抱着这类书啃呢?并且,只是星星点点,贯通也不容易。所以,也是事实,是有不少级别不低的知识分子,谈自己专业,头头是道,专业之暇,还是找什么占卜书或什么铁嘴,去探问流年祸福。可证读书明理也并非易事,因为有较多助力于明理的书常常是很枯燥的。不利之点的另一种,是因为向深处钻了,就不能不碰到应否的标准问题;或说得浅易些,是碰到教条性质的顽固就会显得无力。如某名人,恍惚记得是辜鸿铭,尊君,并主张保留跪拜,理由是,如果改为鞠躬,天生膝盖何用?古人也说过这类意思,是"天佑下民,作之君,作之师"。你觉得荒唐吗?可是想拿出系统而确凿的"理",以之为根据,驳倒他,却不那么容易。因为这类的人各有见,追到根,会成为,轻些是兴致之别,重些是信仰之别,或说异教。而说起信仰或教,任何人都知道,是只能听从不许怀疑的。惟命是从,由命者方面看,这命的来由也是理,可是这理是不许放在脑子的秤上衡量的,其是否真合理也就不得而知了。不得而知不好,怎么办?我的想法,有关应否的问题,如果不简易而想明其理,就最好多乞援于康德的所谓理性,少乞援于信仰。这样的理性是怎么回事?只能由心情方面说说,不过是平心静气,不入主出奴,愿意讲理而已。

最后说说,庄子的高见,"吾生也有涯,而知也无涯",理,不管怎么样想明,总难免有不能明的,或拿不准的。处理的办法是虚心,继续求明;求得之前,要采取孔老夫子的态度,"不知为不知"。这样的不知,也是理,我的经验,也是只有读书才能明的。到此,由话面看,是越说越缠夹;其实意思是颇为简明的,就是:读书可以明理,只是要附带一些条件,随便来就未必成。

红学献疑

一再沉吟之后,我写了这样一个标题。何以要沉吟?因为这"疑"不是对"红"的枝枝节节,而是对于"学",这将意味着,在掌声雷动的形势之下,我也许要说些杀风景的话。说杀风景的话,我还有个另外的顾忌,打个比方说,对于我一向倾慕的人,我偶尔犯傻气,说容貌并不十全十美,甚至罗裙的式样也不是百分之百的好,人将疑我是站在对立面,而其实,我自信还是站在捧场的队伍中,甚至一贯在前列的。那么,怎么还要说是"疑"呢?我的着眼点是:对于任何事物,包括学或学风,依"理",都应该可以信,可以疑,近若干年的红学似乎不是这样,而是大关节已成定论,只可以信而不可以疑,对于这样的定于一尊,我有时不免有点疑心,甚至疑虑。

思路走远了,还是多年以前,我读英国小穆勒的自传。他说他小时候,有一天同他父亲在郊外散步,谈起新刊的某一篇论文,他父亲问他意见如何。他想先听听他父亲的意见,他父亲说:"不要信我的,我的意见可能是错的。"他说他是在这样的气氛中长大,所以后来如何如何。书看过扔开,不再翻,可是这种教学法却一直在我心里萦回。这似乎没有给我带来什么好处,因为形势需要"信"而它引导我走向"疑"。举实例说,五十年代,我的师辈某先生,红学大师,过去没有想到《红楼梦》还有某种积极意义,因而受了批判,我就曾想,既然心里这样信,嘴里照样说,总比口是心非好吧?幸而我不治红学,可以从壁上观。但有疑而没有敢说,半口是心非,有时想到也难免不是滋味。这之后,真就车同轨、书同文了。我孤陋寡闻,也缺乏时间和精力,没有多翻报刊和典籍,就碰巧看到的一些说,异口同声,都是积极,积极,积极,好,好,好。惟一的例外是我的相识蔡君写的一篇,题目是《贾宝玉是叛逆吗?》,发表于山西太原的《晋阳学刊》,其时已经是八十年代初了。

说积极,说好,不能算错,因为可以言之成理。即使只是灵机一动,没有言之成理,也不能算错,因为一,如上面所说,心口如一总比口是心非好;而且人人对心外事物有觉知以及产生印象的天性,想不任性也做不到。二,这样的轻率印象,也未必就靠不住。看法的对错是非,要用看法之外的尺度来衡量。应该用什么尺度?这方面的问题太复杂。举个突出的例,先秦诸子生在容许乱说乱道的时期,对于修齐治平,各家都有一套理论和办法,而且都言之成理,可是这理,有的互不相容,如儒与法,依照逻辑规律,两个相反的命题不能都对,可见言之成理并不等于完全合理。而灵机一动,如项羽对秦始皇的印象,"可取而代",却碰对了。确切的对错和是非,取得大不易。不易中还有程度之差,简化了说,"事"方面的证验对错,如门前的柳树是否为五株,容易;"理"方面的证验是非,如桃花源的生活是否天衣无缝,很难。很难而想求得,人类的思辨经验告诉我们,要接受两种或者不很适意的情况。一是安于得个相对,不求绝对,因为用演绎法推理,追根,总会碰到一些大前提是不能证明的。二是容许不同的意见在比赛场上见面,然后取其比赛后不被淘汰的,舍其比赛后被淘汰的,以期逐渐向对和是靠近。这后一种情况要以两种设想为根据:一种是,人心之不同,各如其面;另一种是,虽然不同各如其面,但有理性并信从理性却是一致的。这样,人群对于某一事理的认识,情况就会是这样:开始是公说公的理,婆说婆的理。日久天长,有的理脆弱,甚至连信从的人也放弃了,这是逐渐由多走向一。但永远不会成为一,因为总会有少数公和婆想不通,坚持己见。这也好,因为一是,可以大德不逾闲,小德无妨出入;二是对错是非与信从者多少没有必然的联系,应该留有余地,以避免万一入迷途而永远不知返。三十多年来,我们的红学像是走的不是这样的路。没有经过比赛场上的角逐就定于一。这一,当然指大的方面:初步的是好,顶峰的是因为如何如何所以是好。这大的方面比喻是个有围墙的散步的场地,散步者有左行右行以及略快略慢的自由,却不许走到墙外。自然,有不少人是愿意在墙内走的,这样也未必不健康无益。问题是也会有喜欢到墙外走走的,那就只好坐在什么地方,不举步。为了避免误解,这里要说具体一些,已判定好,随着喊好的未必就口是心非,所喊也未必就不对。我担心的只是,自某日起众口一声,这会是人各有见的实况吗?如果竟不是,而是有的,不假思索而随着说,有的,心里思索而口里不说,这还有可能逐渐向对和是靠近吗?更值得担心的是,不思而说和思而不说会成为风气。风气的力量太大,因而也就太可怕。延续近千年的男人作八股、女人缠小脚就是这样,有不少聪明通达的人竟也视为当然。有鉴于此,我常常有个奢望,是:惟其都视为当然,反要问一问,为什么怎样怎样就是当然。话扯远了,还是回来说红学。我不否认,更不敢轻视近年来的红学成就,我只是怀疑,难道就真没有车同轨、书同文之外的想法吗?情况恐怕不是这样,因为事实总是人各有见。别人如何可以不管,我自己我是清楚的,是对于有些定论一直有不同的想法,过去是怕不合时宜而没有说。现在想献疑,不是确信这想法有什么可取(因为只是门外汉的一时观感),而是希望有所想就如实说,能够对改变车同轨、书同文的风气起一点点作用。

以下像是该入正文了,怎么写?一种是高的要求,拿出正面的主张来。主张要有根据,这就不免要翻腾由开卷第一回起的材料;光有材料还不成,还要有阐明材料之深远意义的理论。我没有这样的学力和精力;即使勉为其难,连篇累牍,也不是杂收的期刊所能容纳。还有不能走这条路的更重要的理由,是这样一来,人将疑我为决心摆成什么阵势,要与什么人较量了。我更没有这样的学力和精力,而且压根儿就没有这样的想法。我只是,还是扣紧题目说,对于《红楼梦》,有些旧存的想法,与流行的说法有距离,又苦于不能闻善言则拜,于是在心里就成为疑。疑,长期储存,难免闷闷;想消除,一种办法是是人非己,不甘心,一种方法是己非人,拿不准。剩下的惟一妙法是献出来请有学力和精力的人也想想,于异中求同;即使不能同,说出来也可换得心净。而说起疑,大大小小不少,这里想用以管窥豹的办法,只说一点点偶尔想到的一斑。而重点又不在这一点点疑是否值得一提,只是想说明,在这类事物上,我们并没有大一统,似乎也应该安于并不是大一统。

损之又损,我想只围绕着作者曹雪芹说说,因为他有伟大的业绩,我一直钦佩得五体投地;就是对于他的为人和经历,我也是很感兴趣。可是很遗憾,对于他慨叹的"谁解其中味",我试图解,在有些人的眼里也许是低估了。但言者无罪,也只好说说。所谓低估,较重大的是对于"作意"。这还可以分作两个方面:一方面是作者的"态度",一方面是书的"主旨"。同是写,态度可以不同。有郑重其事的,如司马迁写《史记》;有随随便便的,如苏东坡写《东坡志林》。我看曹雪芹写《红楼梦》是属于后一种,就是说,他写小说是玩票,不是下海。下海,当做名山之业写,或为了名利写,是由外国传来的,进口货,二百多年前还没有。那么,这动力从哪里来呢?是来于古今中外都有的创作欲。创作欲要有条件,一是学,二是才,还有个三,也很重要,是没有乌纱帽而勉强有饭吃。这三条,曹雪芹都有,还外加希有的一条,是由荣华而走向没落。说希有,譬如蒲松龄就没有,所以创造的人物就很少是大观园式的。有了以上四个条件(前两个条件还应该加点修饰,是学很富,才特高),茶余酒后,就会想闲也闲不住,而"秦淮残梦忆繁华",写入九歌、八股、七发都不合适,那就最好是"敷演出一段故事来"。我推测,作者说"十年辛苦不寻常",是做诗照例要夸张粉饰的手法,实际是兴之所至,没有严密的计划。清朝人已经发现,有些情况前后合不拢。以曹雪芹的才和学,求合拢又有何难?他不做,推想是写完一段,放在一旁(或抄给人看),找敦氏弟兄喝酒去了。如果是这样,就不好吗?这我不知道。我只是觉得,这就更足以证明,他的才是太高了。(作品的许多情节,数不尽的述说和描写,都是神来之笔,人所共知,从略)。

再说"主旨"。这是要害,重要分歧,批判与受批判,都由这里来。主旨是作者要在作品里表现的情意。这,我过去认为,现在还认为,是"怀旧",不是"破旧"。这样认为,来于印象。印象不能凭空来,要有实物,这是说,也可以找到根据。根据,零碎的很多,只想说个总的,是:有意思的写得很多,没意思的写得不多。还可以加个近于诛心的理由,是曹雪芹并没有现代有些人想象的或希望的那样积极。只举一种微末的情况为证,主仆关系,看他笔下的荣宁二府和大观园的生活,对于上压下,颐指气使,下侍上,诚惶诚恐,他还是视为当然因而也就处之泰然的。这我谅解,因为我没有忘记,那是纯皇帝初年,平等观念还没有萌芽的时期。不要说他,就是思想比他深沉得多的黄宗羲,而且处于易代之际,作《原君》和《原臣》,也只是说君应该怎样,臣应该怎样,而没有想到可以革命,变为民主。过于积极的思想,是现代人用《聊斋志异》"陆判"的手法,硬装在曹雪芹的头脑里的。怀旧就不好吗?这用不着答复,因为此心是人所共有,此事是人所共行,愿而未必能表露,是受条件的限制。所以重要的不是当不当怀,而是怀了什么。这就碰到另一个问题,同样是要害甚至更要害,作品的思想成就究竟是什么。

　　思想成就来于作意的主旨。但两者可以合,也可以不合或不全合。据说西班牙的塞万提斯写《堂吉诃德》,就是成就非始料所及的。《红楼梦》呢,可以说是不全合。所以这样说,是推想,他也不会想到,以旧事为主干,增改,粉饰,竟创造出这样一个牵动人心的优美的艺术世界来。中国以《春秋》为表率,记述要寓褒贬。褒贬是好恶感情的外向化。执笔,有专写好(hào)的,如陶渊明《桃花源记》是;有专写恶(wù)的,如赵壹《刺世疾邪赋》是。由文学批评的眼光看,至少我觉得,是前者的成就更高,因为后者的作用主要是泄愤,而前者就深远多了,是创造个艺术世界,使读者在现实中渴望而不能得的,却可以在这里得到。得到就一定好吗？也未必,因为据说,有些痴男怨女因迷上《红楼梦》而疯疯癫癫了。但人类就是这么怪,于柴米油盐之外,还偏要追求幻想的什么。从这个角度看,好的文学作品也是商品,顾主是痴心追求幻想的一些人。也是从这个角度看,多年以前,我同孙楷第先生谈起《金瓶梅词话》和《红楼梦》的高下,他说所写人物不同,各有千秋,我说:"反正我还是喜爱《红楼梦》,因为读时的心情是恋慕;读《金瓶梅词话》则相反,常常要皱眉。"我这样看是仁者见仁。当然也可以智者见智,如说成就是"揭露"。人各有见,如确实有而说,当然也应该。但我是不这样看。原因很多。如一,如上面所说,没意思的写得不多,有意思的写得很多,那就绮丽的内容成为附庸蔚为大国,笔法就太怪了。二,如果意在揭露,对于有些情节,贬的意思应该更明显些,可是没有。三,还有更甚的,是有些作为,戴上现代化的眼镜看,理应批判的,可是当做好的宣扬了。四,还有,记旧事,写旧人,总不能不把旧的情况连带端出来,端出来就一定寓揭露之意吗？我看是常常未必,原因是,即使小说作者都不能不戴眼镜,施耐庵的眼镜总是元朝晚年制的,曹雪芹的眼镜总是乾隆初年制的。戴着乾隆初年制的眼镜,能看到封建种种的腐朽吗?总是很难的。五,还可以看看广大群众是怎样看。不久前,北京弄了个大观园的仿制品,据说票价不低而游览的人不少,想取得什么呢?我看绝大多数是除开眼之外,还想体会一下卿卿我我,而不是"学习"那样的场面是怎样可憎可恨。难道睁眼的人都错了吗?

此外,关于作意的玩票,我还想到一点意思,是作者虽然才高,作品中多神来之笔,却也难免,偶尔灵机一动而不再思,出现不妥。这是说,专由表达或修辞方面考虑,《红楼梦》也不是遍体生香。我常想到的是两处。一处是描画秦可卿房里的陈设,这样写:

> 案上设着武则天当日镜室中设的宝镜。一边摆着飞燕立着舞过的金盘,盘内盛着安禄山掷过伤了太真乳的木瓜。上面设着寿昌公主于含章殿下卧的榻,悬的是同昌公主制的连珠帐。亲自展开了西子浣过的纱衾,移了红娘抱过的鸳枕。

这段铺叙见第五回。这第五回,是用烟雾笼罩,泄露作者的情趣和书的重要关节的。泄露,恐怕起初的事物只是与兼美的侄妇入"不"虚幻境。这大概曾使作者大为其难,是既想说又怕人家听明白。何以见得?是作者也"恍恍惚惚"了,一阵是既点了可卿的名,并说"与可卿难解难分",一阵又赶紧遮掩,于是警幻仙姑以及金陵十二钗正副册、红楼梦曲十二支等顺势被拉出来。打破砂锅问到底,不过是"此情可待成追忆"而已。这样说,如此的大回目,第一位角色应该是秦可卿。怎么描绘她?主体是"兼美","温柔和平","极妥当(?)"。陪衬呢?总不当用只见于《笑林》一类书的笔法来凑热闹吧?可是作者竟这样写了。另一处见第十八回,元春归省,诸人就大观园内诸景赋诗,宝玉独赋四首。黛玉想"展其抱负",当枪手,为宝玉写了"杏帘在望"一首,

词句是:

> 杏帘招客饮,在望有山庄。
> 菱荇鹅儿水,桑榆燕子梁。
> 一畦春韭绿,十里稻花香。
> 盛世无饥馁,何须耕织忙。

开头破题,结尾颂圣,是试帖诗的路子。林黛玉笔下出现试帖诗,如何解释?似乎只有两种可能:一是作者的口技才能不高,相声未能毕肖;二是一时慌张,把方巾戴在闺秀头上,于是就唐突颦卿了。

这样挑剔的话不好再说下去。其实我的总而大的意见是:《红楼梦》不只是我国文学宝库中的一宝,而是一个文学宝库,探明、接受、享用都不简易。所以要深入研究。研究能不能取得可喜可信的成果,条件很多,其中一个绝顶重要,是人人要无拘无束地思,然后言己之所信。我呢,翻肠倒肚,只有一些所疑,所以也就只能把这所疑中的一点点献出来,作为举例,供海内外的专家参考。

临渊而不羡鱼

近一时期,"文人下海"的声音,化为文字,常常在眼前晃动。他人门前雪,不管也罢。可是几天以前,广州《随笔》一九九三年第四期送来,翻了翻,感到形势有点逼人。在这一期里,我滥竽充数,优哉游哉,还在那里谈"酒",并说有决心站在陶渊明一边,而曾出东山、不久致仕的王蒙先生却按捺不住,用题目中的"再从容些"间接表态,说自己这个文学家并未见钱眼开。我忝为这一期《随笔》中的邻居,如果还是在"隔篱呼取尽余杯",就真有点那个了,所以决定,至少是暂时,放下酒杯,也说几句有关文人下海的,凑凑热闹。

入话之前,先要说几句会有防御工事作用的话。计有两项。其一,我不止一次说过,人生是一,人生之道是多。这样,譬如同住一个大杂院,某志士在屋中编造什么主义,并坚信依之而行,婆婆世界可以很快变为天堂,而隔壁的王婆却走出屋门,在门外修建鸡窝,她的所求是鸡蛋,而不是人间的天堂。谁对?应该由著《南华经》的庄子来评断,是"鹏之徙于南冥","抟扶摇而上者九万里","蜩与学鸠","枪榆枋时则不至",亦各适其所适而已。就是说,作为人生之道,只要不违法败德,就难分高下,或竟至没有高下,人也只能各适其所适。扣紧本题说,对于下海,甲说很应该,乙说不应该,其是非就又成为庄子所说,"彼亦一是非,此亦一是非"。"庄周,吾之师也"(嵇康《与山巨源绝交书》),尊师重道,昔人所尚,所以我只当说说自己关于"自己"的一些想法,并且,即使这样的想法不无可取,也并不表示与之相左的想法就不可取。其二,下海的"文人"像是有不成文的定义,指文学家;而文学家,像是还有不成文的定义,指能编造小说的。如果我的闭门的体会不错,那就可以判定,现身说法对下海表示意见,王蒙先生及其同道有资格,我没有资格。无发言之资格而还想说,总得找个理由。理由还得由师门来,曰己身虽非胡蝶,可以梦为胡蝶,那么,就算我梦为文学家吧,听到门外喊,"文人们请注意,下海喽!下海喽!"我是不是奋然而起,投笔(新潮曰投电脑打字机),跑出门,也跳入东流之水呢?不需再思三思就决定,是学孟老夫子,不动心,仍然拿笔,写不三不四的文章。或问,如此顽固不化,亦有说乎?以下分项说明顽固不化的理由。

其一,没有改行的本领。我年轻时候非主动地犯了路线错误,小学略识之无之后,无路可走,而中等学校,而高等学校,又因为头脑欠清晰,不能数理化,就落在文史哲的泥塘中。由走入大学之门算起,已经超过六十年,居常面对的,除妻儿黄瘦的脸之外,就是书和笔。语云,熟能生巧,日积月累,也就能够略知文事甘苦,有时率尔操觚,还能成篇,换来量虽不大却颇为有用的稿酬。此外还有何能呢?算平生之账,也只是在干校曾经受命担粪,本领超过妻梅子鹤的林和靖处士而已。担粪之外,还有个未尝不可以自我吹嘘的非物质的本领,是自知之明,具体说是,如果丢开书和笔,那就不要说"发",就是早晚的稀粥也难得保持坚硬,岂不哀哉。所以为了不哀哉,我坚决不改行,不要说"海",就是再大,"洋",我也不下。

其二,下海是为变贫为富,所谓"发",即有大量的钱,很多人眼红,我为什么不眼红?原因很平常,只是无此需要而已。需要是个很复杂的玩意儿,非三言五语所能讲清楚。复杂,一半来于客观,是可欲之物无限,如果人没有自知之明,也许想把夜空的亮星摘下来,代替室内的电灯吧?一半还来于主观,如希特勒就想统一全球,并把他厌恶的人都杀死;希腊的某哲人就不然,只希望国王的车马仪仗不遮他晒太阳的阳光。我是常人,虽然看古代典籍,也承认"负暄"为可珍重的享受,但又不忘古人"饮食男女,人之大欲存焉"的名言,就是说,晒完太阳,还是要吃喝,并要有个蜗居,就算是黄脸婆吧,能够挑灯夜话。这就可见,我同样有需要。一切复杂,一切分歧,来于需要的限度,或加深说,来于想满足什么样的欲望。为了化复杂为简单,只好来个差不多主义,分需要为三个等级,由低而高是,温饱,享受或享乐,阔气。说差不多,因为三者有错综的关系,比如温饱也是一种乐;至少有些人,也视阔气为享受。安于差不多,可以因细小以见概括,比如食,吃烙饼炒鸡蛋可以温饱;吃红烧海参就成为享受,因为超出温饱的需要;再升,吃清炖天鹅就成为阔气,因为只是价高而未必好吃。本段开头说我没有发的需要,就因为我的所求只是温饱,而不求享受,更不求阔气。何以会这样?来由有浅的,曰"习惯",有深的,曰"知见"。先说习惯,自然只能举一点点例。一例说温,我离开乡里家门之前睡火炕,其后由二十年代中期起,直到现在,卧之时,身下都是木板。年深,旧棉絮不扔,铺在木板之上,就成为高级席梦思。盖普通席梦思,我也睡过,多软而少支持力,尤其翻身,感到别扭,所以还是不舍高级的。再一例说饱,我肠胃如蜗居,寒俭,不宜于也不惯于迎高宾,比如太阳从西方出来,中午吃得好一些,非"食无鱼",晚饭就会犯怀旧之病,想吃玉米渣粥。这样,卧,安于木板,吃,安于玉米渣粥,眼下每月定时有祠禄,还不时会飞来大名为稿酬的外快,而需要额外买的却几乎没有,于是关于钱,所愁的就不是少,而是,比如说,月底了,检查阮囊,竟还有大额票十几张,怎么办?花,无东西可买;存,既要跑银行,磨鞋底,又怕通货膨胀加速,贬值。大额票十几张尚且带来愁苦,况发乎?再说知见,就难得像说习惯那样简明,因为不能躲开人生的价值问题。我昔年读英国薛知微教授的《伦理学之方法》,所得是,关于人生价值有多种想法,无论哪一种,都难于取得确凿的理据。这里也就只好说说自己认为合于情理的,或者说,经过深思熟虑多数人会认可的。为省力,还宜于从反面说,是享乐和阔气并没有什么价值,至少是没有值得珍重的价值。证据有正面的,借用古语,《左传》所举三不朽,立德,立功,立言,都与享乐和阔气无关。证据还有反面的,是享乐和阔气与纵欲和掠夺(包括隐蔽的形式)是近邻,所以最容易败德,就是说,乐和阔是来于他人的苦难,还有什么价值可言呢?所知所见如是,依照王文成公知行合一的理论,我也就不见钱眼开了。

其三,不见钱眼开是说见钱,而眼这东西,也有所谓"天命之谓性",于是有时一睁,也会看见各色人等和花花世界,又于是而就不免顿生杞人之忧。忧也可以分为关于人和关于世两类。先说关于人的,为了文不离题,人指人群的一小部分,戴着文学家帽子而想下海或已下海的。所忧是这个,跳下去,扑腾,挣扎,斗争,或得胜而喜,或失败而悲,还有余暇、兴趣、精力,写烈士革命、佳人出洋之类的故事吗? 这里,恕我仍是旧思想,认为鲁迅比大大小小的官都高,《阿Q正传》比内藏珠宝金条的摩天大厦更有价值。我不知道,思想改革开放以后,是否也把我这样的旧思想扔到垃圾堆上。如果扔,是道不同不相为谋。不扔呢,有的人也许有雄心,说一手抓钱,一手还可以拿笔。至于我,就仍是老框框,一直坚信:一,文学事业,有成就,要死生以之,至少也要多半个心贯注,半心半意必不成;二,文穷而后工,蒲松龄是这样,曹雪芹也是这样,腰缠十万贯,会坐在屋里写小说或凑五言八韵,不下扬州吗?我是俗人,比如眼下,肯坐在桌前一个字一个字写,原因之一就是没有多余的钱,如果得吕道士之枕,一旦发了,比如得美元百万,大概也会投笔,到什么地方去喝人头马,欣赏娇滴滴吧?再请恕我以己之心度人之心,所以才生了文学不知何处去的杞忧。再说关于世的。这用不着多费笔墨,因为大家目所共见,享乐主义和拜金主义(两者是孪生兄弟)的世风已经刮到十级以上,也许只有皇甫谧《高士传》中的人物能够砥柱中流吧?至于一般人,自然就为弄钱,为享乐,无所不为了。绝大多数人为钱而无所不为,我们还在自负的神州将走向何方,也就可想而知了。

理由说了三项,我的意见就成为很明显,是希望(也只是希望!)已经挑出招牌开文学铺的,只要还能温饱,就不要改卖时装。这不容易吗?也不见得。举太史公司马迁为例,他临渊,也曾生羡鱼之心吧,但终于没有下海。《史记·货殖列传》有这样的话:

> 天下熙熙,皆为利来,天下壤壤,皆为利往。夫千乘之王,万家之侯,百室之君,尚犹患贫,而况匹夫编户之民乎?……贤人深谋于廊庙,论议朝廷,守信死节,隐居岩穴之士,设为名高者,安归乎?归于富厚也。……无岩处奇士之行,而长贫贱,好语仁义,亦足羞也。

以为贫贱足羞,是动了心。可是因为更重视"欲以究天人之际,通古今之变,成一家之言……藏之名山,传之其人",也就没有放下笔,后世无数的人也就还是能够读《史记》,一唱三叹。"欲以究天人之际"是人生的一条路,扔开刺绣文而改为倚市门是人生的另一条路,不知道诸位文学家怎么样,至于我,即使不忘算盘,二一添作五之后,还是决定不改行,永远不能发而不悔。是想希圣希贤吗?曰不敢,"亦各言其志也"而已。

德·理·力

有个同乡从事文史资料的工作,枉驾,带来四种介绍旧时代帮会、土匪、娼妓、烟毒情况的书,送货上门,当然是估计这方面我所知甚少,会有兴趣看看。也确是有兴趣看,只是因为时间、精力都不够,不得不损之又损。一损是缩小到只看所知更少的帮会,竟仍是两厚本;不得不再损,只看颇想知其人的杜月笙,讲他的有三篇,五万多字。大致看了一遍,有所得。得的一个方面是知道一些使人疾首蹙额的史实;得的另一个方面是更加感到,为了绝大多数人能够活得平安如意,我们必须求治平,可是实现治平则难于上青天。可望而不可即,原因在哪里?头绪纷繁,一言难尽。这里想先从现象下手,打个比方,一条板凳,此端是"德",中间是"理",彼端是"力",理想的社会是人都坐在德一端,难,也只能移到中间,都讲理,而事实呢,则常常坐在力一端,成为强凌弱,连理也不讲了。这是压在人类头上的一个大问题,很难解决。但明白是怎么回事总是好的,所以想谈谈这个问题。

宜于用溯本求原法。本原是有"人","人生而有欲"(荀子语)。然后是"率性之谓道"(《中庸》),有欲就要求满足。求满足有两面性:一面,希望活得幸福如意是天经地义;另一面,欲无尽而满足欲望之事物有限,求,常常会影响己身以外的人。这里还要插入一个"平等"的原理,或者降为事实上,在求满足欲望的同时,不得不承认己身以外的人也有求满足欲望的的权利,也会下降,只要承认有这样的现象,于是而有"争"。争的结果必是:小,有些人得,有些人失;中,乱;大,破坏了平等的秩序,甚至原理。乱,不好,用照顾全面的眼看,或再提高,用圣贤的眼看,为了都活得平安如意,与其有欲则求,无宁节制,与其争,无宁让。这在心态上是推己及人,表现于行为,儒是"仁者爱人",佛是"众生无边誓愿度"。紧抱这样的生活之道,就个人说是有"德",就群体说是坐板凳,都在"德"的一端。如此,会有什么结果呢?古人所谓"夜不闭户,路不拾遗"是说得太轻了,改为用今天的话说,只计点滴,打假就用不着,防盗门就不用制,直到检察院和法院也可以关门大吉。遗憾的是这样的大吉不会有,盖纯德治的"君子国"只能存于《镜花缘》的书本里,现实里是没有的。这是说,德治的社会是"理想",凡理想总是应追求、可接近而难于实现的。这就使我们不得不把逐白云的眼改为看地上,即看现实。可为浩叹,是为数不少的人想方设法用"力",为利己而不惜损人,即无德。这种现象使我们灰心,也许殃及池鱼,竟至不再重视德的理想吗?我的想法正好相反,是不当灰心,并要进一步,想办法求德的成分逐渐增多。不灰心,是我一直认为,德的潜在力量未必很小。这可以从两种情况看出来:一种是我亲眼见到的不少人,在世风成为金钱至上的时候,仍是以助人为乐,有所不为;另一种是公认为良心丧尽的人,有时候也会闪动一下是非观念,评定是非的标准是德,这就可证德的斩草除根也并不容易。求进一步就更加重要,理由有二:一是评定某一个群体(或称国家,或称民族)的高下,我以为一个最重要的标准应该是,看他们坐板凳,是靠近德的一端,还是靠近力的一端,前者高,后者下;二是我们的活得平安如意的愿望不能打折扣,而德则是实现此愿望的最可靠的力量。

有高价值,要重视,所以才大喊精神文明,才力求提高人民的教养。不幸是又闯进来现实,那是很多人没有德,或只是星星点点,起不了多大作用。俟河之清,人寿几何,而都想活则难得放弃，所以就不能不另想办法。这办法是变揖让为讲"理"。可以用形象的写法表现两者的分别：甲乙二人，甲跟乙说，您人口多，粮食紧，我吃不完，这包米您拿去吧，是德；也是甲乙二人，排队买车票，乙后到，取巧，钻到甲前面，甲说，你怎么能不排队，夹塞，是讲"理"。理所求是保障公道，即限定任何人不得因利己而损人。限定，只是要嘴皮子不成，要见诸实行，这就成为"法治"。法，或法律，是理的条文化，并由意、由说说道道过渡到实行，所以与德相比，品位不高，却有个优越性，是实惠，使无德不想讲理的人不得不讲理。也就因为实惠，许多国家讲治平之道，都选定走这条路。法由理来，立法之前，要有人讲理，并使之成为法。显然，这立法之人就最好能够代表全体人民，照顾全面，不偏不倚。然后是要求依法办事，法律面前人人平等。平等、公道，是法治的优越性。美中不足是管严重的，不管轻微的；又，不论司法方面如何努力，总难免有逍遥法外的。但舍小疵而取大醇，我们总当承认，走法治的路，就不会出现红卫兵任意抄家、任意打杀的荒唐现象，即生命有了保障，则喊几声"法治万岁"总不为过吧？照应本题，这讲理或法治是大家都坐在板凳中间，就理想说未能至上，就实际说也就可以心满意足了。

不幸是就实际说，心满意足也大不易。我们见闻的情况可以为证。情况可以轻微，是主流讲理，或想讲理，可是管理与放任并行，因而有时，或有些地方，一些人事的决定力量不是理，而是"力"。情况更容易严重，是看主流，同样是不讲理，因而人事的决定，几乎都是凭各种形式的"力"，比如可以大到权，小到拳。可怕的是这后一种情况，以下举例限定这一种。帮会流行，帮会头子可以横行，是只凭力、不讲理的一种典型表现。如果谁想见识见识，我想推荐《近代中国帮会内幕》（河北人民出版社1993年版）上卷，由364页起，看记述杜氏家祠落成典礼那一部分就够了。其时是一九三一年，地点是上海，一叶落而知秋，整个社会坐在板凳的某一地也就可想而知了。三十年代是满清逊位以后,以前呢,牌号公然是君主专制,至少是大事的决定,凭力(君权)而不讲理,就更不在话下了。可悲的是,至少在家天下的时代,几乎是一切人(知识分子更不例外),都认为一切举措由君权决定是大经地义。这诸多举措,包括大量杀人,如明太祖,也没有人敢说一个不字。实事求是,直言不讳,我们应该承认,一九四九年以后,今天批这个,明天斗那个,今年来一个这样的运动,明年来一个那样的运动,直到造成十年浩劫,其来源也是只凭力,不讲理。家丑不可外扬是一种对应的办法;前事不忘,后事之师是另一种对应的办法,为了一误之后不再误,最好是用后一种办法。计及后事,不应轻视"德",但也要承认,那是理想,为了起而能行,应该着重讲"理",即求实现"法治",把"力"决定一切的旧传统扔掉。这是求大家都移到板凳中间,显然不容易,可是正路只有这一条,也只能希望都认清路之后,走下去。

知　惭　愧

我因老而记忆力更下,只是有个模糊印象,什么人推重"知惭愧"这种心境。我偶然想起这种心境,觉得也确是值得推重,并想到,前些年写《顺生论》,"己身"部分应该包括这样一节,其时疏忽,未写,现在无妨亡羊补牢,用些时间,谈谈与此有关的一些情况。

知惭愧来于有一种心理状态,曰"惭愧"。惭愧也有来源,是我们相信世间事有"是非",自己能够分辨是非,而言行,有时竟舍是而取非(大多是无意的)。承认有是非,言行未能走是的路,事后,内感到悔恨,外感到羞耻,我们说这是惭愧,或知惭愧。惭愧前加"知",是强调"自己重视"。

人生,由能觉知、能思索到瞑目,理想的经历是"无愧"。正如天生之物或人造之物,都会有多种,无愧的情况也会有不同。举一时想到的。夭折是一种,因为几乎还未自主做什么就结束生命,自然就不会有失误,无失误就不会生惭愧心。另一种是《红楼梦》中傻大姐一流,心力有缺欠,可能不清楚是非的分界,也许就可以永远不感到惭愧吧?再一种是《水浒传》中陆谦一流,为利己而甘心损人,甚至乐于害人,推想被踏在林冲脚下之时是也不会感到惭愧的。还可以加一种是秦皇、汉武一流,一个人说了算,无往而不是,杀人如麻,堂上一呼,四海之内小民水深火热,估计直到大渐之时也不会想到心理活动中还有惭愧一项吧?以上几种,只有这一种最难捉摸,因为不能知道,比如栽了大跟头,倒了霉,清夜自思,他会不会承认自己错了。最后,也许只是理论上,要举出一种,是常人,有修养,能分辨是非,并能取是而舍非,不短命,由免于父母之怀到立遗嘱,日日三省,都不愧于屋漏,也就可以带着"无愧"二字离开这个世界。如此无愧,大好!问题是容易不容易,甚至可能不可能。说不可能,举证大难,因为要普查,古今中外,个个过关。说可能呢?显然,听到的人就会提出要求,希望举出一位看看。只说我自己,认识的人不少,如果让我举一位,一生言行无失误因而无愧的,这很难调查研究,只好凭常识判断,说必没有。所以我的意见是只好退一步,容忍某些(不是一切)失误,然后是坚决要求自己能够知惭愧。

容忍某些失误,不容忍另一些失误,意思是谈知惭愧,人的范围要有限,即只包括常人,而且承认有是非,所言所行,愿意取是而舍非的。愿意取是而舍非,乃主观愿望,不能保证必不失误;但可以给失误定个范围,即都不是主动的,有意的。被动,无意,失误就会微不足道吗?也不一定,因为评定失误的大小,既要从动机方面看,又要从结果方面看。不忽视结果,失误就可能于害己之外,还殃及有关的人。害也可能很轻微,甚至不显著,可是天知,地知,己知,总不如朝乾夕惕,不失误。说到这里,想想人生,想想世事,就不能不慨叹,是命定我们过于弱小,且不说不求安身立命的,即使立志求,也因为受诸多条件的限制,必是"欲寡其过而未能"。

至此,可以转为集中说过,即失误。前面已经缩小范围,限于本不想走错路而事与愿违的。但就是这缩小之后的,显然,由轻微到严重,也必是千头万绪,各式各样,连统计学家也难得说清楚。甚至只满足于归类也办不到。不得已,只好用举例法,抓个秃子说说,可以类推及于一切和尚。但举例,也最好有个引线,想了想,像是可以由"来由"方面下手。一时想到三种,都来于"天命之谓性",所以确是大号的,这是一,不明智;二,因贵生而不得不食周粟;三,因生而有欲,欲则不能无求。以下依次说说。

先说不明智。明智指所知多,选定举措对。"知也无涯",两千多年前的庄子早已慨乎言之。另一面,我们的天资和学力,即使双料幸运,也必有限,所以单说非专业性的知识,我们的所知也必是很可怜的,何况眼前有歧路,选定哪一条,还要受性格和一时情绪的影响。其结果,因人而异,总会有些人,碰到某机缘,举步的时候以为对了,及至走远了,碰了壁,或跌了跤,才恍然大悟,原来错了。举例,大大小小,俯拾即是,用买西瓜法,挑大个的。想到两事,一远一近。远到四十年前的整风,不少人未识破"阳谋",号召鸣放就大鸣大放,过畅所欲言瘾的当时也会以为走对了吧?可是不久就飞来嘉名为右的重冠,顶着挥泪对家门,到北大荒伐木去了。这是关系重大的不明智,回首前尘,能不感到惭愧吗?再说近事,是不久前,河南商丘两位女病号,因柯云路新著《发现黄帝内经》的宣扬而信能治百病的胡大师,求医服药,没有几天就离开这个世界。一命呜呼,此后就不再有痛苦;可是家里人还健在,不能不想到因无知而受骗吧?也就于悔恨之外,不能不感到惭愧了。

接着说第二种来由的,因贵生而不得不食周粟,用俗语说是因为要活,有时饭碗非心所愿,也只好端。义不食周粟是伯夷、叔齐弟兄的故事,在生与义之间,他们如孟子所说,舍生而取义。在儒家的眼里,或扩大为在一般人的眼里,他们是好样的。好,见贤思齐,应该学。问题是容易不容易。事实证明是不容易。即如写《伯夷列传》的太史公马迁,下蚕室,受腐刑,自己信为奇耻大辱,却还是不得不在汉武帝的眼皮底下忍痛活下去。怨要怨"天命之谓性",人,包括宣扬悲观主义的叔本华在内,几乎都是惜命的。表现为行为是:为了活,可以干一切,忍一切;不得已而舍，总是最后才舍命。可是活，更多的要靠外界，而外界，很少是能够随着主观愿望变化的。于是而必须主客观融合无间，始能保持"天地之大德曰生"，客硬，安如磐石，主就不得不屈就。屈就，非心所愿也，可是又能奈何？心安与活命不能两全，取前者而舍后者的人，古今都是很少的。顺水推舟，就举个古人为例，是魏晋之际的李密，不愿仕司马氏，上《陈情事表》，以祖母年高为由，搪塞一阵子，到祖母作古，还是不得不出山效命，推想心情与上表时不会有异，若然，清夜自思，也会感到惭愧吧？不厚古薄今，再举个现代的例。想一人化为众人，大革命之时，举小红书高呼万岁，总有些并非使徒，而是为活命，才不得不如此表演的。过于武断吗？我可以确说，我和我的许多相知都是这样，这是为保命而忘掉伯夷、叔齐，至今想起来仍不能不惭愧。

最后再说一种来于情欲的力量过大，知当节制而不能抗拒的。中土古代思想家，荀子是重视"欲"的。近代西方的精神分析学派也是这样。其实欲与生命是一回事，欲是求的原动力，要求而有得，生命才能维持，才能扩展。又是"天命之谓性"，人有了生，几乎所有的精力都汇聚到欲那里。还怕万一有疏漏，又生个守护和助长的力量，曰"情"，欲而求，求而得，就表现为快乐，反之就痛苦。佛家视世间生活为苦，想灭苦，找苦之原，看到"情欲"的可怕，决心用"悟"的办法去掉它。至少由常人看，这看法和办法都是反常的，或超常的，但就理（情欲为苦之原）说并不错，至少是值得参考。这里各取所需，我们要承认情欲的力量确是过大，人生的不少失误是由这个渠道来。对付情欲的态度，或习惯，不少人是听之任之，因而失误就更容易。容易表现为量是更多。为了能够更鲜明地说明情欲难抗的情况，想举三宝之一宝的僧为例。情欲的所向，中土贤哲说是两个方面，曰饮食，曰男女。佛门四弘愿之一是"众生（即诸有情，大致相当于我们所谓动物）无边誓愿度"，所以定杀为第一大戒，表现于行事是不吃荤食。这对不对，可以不管，这里只说容易不容易。往者不可见，只说我认识的，根据考证方面的经验，是"说有易，说无难"，某某一生（只计僧腊）无的话只好不说，单说有，是确知，"只是不吃素"（笑话书，主人招待僧，问可否喝些酒，答可，只是不吃素）的并不少见。出家，犯戒是大事，竟至犯，可证情欲之力为更大。过渡到男女也是这样，或更是这样。实事不好说，也难知，无妨举戏剧为例，是僧下山了，尼思凡了。僧尼尚且如此，况街头巷尾的常人，程门立雪时可能默诵"四十不动心"，及至转入西厢，也就醉心于"怎当他临去秋波那一转"了。这是德与情的冲突，情占上风之时会兴奋，甚至迷乱，事过境迁，情前行至于情理，更前行至于德，就不能不感到惭愧。

三方面的例说完，可以总而言之，孔子"畏天命"的话是值得深思的，因为，纵使我们立志取是而舍非，为天命所限，有时还是不免于失误。所以只好退一步，推重知惭愧，盖这方面能知，就有利于改过，也就可以离进德修业近些。

该结束了，想到一个问题：以上都是就承认有是非（通常所谓公认的），并愿意取是而舍非的人说的，能不能扩大范围，也包括惯于己所不欲，施于人（上至指使、纵容害人，下至造假烟假酒骗人）的？想了想，难。但绝望总是不好的，那就希望这类的上上下下，先唤回良心，然后想想受害受骗的，也知惭愧吧。

生　命

　　邻居有一只母羊,下午生了两只小羊。小羊落地之后,瘸瘸拐拐地挣扎了几分钟,就立起来,钻到母羊腹下,去找乳头。据说这是本能,生来如此,似乎就可以不求甚解了。

　　生命乐生,表现为种种活动以遂其生,这是司空见惯的事,其实却不容易理解。从生理方面说,有内在的复杂构造限定要如此如彼;从心理方面说,有内在的强烈欲望引导要如此如彼。所以能如此如彼,所以要如此如彼,究竟是怎么回事?原因是什么?有没有目的?

　　小羊,糊里糊涂地生下来,也许是"之后",甚至也许是"之前",有了觉知,感到有个"我"在。于是执著于"我",从"我"出发,为了生存,为了传种(延续生命的一种方式),求乳,求草,求所需要的一切。相应的是生长,度过若干日日夜夜,终于被抬上屠案,横颈一刀,肉为人食,皮为人寝,糊里糊涂地了结了生命。

　　人养羊,食羊之肉,寝羊之皮。人是主宰,羊是受宰制者,人与羊的地位像是有天渊之别。据人自己说,人为万物之灵。生活中的花样也确是多得多。穿衣,火食,住房屋,乘车马,行有余力,还要绣履罗裙,粉白黛绿,弄月吟风,斗鸡走狗,甚至开府专城,钟鸣鼎食,立德立言,名垂百代,这都是羊之类所不能的。不过从生命的性质方面看,人与羊显然相距不很远。也是糊里糊涂地落地。之后,也是执著于"我",从"我"出发,为了饮食男女,劳其筋骨,饿其体肤,甚至口蜜腹剑,杀亲卖友,总之,奔走呼号

1991年秋在容城乡下

20世纪90年代初于通县师范仅存之教室前

一辈子,终于因为病或老,被抬上板床,糊里糊涂地了结了生命。羊是"人杀",人是"天杀",同是不得不死亡。

地球以外怎么样,我们不清楚,单是在地球上所见,生命现象就千差万别。死亡的方式也千差万别。老衰大概是少数。自然环境变化,不能适应,以致死灭,如风高蝉绝,水涸鱼亡,这是一种方式。螳螂捕蝉,雀捕螳螂,为异类所食而死,这又是一种方式。可以统名为"天杀"。乐生是生命中最顽固的力量,无论是被抬上屠案,或被推上刑场,或死于刀俎,死于蛇蝎,都辗转呻吟,声嘶力竭,感觉到难忍的痛苦。死之外或死之前,求康强舒适不得,为各种病害所苦,求饮食男女不得,为各种情欲所苦,其难忍常常不减于毒虫吮血,利刃刺心。这正如老子所说:"天地不仁,以万物为刍狗。"也无怪乎佛门视轮回为大苦,渴想证涅槃到彼岸了。

有不少人相信,天地之大德曰生,因而君子应自强,生生不息。我们可以说,这是被欺之后的自欺。糊里糊涂地落地,为某种自然力所限定,拼命地求生存,求传种,因为"想要",就以为这里有美好,有价值,有意义。其实,除了如叔本华所说,为盲目意志所驱使以外,又有什么意义?

天地未必有知。如果有知,这样安排生命历程,似乎是在恶作剧。对于我们置身于其内的"大有",我们知道得很少。可以设想,至少有两种可能:一,它存在于无限绵延的时间之中,其中的任何事物,前后都有因果的锁链联系着;二,它是无始无终的全部显现的一种存在形式或变动形式,前后的时间顺序,只是我们感知它的一种主观认识的形式。如果是前者,则从最初(假定有所谓"最初")一刹那起,一切就为因果的锁链所束缚,所有的发展变化都是必然的,就是说,其趋向是骑虎难下。如果是后者,则一切都是业已完成的,当然更不容有所谓选择。总之,死也罢,苦也罢,都是定命,除安之若素以外,似乎没别的办法。

古人有所谓"畏天命"的说法。如果畏是因为感到自然力过大,人力过小,定命之难于改易,则这种生活态度的底里是悲观的。古今思想家里,讲悲观哲学的不多。叔本华认为,生活不过是为盲目意志所支配,其实并没有什么意义,他写文章宣扬自杀,说这是对自然的一种挑战(意思是你强制我求生,我偏不听从),可是他自己却相当长寿,可见还是不得已而顺从了。世俗所谓悲观,绝大多数是某种强烈欲望受到挫折,一时感到痛苦难忍,其底里还是乐生的。真正的悲观主义者应该为生命现象之被限定而绵延、无量龌龊苦难之不能改易而忧心,应该是怀疑并否定"大有"的价值,主张与其"长有",无宁"彻底无"。

彻底无,可能吗?无论如何,"大有"中的一个小小生命总是无能为力的。孟德斯鸠临死时候说:"帝力之大,如吾力之为微。"畏天命正是不得不如此的事。不过,受命有知,作《天问》总还是可以的,这也算是对于自然的一个小小责难吧。

机　　遇

我小时候住在乡下,男女婚配还是凭父母之命,媒妁之言,而且大多是未成年,甚至三五岁就定亲。常听见这样的幽默话,某家有女儿,相识的人说闲话,有时问家长,"有婆家了吗?"答,"有啦。"再问,"哪庄?"答,"碰庄。"这是表示还没许配,将来嫁到谁家,凭机会。有悲天悯人之怀的人会感到,这里面包含不少辛酸,因为自己的未来自己不能决定,要受命运支配,不幸而命运不佳,就女方说就无异落入苦海。人生,或缩小到某一个人,由出生到老死,原来就是这样一回事吗？有人也许会想,现在好了,父母之命和媒妁之言变为花前月下卿卿我我,最后成与否,还要取决于自己的点头或不点头,总是自己掌握自己的命运了吧？这要看怎么样理解所谓命运。举例说,甲男与乙女结识,是因为在大学同年级,又同在一个读书会,于是有情人成为眷属,由自己做主方面着眼是全部主动;由多因致成一果方面考虑就不尽然,比如说,你报考此大学,如果命题的和看考卷的不是这些人而是另外一些人,你也许就不能录取,那就不要说成为眷属,连有情也不可能了。这样说,卿卿我我的同样是借了机会之力,与父母之命、媒妁之言的至多只是五十步与百步之差。说凄惨一些是,我们有生之后,不管怎样如孙悟空的能折腾,终归不能出天命这个如来佛的手掌心。

天命是概括说,表现为切身的具体,是无数的大大小小各式各样的机遇。甲男凭机遇与乙女结合是大,某人凭机遇与另一人在大街上对了一面是小；某人凭机遇上了青云，另一人凭机遇入了监狱，是各式各样；相加就成为无数。机遇与哲理有纠缠，是对应某些（或说绝大多数）情况，我们不得不信因果规律。信，才种瓜可以得瓜，种豆可以得豆，小至按电灯之钮，才确信可以变黑洞洞为亮堂堂。可是这样一确信，则一切出现的事物都成为前因的必然结果，还把机遇放在哪里呢？常识所谓机遇是碰巧，如果一切都是必然的，还有所谓碰巧吗？一种解释是，客观的必然联系，广远而微妙，我们所能觉知的只是小范围的一点点，那就像是来无踪，去无迹，我们姑且名之为机遇。这样讲，我们不管客观现实，只管主观印象，承认有所谓机遇，像是没有问题了。其实还留个不小的尾巴，是能不能连意志自由也不给一点地位。就算是也凭主观印象吧，我们都觉得，对于某事，点头或不点头，我们有选定的能力。就凭这种觉得或信仰，我们建立了道德系统和法律系统，说立德者应该不朽，杀人者应该死。立德，杀人，能够跳到因果规律的锁链之外吗？誉为不朽，杀，至少是这样行的时候，我们只好不求甚解，信常识并满足于常识。也是以常识为依据，我们在上一篇接受了自我，这一篇接受了机遇。

　　以自我为本位看机遇，已然的不可改，未然的不可知，而这些，即使相信有所谓意志自由，也总不得不承认，是决定我们生活的最大的力量。最大，而且切身，所以可以说是可怕。推想孔子所说"畏天命"，可能就是这种心情。这心情来于许多事实，细说，难尽，只谈一点点荦荦大者。由有了一个"自我"说起（如何能成为有，只好不管）。由这个"自我"看，成为男身或成为女身，是凭机遇。这个机遇，尤其在旧时代，影响更大。比如成为女身，除非碰巧是武则天或那拉氏老佛爷，不受苦的机会是很少的。生在什么人家关系也很大，乾隆皇帝生在雍正皇帝家，就可以做六十年太平天子，享尽人间荣华富贵，如果生在穷乡僻壤的穷苦人家,那就会走向另一极端,劳累饥寒,也许还要加上不能寿终正寝。由男女和一家扩大,还有地域的机遇,例如生在北美与生在南非,生活就会相差很多;以及时代的机遇,比如在唐朝,生于贞观之治与生于天宝之乱,生活也会大不同。所有这些,在自我觉得有自我的时候,早已木已成舟,自我欢迎也罢,不欢迎也罢,只能接受既成的事实,想反抗,连冤有头的头、债有主的主也找不到,除顺受以外又有什么办法?不如意也得顺受,这就是在人生旅途上,机遇之所以为重大,为可怕。

重大和可怕,更多地(未必是更严重地)表现在觉知有自我之后。以散步为喻,大路多歧,我们不能同时走上两条,于是选择一条,走向前。两种可能成为一种,是机遇。这机遇下行,也许关系不大,比如兜了半点钟圈子,回家,还是与家人围坐饭桌,吃馒头和不硬的稀粥。但也可能关系重大,比如碰巧就遇见一个几年不见的熟人,他由于倚市门走了红运,念旧,他日相逢下车揖,于是自己也就当机立断,弃儒为商,而不久也就发了财,连带鸡犬飞升,晚餐饭桌之上,稀粥变为山珍海错,如果这时候一回顾,看到某日某时的与此熟人巧遇,就不能不赞叹机遇之力大矣哉吧?巧的程度下降,普遍性增加,就是说,人人都会感到,或有此经验,如入学和就业之类,总是一步踏上去就几乎决定了一生的道路。而这一步踏此地而不踏彼地,常常来于一念之微。比如我还记得,考入大学,可以随意选系,我原是想学英文的,碰到旧同学陈世骧,他的意见是我中文比英文好,应该展其所长,选中文,我正举棋不定,听了。现在想,如果他的推理是应该补其所短,我的一生也许就不钻故纸而翻洋纸了吧?这就可见机遇的力量是如何大。总的情况,仍须乞援于因果的老套说,是前一时的很小很小的因,常常会致成后一时或说无限时的很大很大的果;而这前一时的因,总是在我们觉知的能力之外,我们只得称它为机遇。

那么,我们就成为定命论者,甘心忍受定命(也就是机遇)的播弄吗?显然不应该这样。而是应该以人力补天然。事实上,我们也都在以人力补天然。就说是主观感觉吧,我们自信有分辨是非、利害的能力,就凭这种能力,我们有意或无意,都时时在调理自己的生活。由这种观点看,我们,求活得好,就都不得不接受意志自由的信念。也许都没有想到这个问题,而只是实行。实行有范围小的,如一种书,买精装本与买平装本之间,我决定买平装的,是想省下的钱还可以买一本别的。实行有范围大的,如孩子升大学,决定学文还是学理,那就影响深远,选得不得当,就会失之毫厘,谬以千里。实行选择,由一个角度看,是与机遇战,求尽量不受机遇的播弄;由另一个角度看,也可以说是利用机遇,就是凭自己的智慧,使好的小因结好的大果。

以上是乐观的看法。但也要知道,一己之力,甚至人力,终归是有限的,尽人力的同时还不得不听天命,也就是承担机遇的重压。这压力会由小路来,如传染病和车祸之类。还可能,甚至常常由大路来,如天灾,水、火、风暴、地震之类,如人祸,战争、文化革命之类。语云,闭门家中坐,祸从天上来,不幸而坏的机遇真就来了,怨天尤人,无用,也就只能消极,忍受,加积极,尽人力,如此而已。

信　仰

"生"是被限定的一种情况,正如彗星之绕日运行,也是被限定的一种情况。这限定之下或之中,自然还会有多种限定,只说一些荦荦大者。偏于身的是饮食男女,抗大难,除非有大力,连生(包括求活得好)也不要了。偏于心的是要知、要信,表面看不像饮食男女那样质实,骨子里却更为有力,因为有逻辑或康德的所谓理性为靠山,关于知,《庄子·秋水》篇末尾"庄子与惠子游于濠梁之上"的辩论可为明证,是庄子驳惠子的"子固非鱼矣,子之不知鱼之乐全矣",说:"子曰汝安知鱼乐云者,既已知吾知之,而问我,我知之濠上也。"这说得更简单明快些是,不知也只能来于有所知。关于信,可以举古希腊的怀疑学派为证,老师落水,大弟子不救,得到老师的赏识,因为对于救好还是不救好,他怀疑。可是,如果我们进一步问:"对于怀疑主义,你是否也怀疑?"也怀疑,显然问题就太大了。这表示,我们生在世间,不能不有所信。信是怎么回事?应该信什么?问题显然不简单,以下择要谈谈。

依习惯用法,"信"和"信仰"有别,信义宽,信仰义窄;所有信仰都是信,有些信不能称为信仰。所信可以是零星的,微小的,如信窗外的一株树是柳树,树上落的鸟是麻雀。这习惯称为知,由坚信不疑方面看也是信。所信还可以是不微小的,如信珠穆朗玛峰最高,哈雷彗星七十六年后还会再来。这也是知,也就可以称为信。信仰的所信,大多指具有玄理意味的,如信有全知全能全善的上帝,有佛、菩萨,月下老人有能力使有情人成为眷属,等等。专由这类事例看,信仰的所信是超现实的,或说是无征而信,或干脆说是迷信,信窗外的树是柳树不是迷信,界限分明。其实问题并不这样简单,比如相信还有明天,相信活比死好,我们能够找到可信服的证据吗?如果真去找,追根问柢,最后可能就发现,这类事之所以像是确定不移,就因为绝大多数人信它,从未想到过需要证据。但为了省事,我们无妨就以人的主观为依据,说这类无征而信的是知的信,不是不知的信;不知的信,如上帝、佛祖之类,才是信仰。

话还没有说清楚,或者说,里面还藏着问题,所以不清楚。什么问题呢?一个问题是由"知"来的,比如上帝,说不知,神父、牧师一流人应不会同意;佛祖,说不知,身出家心也出家的僧尼就不会同意。另一个问题是由超现实来。这有时会失之太宽,如到卦摊找什么铁嘴算命,也就不能不算信仰。有时又会失之过严,如孔孟之信仁和中庸,边沁之信功利主义(其实不如译众乐主义),也就不能称为信仰。不得已,只好从另一面下手,说人,为了生活能够有绝对保障,究极意义,常常不得不设想一种超越的力量(具体的神灵或抽象的道理),以作为寄托心灵的靠山,对于这个靠山的依赖和崇拜,是信仰。这样说,信仰的对象就具有这样一些性质:它是唯一的,至上的,也就没有任何事物能够与它相比;它是超越的,也就不需要任何理由来证实它,支持它;它有大力,所以绝对可靠,能使人心安理得;它存于人的内心,所以不同的人会有不同的形质,或说公信公的,婆信婆的。

为什么要有这样一个虚无缥缈的?总的说是无可奈何而不甘心无可奈何,只好画饼充饥。人生,为天命所制,微弱,有限,也就可怜。可是心比天高,愿意,或并自信,有智慧,有能力,虽然知也无涯,形体不能永存,却幻想能明察一切,生有伟大价值,并非与草木同腐。不幸这愿意或自信,不能在现实中找到对证或保证,怎么办?有退守或进取两条路。退守是不求,即知道人生不过是这么一回事,有胆量面对现实,破罐子破摔。古代道家如庄子,说"知其不可奈何而安之若命";列子,说"生则尧舜,死则腐骨,生则桀纣,死则腐骨",可以算作这一路。这破罐子破摔的态度,看似容易而实难,因为事实是正在活着,又要把活着看作无所谓。也就因此,几乎所有的人都走进取一条路,找理由,找靠山,在现实中失败,就到现实的背后,勉强(从设想中)找到,不能在理性方面取得证明,就不要证明,以求能够心满意足。这心满意足还可以分析,主要是三种心态。一种是全知,另一种是永存,还有一种是一切活动的有意义。先说知。活,尤其活得顺遂,要靠知,所以也可以说是天性,人没有不乐于求知的。知有近的,如鸡蛋可吃;有远的,如银河系外还有天体。庄子已经慨叹"知也无涯",我们现代就更甚,是所知渐多,越苦于有些大事我们还不能知。比如我们生于其中的这个大环境究竟是怎么回事,我们有生,生究竟有没有价值,等等,是直到现在我们还不知道。"不知为不知",是孔子的看法,或说理想,至于一般人,就难于这样知足,因为活了一辈子,连有关活的一些大事也不明白,终归是难忍的憾事。又是不得已,只好乞援于设想,比如是上帝愿意这样,然后是坚信,也就可以心平气和了。再说永存。人,有生,于是乐生,贵生。不幸是有生必有死,这是天大的憾事,如何对待?庄子是任其自然,所以老伴死了,该唱就唱"鼓盆而歌"。西汉杨王孙也可以算作这一路,是裸葬以求速朽。至于一般人就很难这样看得开。这也难怪,书呆子几本破书被焚,佳人的钗钏被抢,还心疼得要命,何况生命?所以要想法补救。一种补救办法是上天代想的,是传种,生孩子,容貌、性格像自己,自己百年之后,还有个"三年无改于父之道",似乎可以安心了。但那终归是间接的,总不如自己能够长生不老。道教,葛洪之流炼丹就是求这个。可惜是葛洪,直到白云观的道爷们,都没有能够长生不老。所以又不能不向天命或自然让步,到关键时候,只好狠心,舍去形体,想个别的办法,以求永存。这办法,有小退让和大退让两种:小是形亡神存,大是形亡名存。神,或说灵魂,存于何处呢?天主教、基督教是升天,坐在上帝旁边。佛教(尤其净土宗)是到极乐世界去享受,因为据《阿弥陀经》所说,那里遍地是鲜花和珠宝。其下还有俗人的,《聊斋志异》一类书可为代表,是与阳间对称,还有阴间,那里虽然有阎罗和小鬼,不好对付,但也有酒铺,可以买酒喝,还有不少佳丽,可以依旧风流。再说大退让,是用各种不朽的办法以求名存,前面已经专题讨论过,不再赘述。最后说第三种心态,一切活动都不是枉然,而是有意义,或说有价值。这不像求永存那样清楚,或竟是在无意识中暗暗闪烁。但也未尝不可以推而知之。活动各式各样。可以分为大小,如殉国是大,访友是小。还可以分为忙闲,如修桥补路是忙,做诗唱曲是闲。不管忙闲,就活动者的心情说,可以重,是以为应该如此,可以轻,是觉得有滋有味,这应该,这滋味,不能没有来由,这来由也是信仰,纵使本人未必觉得。

以上的分析也可以用家常话总而言之,是,所以要信仰,是图精神有个着落,生活有个奔头。但人,性格不同,经历(其中更重要的是学历)不同,信仰自然也就不会尽同。具体信什么,千头万绪,不好说。这里只想依所信的性质的不同,概括为三种。其一是所信不明确,像是没有什么信仰;或者说,听到什么就接受一点点,头脑中成为五方杂处。古往今来,我国的平民大多走这一条路,乡村的有些寺庙可以说明这种情况,是既供养孔孟,又供养太上老君和观世音菩萨。这算不算没有信仰?站在教徒的立场,也可以说是没有信仰。我的看法不是这样。因为没有信仰有两种情况,都是很难做到的。一种是《诗经》所谓"不识不知,顺帝之则"。这是老子设想的"虚其心,实其腹"一路,虚其心,其造诣也许就不只是少思寡欲,而是无知无欲,又谈何容易。另一种是由广泛而深远的思辨而来的不信,这是因为追寻所以然而终于不能明其所以然,就不能不暂安于怀疑,也是谈何容易。所以,对于这种头脑中模模糊糊的情况,我们与其说是没有信仰,不如说是同样有信仰,只是不够明确。最明确的是其二,宗教。不管是信上帝,还是信佛、菩萨,都是信的对象明确(不是可见、可闻、可触,而是诚则灵),并且有组织、礼仪等加固,因而也就像是有灵验。人生不能不有所求,于是,根据能捉老鼠就是好猫的原则,既然灵验了,它就有了大用。其三是传统的所谓"道","朝闻道,夕死可矣"的道。这道是惯于思辨的读书人的理想的什么,可以偏于知,如说"天命之谓性",也可以偏于行,如说"畏天命"。读书人敬鬼神而远之,有所思,有所行,又希望能够心安理得,所以不能不乞援于道,或说树立自己的道。道是对天对人的认识的理论系统,有了这个系统,求知就有了答案,行就有了依据。自然,人心之不同,各如其面,因而不同的人也就有不同的道。但也可以大别为两类。一类可以举"天命之谓性,率性之谓道"为代表,是以天理定人为,儒家,尤其宋儒程、朱,都是走这一条路。另一类是不问天,只管人,如英国小穆勒之信边沁主义,以及无数人的信这个主义、那个主义,以为一旦照方吃药,娑婆世界就可以变为天堂,都走的是这一条路。

信仰有好坏问题,评断,似乎仍不得不以人文主义为标准。比如信上帝,并信上帝是全善的,因而对己,由于相信得上帝的庇护而心安,对人,由于相信上帝乐善而时时以仁爱之心应世,我们总当说是好的。反之,因信上帝而以为唯我独正确,并进而发了狂,于是对于异己,为了拯救灵魂,不惜用火烧死,我们就很难随着喊好了。可以不可以兼评论对错?如果对错是指有没有事实为证,那就不好下口,因为信仰都是来于希望和设想,求在事实方面取得证明,那就近于故意为难了。

由以上的分析可知,信仰,虽然难于取得事实为证,却有大用。有用,正如我们对于诸多日用之物,当然以有它为好。可惜是有它并不容易。记得英国的培根曾说,伟大的哲学,应该始于怀疑,终于信仰。始于怀疑,这是由理性入手,能够终于信仰吗?我的想法,有难能和可能两种可能。难能,是理性一以贯之,就是思辨的任何阶段,都要求有事实为证,或合于推理规律。比如信仰上帝,就会问,这至高的在哪里?如果如《创世记》所说,一切都是他所造,他是谁所造?依理性,这类问题可以问,可是问的结果,获得信就大难。另一条可能的路是分而治之,比如说,上讲堂,用理性思辨,上教堂就暂时躲开理性,只用崇敬之情对待上帝。这种不一以贯之的办法,用理性的眼看,像是不怎么理直气壮;但人终归不是纯理造成的,所以很多明达之士,也还是乐得走这条路。

　　用实利主义的眼看,始于怀疑,以理性为引导往前走,未能终于信仰的人是苦的,因为得不到心的最后寄托。这从另一面说就是,人应该有个信仰。信什么好呢?具体的难说。可以概括说,是最好离理性不过于远而又合于德的原则。理性与迷信是相反的,所以离理性不很远,就要迷信气轻一些。举实例说,信天,或说大自然,或说造物,或说上帝,就会比信二郎神好一些。如果仍嫌上帝之类离理性过远,那就无妨效法禅宗的精神,呵佛骂祖而反求诸本心,就是说,不靠神而靠道。卑之无甚高论,如"天命之谓性,率性之谓道"的道也可以勉强算吧?至于德,前面多次说过,其实质不过是利生,包括己身之外的生,所以"以眼还眼,以牙还牙"就不能算,更不要说落井下石了。最后总的说说,信仰方面的大难题是难得与理性协调,而偏偏这两者我们都难割难舍。就某个人说,有的信仰占了上风,如有些老太太,虔诚地念南无阿弥陀佛而不问是否真有极乐世界,应该说是因信仰而得了福报。其反面,理性占了上风,比如由上帝处兴尽而返,想寄身于道,偏偏这时候,理性又来捣乱,问,这样的道,有价值,根据是什么?显然找不到最深的根,于是像是稳固的信仰又动摇了。动摇的结果,如果放大,就必致成为生的茫然。古语有"察见渊鱼者不祥"的说法,我想,在有关信仰的问题方面,情况正是这样。

贫　富

以金钱为筹码,贫是钱少,富是钱多。或者从生活资料供应方面说,贫是应有的没有,富是应有的尽有之外,还有余力。贫有大小之别,小贫是应有的生活资料,缺不很多;大贫是缺很多,甚至最基本的衣食住也不能维持。富也有大小之别,小富是衣食住等方面的享用,都可以超过一般人而仍略有余力;大富就没边儿,如历史上的石崇、和珅之流,今日的许多由工商而发了财的,享用不用说,金钱总是难以数计。人是生物,生要靠诸多物质条件,生又不能不进取,即求满足享受之欲,这也要靠诸多物质条件,所有这诸多物质条件都要用钱换,所以贫富就同苦乐,甚至生死,结了不解之缘。也就因此,古往今来,几乎所有的人,都嫌贫爱富,并因为爱,就不惜用一切办法,求捞取金钱,变贫为富。

变贫为富,只说规规矩矩的,理论上有两条路。一条是靠自力,如一个人,或一家人,靠勤奋劳动,多劳真就多得。最典型的是朴实农户,三五口之家,种菜、养鸡,钻研新技术,增了产,渐渐也就变贫为富。另一条路是靠社会的经济结构和经济措施,如旧时代,开当铺,放高利贷,现在,碰巧自己的私有住房在闹市,那就拨出一两间出租,一年可以收入几万,都是并不劳动而也就可以变贫为富。

变贫为富,难不难,主要是由社会情况决定的。比如说,生产落后,社会动荡不安,就一般人说,变贫为富就大难。也有相反的情况，如在大城市卖食品或时装，销量大，利润厚，甚至变为大富也并不难。另一个条件是个人的能力。能力有正用，有歪用。暂不提歪用，只说正用，无论旧时代还是现在，变贫为富都不容易，因为用劳力换钱，数量总是有限的。

还是专说正而不说歪，当然，任何人都会承认，富比贫好。记得连大贤子路也说："伤哉贫也，生无以为养，死无以为礼也。"（《礼记·檀弓上》）这样说，是出于想尽孝道，即照顾上一代。其实，至少是就世风日下的下说，己身一代和下一代的生活，与贫富的关系更加密切。最基本的衣食住，有缺欠，难忍，且不说；单说买不起也不影响生存的，如成人想要某种书，孩子想要某种玩具，喜爱而不能得，心情显然也会不好过。此外还会有常规之外的开销，如天灾和病，以及对亲友的慈悲喜舍，贫就都办不到，也就不能心安理得。总之，泛泛考虑，我们说富好，贫不好，像是没有问题。

其实又不尽然。原因是，人生是复杂的，我们的所求不尽是享用，或说不应该尽是享用。问题几乎都是由富来，具体说是：求富，路可能不正；已富，用可能不当。

早在两千多年前，《论语》就有这样的话："不义而富且贵，于我如浮云。"可见富之来，还有义不义的问题。怎么样是义？具体辨别很难，可以说个概括的原则，是来于两厢情愿的交换。例也不少，古代的，如范蠡到山东，经商发了财，是两厢情愿；现代的，在科技方面有发明，卖专利权，得钱不少，也是两厢情愿。不义呢，具体的路无限之多，但是就其性质说，则可一言以蔽之，是靠社会地位的不平等，以上压下，以有力压无力。最突出的是有大大小小统治权的。如秦始皇，不是富甲天下，而是富有天下，生前可以建造阿房宫，为死后还大造其兵马俑。小到县令也是这样，如《韩非子·五蠹》篇所说："今之县令，一日身死，子孙累世絜驾。"絜驾，用现代的话说是还可以坐小卧车，这钱是哪里来的?显然是由老百姓身上刮来的,所以是不义之财。其下还有不突出的,如出租土地、放高利贷之类,表面看与统治权无关,其实是,社会容许用这种办法致富,也要以统治权为保障。这种发不义之财的路,现在就花样更多,只举一种,是造假货充真货,结果就真大赚其钱。总之,无论古今,富,尤其大富,如果追究钱的来路,就会发现,几乎绝大多数是不义的。这样,关于贫富的情况,我们说富比贫好,就不能不加些限制了。

以上是由富的来源方面考察,说富并不都是可取的。富之后还有去路问题,即怎样花钱,用钱换什么,引来的龌龊就会更多。只说显而易见的一些。其一最严重,因为影响到别人,是旧所谓为富不仁。任何人都知道,金钱可以化为力量。这力量可以正用,但同样常见的是歪用,即为了满足自己的情欲,不惜损人害人。这可以较轻,如囤积居奇,贱买贵卖之类。可以较重,如夺人之所有所爱为己有之类。还可以更重,如买通官府或雇用杀手,置人于死地之类。其二是容易走向奢侈浪费。也是由于"天命之谓性",就一般人说,克己复礼有如逆水行舟,很难;有欲而任其满足就像是顺流而下,简直是求停止,甚至只是放慢也大难。俗语说,庄稼汉多收五斗粮,便思易妻,何况已经成为富或大富,金钱无数呢。于是生活的各方面,由改善而趋向讲究,而更讲究,以至想超过一切人。也许真就超过了,并因此而换来舒适和艳羡的目光,有什么不好呢?只用旧的评价标准衡量,朴素和节制是美德,挥金如土求阔气,正好是走向反面。这反面还会引来更严重的病症,这是其三,精力和兴趣都放在享用方面,进德修业就难了。这情况也是好逸恶劳的结果。人求事业方面有成就,都要费大力,吃些苦,这自然没有使奴唤婢、锦衣玉食舒服。于是,如我们所常见,富厚的反面容易碌碌一生。其四是,坏的影响还会绵延,使下一代成为纨绔子弟,斗鸡走狗,不务正业。这种情况,旧时代常见,现代似乎也并不少见。人,生儿育

1995年在北京中老胡同旧居前

1995年和夫人在书房

女,总是希望后来居上的,而用富不当,就必致事与愿违,这也是值得三思的吧?

用富不当的祸害还会再扩张,成为时风,那就必致贻害无穷。所谓成为时风,是在绝大多数人的心目中,富,或干脆说金钱,是最上的好,是无条件的好,有无上的价值。这无上的价值,不只表现在可以得高的享受,还表现在可以得荣誉。我们都知道,引导一个人做什么,或督促一个人做什么,荣誉常常比敲扑还有力。历史上多少次改朝换代,每一次,前朝的臣民都有很多人自杀,这是因为忠是荣誉。尤其宋以来,女性相信饿死事小,失节事大,有不少,丈夫早亡,随着死了,因为节是荣誉。荣誉可以使人甘愿舍生,可见其力量之大;又因为它有可能并不货真价实,所以也就很可怕。可怕留到稍后说,先看看金钱是不是可以算作荣誉。我们说不能算,因为它本身并不等于人生的价值,虽然它常常可以用来换取或帮助换取人生的价值。什么是人生价值?追到根本说,是能活,而且活得好。这好包括多方面的内容,如衣暖食饱是,文艺方面有创作也是,慈悲喜舍,使己身以外的人减少苦难,当然更是。求得人生价值,经常离不开金钱,但它终归是手段而不是目的。拜金主义的时风则不然,而是把金钱看作目的,以为它是无条件的好,有它就有荣誉,缺少就没有荣誉。而仍如既往,荣誉的力量大于一切,于是结果就成为,为捞取金钱,有不少就无所不为。有权的用权,没有权的用暴力或欺诈,只要真能捞到钱,就算胜利。胜利还有大小之别,小,不满足,还想大,于是,单以贪污为例,百万元以上的大户屡见不鲜了。拜金主义的影响还有平和的,但面更广,是攀比享用,或比赛阔气。甲家里的电视机是 18 英寸的,乙要买 21 英寸的;乙屋里的地毯是化纤的,丙要买纯毛的;丙出门,手上戴一个金戒指,丁要戴两个甚至三个;等等。这等等自然都要用钱换,享用求多求高,钱总会不够,怎么办?规矩的是发愁,不规矩的是想辙。

然后就可想而知,是世风日下,乱不能止。大事小说,只为个人打算,这用富不当的结果必是,人世俗而心愁苦,得失相比,就太不合算了。

所以谈生活之道,对于贫富的处理,就不当简单化,一刀切,无条件地说富比贫好。根据以上所谈,未尝不可以嫌贫爱富,但要附加两个条件:一个是来源方面的条件,就是钱之来,应该都是合于义的;另一个是使用方面的条件,就是要用得其当,至少是不致产生坏影响。两个条件都嫌概括,以之对付实况有时会有困难。这也是因为,实况千变万化,以不变应万变,指实说反而不好办。不得已,我们还是只能靠常识。先说来源方面,靠权得贿,造假充真,人人视为不义,没有问题。举个模棱两可的例,开个小店卖小吃,比如一种食品,一碗成本四角,卖九角,法律不管,工商管理部门不问,就可以算作义吗?我看有问题,因为食客嫌贵,会皱眉,卖主清夜自思,也会承认是讨了便宜。富之来,一个重要的要求是花钱的人心平气和。以这个为标准衡量,到大街小巷看看,来于不义的富就太多了。士穷则独善其身,我们求富无妨,但总要勉励自己,切不可随波逐流。富了,用也是这样,可以用常识为指针,总的原则是,利他好,向上好,朴素好。见诸实行,如有的人出钱办学校,有的人出钱设奖学金,这是利他,好。书与金首饰之间,多买书,少买金首饰,这是向上,也好。至于日常生活的享用,比如睡木床,脚不踏地毯,也活得不坏,就最好还是从俭。这有不少好处,其中之一,我以为不容忽视,是精神状态可以离史书隐逸传中的人物近一些。

贫,可能比富的机会更多,幸或不幸而排在贫的队伍里,要如何对待?最好是不至大贫。事实上也很少大贫,那就专说小贫。小贫还有程度之差,一种程度深的是衣食等不充足,一种程度浅的是衣食不缺,只是无力买地毯、金首饰之类。不管是哪种情况,都应该如昔人所说,安贫乐道。道取广义,不只"朝闻道"

的人生之道,其下的,通常所说精神文明的种种,无情如数理,有情如文艺,等等,也算。显然,如果能够寝馈其中,贫反而成为通往高层次生活的大道,也就可以见腰缠万贯之徒而不生艳羡之心了。

聚　散

我们住在一个动的世界里。为什么是动而不是静止？也许静止就等于彻底无？我们不知道。动的本身，或结果，是变。变给人生带来很多问题，其中之一是"聚散"。由变不可免的角度看，聚散是常事，可是（尤其是散）会引起情绪的波动，所以如何对待也就成为一个不小的问题。以己身为本位，聚散有与"人"的，有与"物"的；人重物轻，先说人，后说物。

聚散有范围问题。如参加什么大会，人数少则上千，多则过万，都在一个地点，是聚；一般是三四个小时，宣布散会，各自西东，是散。又如自此地到彼地，利用公共交通工具，上车或上船，许多人挤在一起，也是聚；到目的地，下去，各自西东，也是散。这种偶然相遇，聚未必喜，散未必忧的情况，还无限之多，因为不会引来情绪的波动，当然就宜于不提。这是说，范围应该缩小，限于非偶遇的关系，聚则喜、散则忧的。这样的关系，以及聚散的情况，也是多到无限的，如何述说呢？

想先泛泛地说说，何以聚则喜，散则忧。人在群体中生活，不能没有别人的帮助。这就可以想见，聚喜、散忧的情绪是由生活需要来。这需要，或者算作举例，可以分为三个等级，或三种性质。一种，可以称为最基本，是有之则能生、无之则不能生的。还可以分为两种：一种是自己所由来，包括父母、祖父母、外祖父母等，没有这些人就不能有自己之生；另一种是异性配偶，没有他或她就不能传种，也就不能有下代之生。另一种需要是生活诸多方面的帮助。帮助也有范围大小之别,或广义、狭义之别。广义是各种互利,比如早点吃个鸡蛋,这生蛋之鸡是某养鸡专业户所养,鸡蛋是某小贩所运并所卖,吃的人也算是得到与鸡蛋有关的许多人的帮助。显然,所谓帮助不宜于面这样宽。狭义的帮助指与自己有多种近关系的人的帮助,这近关系,可以近到有亲属关系,或血统关系,以及朋友直到同学、同事、邻居之类的关系,显然,没有这些人的帮助,生活就会大难。还有一种需要,或者说是偏于精神的,是消除孤独和寂寞之感。人是社会动物,像有些出家人那样,住茅棚,不与人会面,交谈,以求确能得解脱,是非常难的。所以人通常总是,或"群居终日,言不及义";不言,晨昏林间散步,左近有个什么人,像是也就能得到一些安慰。这帮助虚无缥缈,用处却未必小,因为人总是人,面壁,难免有被人忘却之感,也是苦不堪言的。总之,生,因为处处需要别人,于是日久天长,也就成为人之性,是总愿意同人在一起,离开就不好过。

再说聚散的情况。先说聚。自然也只能概括说说,是喜的程度,由以下三个方面的情况来决定。其一是关系远近,比如远的,一般友人,希望聚的心情是三五分;近的,父母妻子之类,希望聚的心情就会成为十分。自然,这关系远近也包括生活细节的远近,比如夫妻关系,就会近到寝食与共,朋友关系就不同,共寝共食,至多只是间或有之而已。其二是时间久暂。一般说,越是聚的时间长,越难割难舍。聚时间的长短,有常有变,比如夫妻关系,可能白头到老,朋友关系就大多是别多会少,这是常;但个别的,也可能夫妻不能白头到老,朋友反而终生不断来往,这是变。感情经常是渐渐积累起来的,所以连和尚都"不三宿桑下,恐久,生恩爱",常人自然就更甚,多年相聚,一旦分手,专就习惯说,也会难于适应。其三是感情深浅。显然,感情深,就会"一日不见,如三秋兮",一日尚且如此,更不要说永诀了。感情深浅与关系远近和时间久暂有密切关系。说密切关系,不说必然关系,因为也可能有例外,如有所谓夫妻反目,甚至法庭相见,而来自偶遇的关系,也可能由于志同道合或情投意合而相见恨晚,甚至一见倾心。以上是泛论,至于某一个人,情况自然会千差万别,如有的人交往的人多,有的人交往的人少,多,就会视许多散为司空见惯;不过无论如何,对于曾经聚首的某些人,总会聚则喜、散则忧的。

再说散。有聚必有散,俗语所谓没有不散的宴席,就是这个道理。有情人成为眷属,亲友祝白头到老,当事人也希望这样,幸而上天照顾,真就白头到老,但同时往生净土终归是不可能的,这是说,总不免其中的一个先走,也就还是有散,其他没有如此深关系的人就更不用说了。散也有各种情况。绝大多数是依常规,只举两种情况为例。一种,如母女关系,母比女年长三十岁,如果都按照平均年龄的规律寿终正寝,那就母要早三十年去见上帝,早行,其结果就带来散。又如甲乙二人,在大学同班,相聚四年,毕业,仍分配在一处工作的可能性不大,于是各奔前程,也就带来散。散,少数来于人为。最典型的例是离婚,有情人变为无情人,聚反而难忍,也就只好散。其他还有多种情况,如陶渊明不愿为五斗米折腰,赋归去来兮;禅宗六祖慧能北上黄梅求道,都是本来可以继续住下去而自己不愿意住下去,也就带来散。还有少数散是来于意外。这可以分量很重,如死于飞机失事、死于车祸之类。可以较轻,如杜甫《石壕吏》所写,闭门家中坐,有吏来捉人,万不得已,只得由老妪去应河阳役,也就带来散。还可以更轻,如在一地按部就班工作,早出晚归,忽然传来下放之令,只能服从,也就带来散。散的情况,还可以从另一个角度分类,这是永诀和暂别。永诀,有的是确定不移的,如双方,有一方离开人世就是;有推想的,如应征奔赴沙场,想到"古来征战几人回"就是。推想会与实际有参差,所以有时候,以为是永诀,却意外地又得相聚;而以为只是暂别的,却不幸成为永诀。不管是实际还是推想,暂别和永诀,引来的情绪波动会大异,借用文言常用的词语形容,多数情况是,暂别只是怅惘,永诀则成为断肠。

聚散的情况说了不少,其实关系不大;关系重大的是我们应该如何对待。说句近于幻想的话,当然最好是,与合得来的,或进一步,与感情深的,长聚而不散。显然,除了上帝以外,没有人能有这样大的力量。那就退一步,或退几步,只说力所能及的,如唐人诗所说,"忽见陌头杨柳色,悔教夫婿觅封侯",就真不去觅,以求朝夕不离好不好?人生是复杂的,如果聚与封侯不能两全,就一定宜于取聚而舍封侯吗?不同的人必有不同的选择。就是不管不同的人,专顾理论,斩钉截铁地说此优于彼,或彼优于此,也必有困难。而且不只此也,还有个实际,是长聚会引来,纵使是轻微的,淡薄甚至烦腻,如果竟是这样,对于聚散,取舍的决定就变简单为复杂了。复杂还会因具体情况的千变万化而加甚,以假想的某一个人为例,他有亲属,可能很不和美,他本人呢,也可能或木然寡情,或好静而不愿近人,对于这样的情况,谈到聚散的孰优孰劣,显然就更难一言定案。不得已,只好就常情,说几句近于原则的话。计有三点。其一,对于各种形式的聚,都应该珍重。人生短促,应该求多有价值高的所得。所得有多种,而深挚的人情必是重要的一种。显然,这样的人情只能由聚来。聚有这样高的价值,所以应该重视。如何重视?不过是努力求向上,避免向下。如和美、亲切是向上,反之是向下;互相关心、帮助是向上,反之是向下;共同勉励,趋高趋雅是向上,反之是向下。总而言之,既然有了相聚的机缘,就应该善于利用此机缘,求散之后回想,不致有悔恨的心情。其二,有聚必有散,有的是关系至深的散,尤其来于意外的,会引来极大的痛苦。这也是人之常情,但苦总是不值得欢迎的,怎么办?可以用儒家的办法,节制,或甚至加一点道家的办法,"知其不可奈何而安之若命"。天命也罢,人为也罢,反正这散已成为不可免,也就只好安之。动情,甚至断肠,自然也是不可免,但明聚散之理,心情总会平静些,这就是节制之功。其三,曾聚,散了,经过较长时期,这笔心情账如何结算才好?我的想法,淡忘不如怀念。为什么?因为这是自己生活的一部分,只要我们还不能不挚爱人生,回首当年,忘掉昔时人总是不对的。

到此,人的聚散算说完了,转而说物的聚散。本诸"伤人乎?不问马"的精神,物不得与人并列,问题就比较简单。与人生活有关的物很多,所以也须缩小范围,说这里所谓物,只指心爱之物。这可以大,如金谷园,可以小,如一粒雨花石,但既然限定心所爱,日常的衣食住等用品就都不能算。心爱之物有个"爱"字,因而也就与情绪拉上关系,又也就会引来应如何对待的问题。先说说心爱之物,一般指书籍、金石、书画、文玩之类,或下降,兼指财富之类。财富,发家致富,如何评价,问题复杂,这里想只谈书籍、金石、书画之类,即有不少所谓风雅之士为之着迷的。为之着迷,好不好?应该说没有什么不好,尤其书籍,如果买得之后还读,应该说很好。这里着重说聚散,只想指出两点。一是聚可以,不要流于贪。有的人是因爱之甚而流于贪,其结果是一,为求得而无所不为,包括巧取豪夺;二,求而不得就如丧考妣。这就必致害己,或兼害人。所以应该不贪,即得之固然好,不得也无妨。二是聚之后,或天灾,或人祸,或其他种种原因,难免散,最好是能够不流于恋。恋是难割难舍,这就会引来大痛苦。我们读历史,算耳闻,经历所谓事变和运动,算眼见,散,以及因散而肝肠断绝的情况,真是太多了。这就会引来教训,借用李清照《金石录后序》的话说:"然有有必有无,有聚必有散,乃理之常。人亡弓,人得之,又胡足道!"虽然这位易安居士自己并未如此旷达,她的话总是值得因物之散而痛不欲生的人深思的。

顺　　逆

世路是坎坷的,所谓不如意事常十八九。不如意,所处是逆境,反之是顺境。关于顺逆的划分,还要说几句话。似乎可以认定有个常境,顺境是所得超过或大超过常境,逆境是所得不及或远不及常境。以农民耕稼为例,如果多年的平均亩产为千斤,某一年亩产为千斤上下是常境,超过千五百斤为顺境,不及五百斤为逆境。这样,我们居家度日,定时食息,既没有中头奖,又没有祸从天上来,与亲友通信,说乏善可陈,可是平平安安,就可以说是常境。常境上升为顺境,如小官越级右迁为大官,会带有喜出望外的心情,旁观者也会报以想不到的惊讶。逆境也是这样,如一霎时加了右派之冠,自己感到意外,沮丧,旁观者也会报以想不到的惊讶,并附带或多或少的惋惜之情。通常是,逆境比顺境多,为什么?原因有客观的,用佛家的话说,是我们住在婆婆世界里,必是苦多乐少。原因还有主观的,是人都心比天高,或说幻想成群,于是偶尔由天降福,就会视为当然,而幻想破灭,或更甚,由乔木降至幽谷,就难于适应,禁不住怨天尤人了。这里且不管顺逆的多少,泛泛说,人生,由能自主活动到盖棺,一般五六十年或六七十年,总会遇到顺境和逆境,应该如何对待?

对待之前还有个问题,是应该不应该趋避。这个问题也相当复杂,因为情况各式各样,又人心之不同,各如其面,爱恶取舍也会各异,处理办法自然就难得一律。不得已,只好提个总的原则,然后附加个对应特殊情况的原则。总的原则是,可以尽人力,求由常境转入顺境,如果客观条件不允许,或力有不及,也应该尽力求保持常境,不坠入逆境。这是常人的生活之道,过本分日子,但也有理想,甚至幻想,有就希望实现,当然也就欢迎顺境的来临。可是顺境、逆境是个概括的名称,具体为某种情况(如粮食产量的大增和大减),问题就变为复杂。以古代的传说为例,尧让天下于许由,许由不受,让于舜,舜受了,天下之主,常人视为顺境,许由不受,或者不视为顺境,或者也视为顺境而不取,总之就可见,说应该无条件地趋顺境还有问题。逆境也有这种情况,如清末谭嗣同,变法失败,可逃而不逃,等候逮捕往菜市口就义,是遇逆境而不避,是否也是应该的?这就使我们想到,常情所谓顺逆,其中有些还有评价问题。单个评价,这里做不到,所以只能附加个对应具体情况的原则,是:顺境可以趋,但这趋的行为要合于义,至少不是非义的;逆境可以避,但这避的行为要合于义,至少不是非义的。记住这个附加的原则,有些关于顺逆的情况就容易处理。比如富是顺境,贫是逆境,有趋富避贫的机会,利用不利用?这就可以看看具体的致富之道,如果是参与制造伪劣商品,就应该避;如果是出售科技方面的专利,就可以趋。

趋避问题谈过,以下谈顺境和逆境之已来,应该如何对待。先说顺境。具体说,无限,只好归拢为主要的几大类。第一大类是地位,即在社会上被安置在分工的什么职位,头上加上什么名堂的职称。职位有高低,高低蕴含权力的大小,如总理、经理之类;或荣誉的大小,如作家、教授之类。地位有高低,由低升为高是顺境。第二大类是财富。这也许比一般的高位(如中等商店的正、副经理)更重要,因为有钱能使鬼推磨。有钱的来路不一,自己有门路,有机会,可以变贫为富;或者不靠自己,生在大富之家,也就可以不贫而富。不管来路如何,反正有了钱就可以锦衣玉食,所处之境就成为顺境。第三大类是事业。这是指在某方面有超过一般的成就,如读书人真就写出传世之作,企业家真就转亏为盈,等等,都是。人,就连禅宗的和尚也愿意有所树立,所以事业有成就,所处之境也就成为顺境。第四大类是男女。或者只限于常人,都愿意意中人点头,成为眷属。对方尚未点头的时候,忐忑不安;点了头,常境就立即变为顺境。以上四类顺境分说,其实一落实,它们就会合伙。或小合,如有了地位,财富也就来了;事业有成就,意中人就容易点头。还可以大合,如地位升而又升,财富、事业、男女三方面就都可以随着挤进门来。

此之谓一顺百顺,还会有什么难处的吗?难不是由顺来,是由利用顺而可能不当来。最明显的是财富,钱太多,容易追求享受,其极也就会堕落,甚至危害他人和社会。地位也一样,或更甚,位高,权大,如果发了疯,其后果就更不堪设想。所以处顺境也要有个处顺境之道。这道,由偏于知的方面说,是既要知足,又要知不足。知足是对于所得,知不足是对于自己。知足就可以不再贪,知不足就可以时时警惕,多在进德修业方面努力。处顺境之道还可以由行的方面说,是应该谦逊加节制。谦逊主要是对人,节制主要是对物。对人谦逊可以防止胡作非为,对物节制可以防止醉心于享受,流于堕落。总之,处顺境更要谨慎,以免好事转化为坏事。

再说逆境。就常人的一生说,逆境总是比顺境多得多。何以故?这里进一步说说,也许根本原因来于人之性。于是"性本善"之性,是荀子"人生而有欲"之性。有欲求求,求,因为欲多,得的可能自然就不会多,这成为境就是逆而不是顺。还可以由人性下降,找逆境多的原因。这可以来于天灾,如地震、水旱、风火之类,此外还有疾病,都可以使人陷入逆境。其次是人祸。大块头的是由政治力量来,远的如五胡乱华、扬州十日,近的如大跃进和"文化大革命",都不只使人突然陷入逆境,而且天塌砸了众人。人祸还有零碎的,最常见的是欺骗、偷盗和抢劫。人祸,严重的使人家破人亡,轻微的也会使人丧失金钱,即俗话所谓倒霉。再其次是由于机遇不巧,如坐飞机遇见劫机,买股票,到手之后遇见跌价,等等,就是。再其次还可以由于自己条件不够或能力不够,如找对象,因体貌不佳而连续失败,考大学而名落孙山,等等,就是。此外,逆境还可以来于自作自受,如因工作不努力而被解雇,好赌博而陷于贫困,甚至吸毒而无法存活,等等,就是。逆境多种,其间有程度之差。最严重的是危及生命的一些,其中有天命的,如不治之症;有人事的,如犯重罪被判死刑,因结仇而被暗杀之类就是。死,一了百了,境是否逆也就成为无所谓。所以值得重视的反而是比死轻微的那些,缠身,驱之不去,受之甚苦,如何对付才好?

当然,最好是能够化逆为顺,至少是化逆为常。这化,有些情况是己力所能及的,如考试名落孙山,努力温课,下年再考,就有可能名列前茅。有些情况是自己无能为力的,大如战争爆发,小如患了慢性病,就虽切盼化而只能徒唤奈何了。徒唤奈何,甚至书空,写咄咄怪事,无用;应该死马当活马治。办法有消极的,是明顺逆之理以后,顺受,不怨天尤人。这自然不会使实境有所变,但可以使心境有所变,即履险如夷,不管路如何崎岖,心情却是平静的。平静,苦的程度就会差一些。这也许近于阿Q精神吗?对于有些不讲理又无可奈何的情况,如果阿Q一下确是能够使苦的程度减弱一些,那就阿Q一下也是合理的。办法还有积极的,至少是有些逆境,还可以善自利用,有如使粪便之化为肥料。以文事为例,古语云,文穷而后工,有些人正是利用不显达、无财富的条件,写了传世的诗文。还可以说得具体些,如周亮工《书影》、罗素《哲学概论》,都是在监狱里写的。自然,这所谓逆境要逆得不太厉害,也就是处于其中的人还能活,还能忍受。不能忍受不能活的呢?如果有善自利用的雄心,写一两首慨当以慷的诗,总比哭哭啼啼好得多吧?所以就是处逆境,承认天命不可抗,尽人力还是应该的。

最后说说,对于别人的顺境和逆境,我们应该如何对待。这别人,可以是与自己无交往的,这里主要指有交往的。想由不足为训的世态说起,《史记·汲郑列传》末尾"太史公曰":

> 夫以汲、郑之贤,有势则宾客十倍,无势则否,况众人乎!下邽翟公有言,始翟公为廷尉,宾客阗门;及废,门外可设雀罗。翟公复为廷尉,宾客欲往,翟公乃大署其门曰:"一死一生,乃知交情。一贫一富,乃知交态。一贵一贱,交情乃见。"汲、郑亦云,悲夫!

世态可悲,就因为不少人由私利出发,别人处顺境,就跑上前去捧场,别人处逆境,就避之惟恐不远。多年来所见,还有更甚的,是某人挨整了,其子就不以为父,其妇就不以为夫。太史公马迁是反对这样为人的。应该怎样?是别人陷于逆境(当然指非自作自受的),应该同情,或并进而援之以手。这虽然会被某些人斥为不合时宜,但是,如果人人都反其道而行,那就社会,再扩大,人生,真就不免于"悲夫"了。

身　后

这本小书(指《顺生论》)该结束了,想到从各个方面谈人生,近思遐想,且不管谈得怎么样,总该问问,这值得吗?不问则已,一问就不由得想到可怜,甚至可笑。谈,可怜;更严重的是所谈,即人生,同样可怜。为什么会有生,我们不知道。有了生,爱得了不得,想尽办法求能活,为什么,我们也不知道。愿意活,而偏偏不能如愿,自然,天命,或再神奇一些,上帝,为什么这样演化,或安排,我们还是不知道。我们微弱,只能接受定命,或动或静,等待死。死,如庄子所说,"息我以死",依理可以一了百了了吧?然而不然。举古今高低不同的两个人为例。魏武,至少在这方面同凡人一样,也迎来死之将至,瞑目前口述遗令,不忘姬妾,让她们分香卖履,定时望西陵墓田。可是入墓田不久,姬妾们就被移到曹丕的后宫,陪酒陪笑去了。另一个无名氏,没有英雄一世,却幸或不幸,略有资产,而且上寿,至"文革"时期而仍健在,信传统,愿意入棺土葬,于是远在死之前就准备了讲究的棺木。这也是遗令性质,可是也如魏武,未能如愿,因为被红卫英雄除四旧时除了。这两个例都表示,就是已经俯首接受死,还会留个可怜的尾巴。

这可怜的尾巴是有关身后的,因而就引来应该如何处理身后事的问题。显然,这先要看对于身后的情况,自己是怎样推想的。秦始皇大造兵马俑,是因为他推想,或说信,死后他还是帝王,也就还需要武力,去征服疆界以外的大民,镇压疆界以内的小民。一般小民呢,不需要兵马俑,却仍旧要花钱,见小鬼,准阳世之例,不能不意思意思,路过酒铺,难免想喝几口,所以俭之又俭,也要棺内放些铜钱,棺外烧些纸钱。这是信死后仍然有知,或说身死而灵魂不灭。如果真是这样,如秦始皇,大造兵马俑,如历代不少高级人物,迫使姬妾殉葬,如一般小民,清明时节,纸(钱)灰飞作白蝴蝶,等等,就对了。不只对,而且很好,因为这样,我们的世界就成为《聊斋志异》式的,我们的生命就没有断灭,或者说,我们渴想活着,就真正如愿了,虽然这如愿要打点折扣,即要换换方式。但信身后仍有另一形式的存在,也会引来情理上的不少麻烦,只说两种。一种是国产的不变,如崇祯皇帝走投无路,只得自杀,死前说无面目见祖先于地下,这是相信祖先仍存在于地下,就这样长存而不变吗?如果是这样,比如第一代祖先短寿,死时二十岁,第三代祖先长寿,死时八十岁,都同住于地下,那就八十岁老朽要呼二十岁的青年为爷爷,就是在阴间,也太离奇了吧?另一种是(印度)进口的,死后要轮回,也就是要变,比如变的幅度不大(人间道未堕入畜生道),由赵老太太变为钱小姐,清明时节仍到赵老太太坟上烧纸钱,还有什么意义呢?这是说,就是相信灵魂不灭,处理身后的问题也难得顺理成章。

不能顺理成章,也可以用陶渊明的办法处理,不求甚解。几千年来,人们就是这样处理的,比如未亡人对于已亡人,节令烧纸钱,用真食品上供,烧了,纸灰飞作白蝴蝶,不深究能否真正收到,真食品则收回,吃下己肚,也不深究死者未吃如何能够果腹。这也好,郑板桥有云,难得糊涂。不幸是西学东渐,先只是泛泛的赛先生,继而大到河外星系,小到基本粒子,都闯进来,知识成为系统化的另一套,我们就欲胡涂而更不可得。这是说,科学知识表示,我们住的世界不是《聊斋志异》式的,其中可以容纳期望和幻想,而是冷冰冰的因果锁链式的,什么都是命定的,其中之一既最切身又最可憾,是,至少就个人说,生活只此一次,死则不再能觉知,也就一切化为空无(就是确信这个世界不会因自己之断灭而断灭,总是与自己无关了)。

依理,如果确信实际就是这样,心情也就可以轻松,放手不管了。然而又是不然。鲜明而有力的证据是,如果不是措手不及,都会或说或写,或繁或简,立遗嘱。其意若曰,某某事,如何如何处理,我就心安了。如果这时候逻辑闯进来,说,心安,先要有心,有心,先要有人,事实是人没了,心也就没了,还有什么安不安呢?可见遗嘱式的心安,追问来由,是渴望活着的心情放射为仍有知的幻象;核定实质,是求死前的心满意足,纵使本人未尝这样想。或扩大一些说,只有活人能活动;因而一切得失、一切问题都是活人的;人死就不再有所需,也就不再有问题。扣紧本题说,所谓身后云云,其实都是为生时;一切愿望,求实现,不能实现则心不安,都应该是指死前的生时。

这样理解遗嘱一类的期望和行动,有所失,是不得不牺牲身后的一段,因为这一段不属于自己;不属于,因为其时已经没有自己。但也有所得。理由有实惠的和逻辑的两种。先说实惠的,以唐太宗为例,据传疾大渐之时,求将继承皇位的李治,用王羲之的《兰亭序》帖殉葬,儿子当然跪答遵命。依照我们上面的论证,真用王帖殉葬,唐太宗并没有什么获得,因为其时已经没有他。但他又有获得,而且很大,是儿子表示遵命之时,心里的欣慰。这样说,也许过于唯心了吗?而其实,人生的任何所谓受用,不管来由如何唯物,不通过唯心这条路,是不能受而用之的。再说逻辑的理由,是上面提到的那个闯进来的逻辑,就没有插嘴之地了,因为把身后的移到死前,则期望、幻想、得失、心安等等就都有了着落,因为人还在,能感知的心也就还在。这样一来,谈到身后问题,我们就等于使阴间的问题阳间化,说为身后,可以费苦心,但所求不过是生时的心安。求心安,驰骋的范围可以大,比如一个人,不管赛先生怎样在耳边大喊没有鬼神,还是相

1996年12月启功（中）来访

1997年8月1日在《流年碎影》作者与读者见面会上

信死后用钱处不少,那就会多用真钱换纸钱,烧。范围还可以更大,是扩张到己身以外,比如立遗嘱,让儿孙也多用真钱换纸钱,不断为自己烧。为求心安,这都情有可原,但化为行动就会触及是非、好坏问题。分辨的原则仍是上面说到的,一切问题都是活人的,所以一切举措的好坏,都要看对于活人(包括己身以外的),能否利较多,害较少。

以下进一步,或缩小范围,说为身后事而求心安,通常是做什么,或应该做什么。可以分作两类:一类偏于保守,是"尽责";另一类偏于进取,是"求名"。自然,这只是为了解说的方便,就某一种情况或某一个人说,两者常常是不能截然分开的。先说尽责。《古诗十九首》说:"生年不满百,常怀千岁忧。"清人徐大椿做诗有这样一联:"一生那有真闲日,百岁应多未了缘。"人,即使谦退,而且高寿,总不会感到,一切心期都已经满足,一切心债都已经偿还,可以轻装去见上帝。也为了解说的方便,我们称一切当做的以及想做的为人生之债。就老之已至以及未老而死之将至的人说,人人有债。有的人债多,有的人债少。有的人债重,如青壮年夭折,撇下娇妻弱子;有的人债轻,如还想看看黄山。有的人债复杂,如想以己力求得治平;有的人债单纯,如一部书,想写完。债的性质也各式各样。有的债非还不可,如抚养无工作能力的亲属;有的债还不还两可,如想坐坐超音速飞机。有的债影响面大,如研究抗某种病毒的新药;有的债影响面小,如想学会拉小提琴。有的债容易还,如想写一篇以教师为题材的小说;有的债不容易还,如把二十四史翻译成白话。总之,如果把当做的以及想做的都看作债,那就就性质说多到无限,就数目说也多到无限。通常,一个人的债总不会多到无限。但也不会少到稀稀落落,举目可见,屈指可数。应如何对待?自然只能说说原则。那是一,争取早清,即今年能做的不要推到明年,因为明年怎么样,不能预知。二,争取多清,多清则遗憾少,有利于心安。三,要分缓急,如影响大的必急,影响小的可缓,应该先急后缓。四,除非万不得已,以少拉新债为是。五,尽人力,由于客观原因或主观原因,不能如愿,无妨用道家的态度,即安之若命,而不怨天尤人。

再谈进取的一类,求名。人过留名,雁过留声,正如有了生,兢兢业业活一场,同样没有究极意义。这里谈身后,已经肯定了死前心安的价值,也就可以不必往形而上的闷葫芦里钻,自讨苦吃。不形而上,也就是信任常识,我们都认为,有名比无名好,名大比名小好。名有好坏问题,比如依照历史的评价,岳飞和秦桧都有名,前者好,后者坏。历史时期长,难免变,因而好坏的定评也会成为不定。最突出的例是前不久的孔老二又复位为至圣先师。在这里,我们可以不岔出去,只说所谓名,都是指流芳而不包括遗臭的,那就会想到一种情况,是求名,想到身后的时候就更加急迫。原因有二:一是时间不多了,慢慢积累必须变为抢修;二是想到生命结束,才更珍视流芳千古。流芳,就是不求千古也大不易,要如何努力?古人有立德、立功、立言之说,三种成其一就可以不朽。我们也未尝不可以来个三合一,说求名而得,就要在利人(或说造福社会)的事业方面有较大成就。举古今中外的二人二事为例。司马迁,流芳千古,是因为写了《史记》。华盛顿,也流芳千古,是因为争得独立,还为美国创建了个民主制度。传名后世,也有多靠机遇的,如杨贵妃,是因为长得美,又碰巧有个皇帝爱她。凭机遇而得名更难,所以较稳妥之道还是在立德、立功、立言方面多想想办法。当然,再说一次,所谓身后名,名者,实之宾也,连带他人和社会得到的福利不管有多大,本人的所得,仍只能是瞑目前的心情欣慰而已。

还有两个与身后密切相关的问题,葬和遗嘱,也想谈谈。先说葬。昔日相信灵魂不灭,兼为名(阔气、孝等)利(死后享用),都愿意厚葬;只有极少数例外,如西汉杨王孙(主张裸葬,求速朽)之流。这样,以君王为首,富贵人家随着,老百姓是草上之风必偃,浪费就太多了。现在灵魂随着形体灭了,如果厚葬(买墓地,立碑,着华贵衣服,开各种纪念会,等等),就成为只求名而无利。但不会完全躲开利的问题。这是说,为死者多耗费一文钱,就是生者多损失一文钱。根据以上一切问题都是活人的这个原则,把活人可用之物消耗于死人,是不合理的。还有,所谓名,不过是有钱,肯花,有什么值得炫耀的呢。所以应该薄葬,越薄越好,把节省下来的财物、时间、精力等为活人用。至于死后留痕问题,我以为可以因人而异。极少数人,真正流芳千古的,当然会有不少后代人怀念他(或她),那就入墓地,立丰碑,也好,因为后代人需要。至于一般人,名不见经传,功伐不入史册,即使有钱,似乎也不必买墓地,立石碑,因为这样可以为活人减轻多种负担(花钱,占地,直到过路人不得不看一眼,等等),也算为身后做一件好事。近年还有遗体捐赠医院的新办法,据说那就连一文钱也不用花,而且有益于社会,如果真是这样,那就后来居上,人都应该取法乎上了。

再说遗嘱。人,纵使高寿,也难免有些未了事,所以,如果来得及,遗嘱以有为好。人的情况万殊,遗嘱应该说些什么,情况也就万殊。但考虑到所求,处理的原则却是单一的,是一切要为有关的生者的利益和方便着想。以应该占重要地位的遗产为例,可以用利取其大、公平照顾为分配的原则,比如数目很大,先提出一部分赞助公共福利事业(建立学校、设奖学金之类),其余分与亲属,以及穷苦友人等,又,分配提前于生时就办理完毕,就可以说是尽善尽美。也是根据一切为生者的原则,有些关系不太大的事也以说清楚为是。如丧事一切从简,遗嘱未说,生者也许就要大办。死后都通知什么人,也最好开列清楚,因为人生一世,忠恕待人,总会有些心心相印的,你不辞而去,他们会放心不下,虽说事不大,也总是小遗憾吧。还有一点,是生者或心太好,或依时风,盖棺论定,会说些说者欣赏的溢美之辞,即悼词八股,这,如果不是自己喜欢听的,也最好于遗嘱中带上一笔,说本人尚有自知之明,请勿架空关照云云。

清风明月

题目由苏东坡的《赤壁赋》来，原文云："惟江上之清风，与山间之明月，耳得之而为声，目遇之而成色，取之无禁，用之不竭。"我想借用这个意思，消极的，发一点点寒士的牢骚；积极的，透露一点点寒士的关于享受的独得之秘。这秘，既已决定透露，就无妨开门见山言之，是：图享受，尤其有高价值的享受，也可以不多费钱，甚至不费钱。

为什么想说这些呢？是连续有两位年轻客人过访，都来自南境濒海的开发区，也许深知像我这样老而贫的，头脑必未开发吧，就如古人写山海之经，向我描述开发区的富人的享受（或应说享乐）生活。花样很多，只好举一隅兼归类。其一，用新潮语说是高消费，如往大酒店吃一桌，少则一万，多则两万；到美容美发院大举，两小时，两千；其他准此。其二是追求新奇，少牢、太牢之类未必不喜欢吃，只是因为不新奇，要改为吃国家明令保护的珍禽异兽，如活猴（只喝脑浆）、天鹅、娃娃鱼之类。有人也许会说，珍禽异兽必是更好吃，即如天鹅，不是癞蛤蟆也想吃几口吗？可见吃未必是为猎奇。我说不然，因为还听陪末座也尝过味道的人说过，肉粗，并不好吃，而由偷猎的人手里偷买的价格却是一只将近三千元。还有每下愈况的其三，是越来越"丝不如竹，竹不如肉"，就是说，只顾体肤之欲而忘了"灵"。表现万端，由享用旧分法的衣食住行说起，都是高，高档服装，高到空中的天鹅，高级公寓，高级轿车，直到高级妓女加高级毒品。我听了，心里很不是滋味。不是因为艳羡而不得,而是,怎么说呢?勉强而委婉地说,是禁不住产生个疑问,是,如果这种享乐之风顺流而下,我们将走向哪里?

这杞忧有来由。可以板着面孔说,是其一,我们都知道,就在我们的国土之内,还有不少人吃不饱,穿不暖,"稷思天下有饥者,由(犹)己饥之也"(《孟子·离娄下》),要求也许太高,至少在吃天鹅肉的时候,总当想想吧?其二,有不少人还穷困,却有些人腰缠万贯,这万贯,有几个人是"锄禾日当午"来的?这是比吃天鹅肉而不想饥者更为严重的问题,至少是富者和有力者;也总当想一想吧?其三,转而考虑形而上,人生有没有目的,我们不知道,至少是无法证明。那就下降到常识,贤哲不要说,就是街头巷尾的张三李四,也没有把追求享乐看作最高价值的吧?可见这单纯追求享乐的新风,是超常地向下走了。其四,只是为向下走的人着想,也应该想想,体肤之欲是无底洞,不只填不满,而且会水涨船高,总会有一天,陷溺而不能自拔,求乐而不能得到佛家说的常乐我净。

小文,总板着面孔不好,改为说轻松的。因为要轻松,本来还可以说说的,如体肤享受之得必伴以大失,也就可以不说。说好听的,也就是话归本题,姑且承认应该一反印度苦行僧之道,于生活所必需,如衣食住等之外,也来点享受,那就一定要高消费吗?我的想法,或说独得之秘,是几乎可以说正好相反,而是行得其当,不花钱,或不多花钱,反而可以取得有高价值的享受。何以这样说?且看处方,由祖传狗皮膏药到偏方草药,有重有轻,都是远于肉近于灵的。

处方之一来于"四书",曰"志于学",就是把知识看作大海,跳到里面去游泳。知识门类很多,适于各从其所好。好,钻研,有所得,自得其乐,说是享受,总不是强词夺理吧?还可以举些极端的例。哲学是干燥而费力的,可是康德忙着弄他的几种"批判",对两回象都吹了,因为他的心全部交给哲学,忘了如意佳人。数学也是既干燥又费力的,可是,忘记是哪一位数学家曾说,他觉得天地间最美的是方程式。这样,大美人的多种挂历,他就不买了吧？他这不同于常的选择,推想陈景润一定欣赏,可见神游于零与无限大之间,也未尝不可以得至乐。

处方之二也来于"四书",曰"游于艺"。艺取广义,包括文学艺术和技艺。这样,由杜甫做诗、倪云林作画、贝多芬作曲、梅兰芳作戏,直到牧童倒骑牛背吹笛、南北朝某小皇帝做木工,等等,都是。这些,无论迷上哪一种(或不止一种),都可以享其乐,有所获,最低也可以遣长日。遣是轻说,其实是精神有所寄托,这是更高更大的享受,因为所得是长久的心的平静和充实。相伴而来的还有,可以不致因金钱、物欲的不能满足而如丧考妣。此所谓心安理得,人生之所求,最值得的应该是这个。

以上属于泛论,似还够不上独得之秘,只好再添点零碎,自己经历的,至少是幻想的。记得还著过文,由李笠翁那里借个名称,曰"贫贱行乐法"。法不少,这里只想举一点点例。一种是关于吃的。我认识个水做而大阔的,开玩笑,说愿意我请她吃一顿。我说可以,但她要去掉一切金饰物和浓妆艳抹,跟我进卖肉饼小铺,二锅头各一两,就小葱拌豆腐,然后吃肉饼小米粥。我说这样才有点诗意,如果换为高级餐馆,诗意就一扫光了。想不到她很高兴,于是我准备五元人民币一张,待有机会去享受这份诗意。再说一种关于游的。只说最近的一个早晨,我起床,照例到不远的湖边去转转。太阳像个红火球,悬在东方地平线之上,这使我感到,世界仍会像过去那样,有嘈杂也有温暖。往湖滨土坡上看,枯草上泛起绿色。树上鸟不少,都是麻雀吧,间或传来叫声,使我不禁忆及陶诗"众鸟欣有托,吾亦爱吾庐"。默诵两遍,爱像是还在扩大,爱什么呢？乡土？远方？人间,说不清。忽然算盘来了,想到此,至少在这片刻之内,我觉得,其所得必超过站在埃及金字塔之旁,而所费呢,就不可同日而语了。以上两种,一种小破费,一种不破费,还可以加个后来居上的。是不久前,《旅游报》的编者来访,闲谈之外,希望我写点什么。看送来的报,有一期登汪曾祺先生一首七绝,咏绍兴沈园的,毛笔书,占手掌那么大一块地盘。沈园有唐琬,不知怎么灵机一动,我想到沧浪亭的陈芸。决定效颦,咏苏州,得句云:"白傅朱轮五马游,何如贺铸老苏州。阊门好买涛娘纸,留与江郎赋别愁。"诌完,用日本制自来墨毛笔,找一块剩余皮纸,一挥,交了卷。说这也是享受,是因为历程更经济,安坐,发思古之幽情,而所得不少:有唯心的,追怀陈芸、顾二娘之流;有唯物的,是推想,刊出以后,还会奉送数十元稿酬云云。

不好再说下去,因为有自我陶醉之嫌。但是语云,真理不怕重复,所以我想再说一遍,为了我们这个群体的将来,也为了其中的个个,我们还是悬崖勒马,由肉这一端,从速向灵(或说精神文明)那一端移一移吧!

蓬山远近

人生有多种境,其中一种,像是可人之意,缥缈而并不无力,情况颇为难说。但知难而退,心里难免有些慊然。所以决定知其不可而为,试着说说。

早的记不清了,由李义山说起,他写了不很少的《无题》诗,其中一首七律尾联云:"蓬山此去无多路,青鸟殷勤为探看(读阴平)。"这是他落网之后的一种想望呢,还是欲入网而不得时的一种想望呢?他写而不愿标题,是不想明说,我们也就不能确知。但有一点是可以推知的,是他不安于户牖之内,渴想蓬山"身无彩凤双飞翼",所以才呼天唤地,希望青鸟有助人的雅兴,成人之美。也许青鸟终于没来吧?于是在另一首《无题》中禁不住涕泣了,也是尾联云:"刘郎已恨蓬山远,更隔蓬山一万重。"看来是"道之不行,已知之矣。"(有人以为这都是表现求官不得的心情,真大杀风景。)

但是人,只要还有一口气,心是不会冷却的。又,人与人,尤其"民吾同胞"的,血脉相通,放大了说,所谓"天地与我并生,万物与我为一"。李义山写完《无题》,掷笔而去,而幽思也未尝不可由异代的同病以心传心。说起这同病,也许真有缘,或有幸,于是就出现了这样的故事:

  宋子京(北宋宋祁)尝过繁台街,遇内家(宫里)车子数两(辆),适不及避。忽有褰帘者曰:"小宋(有兄为宋庠)也。"子京惊讶不已,归赋《鹧鸪天》云:"画毂雕鞍狭路逢,一声肠断绣帘中。身无彩凤双飞翼,心有灵犀一点通。 金作屋,玉为桄,车如流水马如龙。刘郎已恨蓬山远,更隔蓬山几万重。"词传,达于禁中,仁宗知之,因问第几车子何人呼小宋。有内人(宫内服侍之女子)自陈云:"顷因内宴,见宣翰林学士,左右内臣皆曰'小宋',时在车中偶见之,呼一声尔。"上召子京,从容语及。子京惶悚无地。上笑曰:"蓬山不远。"即以内人赐之。(《本事词》卷上)

如果这故事不是"创作的"故事,这位撰《新唐书》的宋学士就真是有缘:先是"法外"想到蓬山,后是"意外"走入蓬山。总之,如金口玉言所说,世间真就有了蓬山,而且能够一霎时移到眼前。

但是,内人褰帘呼名,皇帝移天外蓬山于眼前,终归是可想象而难遇因而也就不可求的。至晚是中古时期,有经验之士就明察及此。但人总是人,蓬山的想望不会因明察而断灭。对应之道有退和进两种。道和释,至少是理想中或口头上,走退一条路,安于蓬山之远,甚至惟恐其移近。在世间,我们朝夕见到的是凡人,就难于做到。但望而不见,怎么补救?于是如佛门之设想彼岸,——那太远,或太渺茫,不如就用土生土长的,曰"神仙"。神仙变幻不测,可以远,但也可以倏忽移到眼前。这样的神仙倏忽移到眼前的故事,我们的文献库中很多,只举两个时间较早,不少男士念念不忘的。其一,抄原文:

汉明帝永平五年,剡县刘晨、阮肇共入天台山取谷皮(一种药材),迷不得返,经十三日,粮食乏尽,饥馁殆死。遥望山上有一桃树,大有子实,而绝岩邃涧,永无登路。攀援藤葛,乃得至上,各啖数枚,而饥止体充。复下山,持杯取水,欲盥漱。见芜菁叶从山腹流出,甚鲜新,复一杯流出,有胡麻饭糁,相谓曰:"此知去人径不远。"便共没水,逆流二三里,得度山出一大溪。溪边有二女子,姿质妙绝,见二人持杯出,便笑曰:"刘、阮二郎捉向所失流杯来。"晨、肇既不识之,缘二女便呼其姓,如似有旧,乃相见忻喜。问:"来何晚邪?"因邀还家。其家铜(筒)瓦屋,南壁乃东壁下各有一大床,皆施绛罗帐,帐角悬铃,金银交错。床头各有十侍婢,敕云:"刘、阮二郎经涉山岨,向虽得琼实,犹尚虚弊,可速作食。"食胡麻饭、山羊脯、牛肉,甚甘美。食毕行酒,有一群女来,各持五三桃子,笑而言:"贺汝婿来。"酒酣作乐,刘、阮忻怖交并。至幕,令各就一帐宿,女往就之,言声清婉,令人忘忧。……(鲁迅《古小说钩沉》辑刘义庆《幽明录》)

其二是唐朝裴铏所写裴航遇仙的故事(见《太平广记》卷五十),原文过长,只好转述:

> 唐穆宗长庆年间,有个秀才名裴航,由武昌回长安。坐船,同船有个樊夫人,很美。裴有爱慕之心,写一首诗,烦婢女送去。夫人不理会。又送珍贵食品,才得相见。夫人说她丈夫想弃官修道,她来此诀别,心灰意冷。其后给裴一首诗,是:"一饮琼浆百感生,玄霜捣尽见云英。蓝桥便是神仙窟,何必崎岖上玉清。"裴不解其意。船到襄阳,夫人没辞别,下船走了。裴各处寻访,没有踪迹,只好回长安。路过蓝桥驿,口渴,想找点水喝。路旁有几间茅屋,一个老妇人在里面缉麻,裴去求。妇人喊:"云英,拿碗浆来。"裴听到"云英"二字,想到樊夫人的诗,很惊讶。接着看见个年轻女子,美极了。裴舍不得走,要求暂住,并表示愿意娶云英之意。妇人说有神仙赠给她仙药,吃了可以长生,但要用玉杵臼捣一百天才可以服用,谁能找来玉杵,就把云英嫁给他。裴请妇人等他一百天。于是回长安,费很大力,花很多钱,终于得到玉杵臼。赶回蓝桥,帮助捣药一百天,妇人吃了仙药,才为他们准备婚事。其后是入山成婚,又见到樊夫人,

才知道她是云英的姐姐云翘夫人,也是仙女。再其后当然是裴航如愿以偿,并得内助,也成了仙。

成了仙,要住仙山。仙山在哪里?白乐天说,"在虚无缥缈间",纵使在其中可以如鱼得水,终是太远了。

远之外,还有个更大的问题,是神话的仙山与想望的蓬山大概性质有别,主要是,蓬山有人间味,仙山远离人世,可能没有吧?人要人间味;请青鸟探看,就为的是这人间味。专就这一点说,仙就不如有血有肉的人。而人,容易蓬山远,所谓"盈盈一水间,脉脉不得语"。怎么办?有的多幻想之士又想出遇仙之外的路,曰白日梦,于是而汤若士写了《牡丹亭·惊梦》,人出现了,一个唱:

没乱里春情难道,蓦地里怀人幽怨。则为俺生小婵娟,拣名门一例、一例里神仙眷。甚良缘,把青春抛的远!俺的睡情谁见?则索因循腼腆。想幽梦谁边,和春光暗流转?迁延,这衷怀那处言!淹煎,泼残生,除问天!

另一个唱:

则为你如花美眷,似水流年,是答儿闲寻遍。在幽闺自怜。

也于是而蒲留仙写了《聊斋志异·画壁》,其中说:

……朱孝廉客都中,偶涉一兰若,殿宇……东壁画散花天女,内一垂髫者拈花微笑,樱唇欲动,眼波将流。朱注目久,不觉神摇意夺。恍然凝思,身忽飘飘,如驾云雾,已到壁上。……遂飘忽自壁而下。

这是梦,优点是易得,缺点是易断,断就顷刻成为一场空,照应题目说,是蓬山似近而实远,可有而常无。

在似水流年中,蓬山能不能"真"近?如果不能,那仙和梦也就成为无源之水。幸而世间是既质实又神秘,有时神秘到实和梦混在一起,成为梦的实,实的梦。东坡词有句云:"天涯何处无芳草?"这是设想实的梦并不难遇。于是,就真可能,有那么一天,在某一个地方,出乎意料,有缘的,就走入实的梦,也就是蓬山倏忽移到眼前。这移近,由霎时看是大易,由毕生看是至难。还有更大的难,是"逝者如斯夫"。逝,可以来于实的变,也可以来于梦的淡。总之,常常是,以为蓬山还在眼前,它却已经远了。这或者也是定命,花开花谢的定命。定命不可抗,但任其逝者如斯也未免可惜。所以还要尽人力,求虽远而换个方式移近。这是指心造的只可自怡悦的诗境,举例说,可以有两种:一是追想蓬山之近,曰"解释春风无限恨";另一是遥望蓬山之远,曰"此恨绵绵无绝期"。虽然都不免于"恨",总的精神却是珍重。珍重来于"有",也能产生"有"。这是自慰呢,还是自欺呢?可以不管。重要的是,既然生,有时就不能不想想一生。而说起一生,日日,月月,年年,身家禄位,柴米油盐,也许不异于在沙漠中跋涉吧?但这些也是"逝者如斯夫",到朱颜变为白发,回首当年,失多于得,悲多于喜,很可能,只有蓬山,近也罢,远也罢,如果曾经闪现,是最值得怀念的吧?如果竟是这样,那就怀念,连远近也不必问了。

梦 的 杂 想

我老伴老了,说话更惯于重复,其中在我耳边响得最勤的是:又梦见什么人在什么地方,清清楚楚,真怕醒。对于我老伴的所说,正如她所抱怨,我完全接受的不多,可是关于梦却例外,不只完全接受,而且继以赞叹,因为我也是怕梦断派,同病就不能不相怜。严冬无事,篱下太冷,只好在屋里写。——不是写梦,是写关于梦的胡思乱想。

古人人心古,相信梦与现实有密切关系。如孔子所说:"久矣吾不复梦见周公",那就不只有密切关系,而且有治国平天下的重大密切关系。因为相信有关系,所以有占梦之举,并进而有占梦的行业,以及专家。不过文献所记,梦,占,而真就应验的,大都出于梦与现实密切相关的信徒之手,如果以此为依据,以要求自己之梦,比如夜梦下水或缘木而得鱼,就以为白天会中奖,是百分之百要失望的。

也许就因为真应验的太少或没有,人不能不务实,把梦看作空无的渐渐占了上风。苏东坡的慨叹可为代表,是:"人间如梦,一樽还酹江月。"如梦,意思是终归是一场空。不知由谁发明,一场空还有教育意义,于是唐人就以梦的故事表人生哲学,写《枕中记》之不足,还继以《南柯太守传》,反复说明,荣华富贵是梦,到头来不过一场空而已。显然,这是酸葡萄心理的产物,就是说,是渴望荣华富贵而终于不能得的人写的,如果能得、已得,那就要白天忙于鸣锣开道,夜里安享红袖添香,连写的事也想不到了。蒲公留仙可以出来为这种看法作证,他如果有幸,棘闱连捷,金榜题名,进而连升三级,出入于左右掖门,那就即使还有写《续黄粱》之暇,也没有之心了。所以穷也不是毫无好处,如他,写了《续黄粱》,纵使不能有经济效益(因为其时还没有稿酬制度),总可以有,而且是大的社会效益。再说这位蒲公,坐在聊斋,写《志异》,得梦的助益不少,《凤阳士人》的梦以奇胜,《王桂庵》的梦以巧胜,《画壁》的梦级别更高,同于《牡丹亭》,是既迷离又实在,能使读者慨叹之余还会生或多或少的羡慕之心。

人生如梦派有大影响。专说梦之内,是一般人,即使照样背诵"久矣吾不复梦见周公",相信梦见就可以恢复文、武之治的,几乎没有了。但梦之为梦,终归是事实,怎么回事?常人的对付办法是习以为常,不管它。自然,管,问来由,答,使人人满意,很不容易。还是洋鬼子多事,据我所知,弗罗伊德学派就在这方面费了很多力量,写了不少这方面的文章。以我的孤陋寡闻,也买到过一本书,名《论梦》(*On Dream*)。书的大意思,人有欲求,白日不能满足,憋着不好受,不得已,开辟这样一个退一步的路,在脑子里如此这般动一番,像是满足了,以求放出去。这种看法也许不免片面,因为梦中所遇,也间或有不适意的,且不管它;如果可以成一家之言,那就不能不引出这样一个结论:梦不只是空,而且是苦。因为起因是求之不得。

这也许竟是事实。但察见渊鱼者不祥,为实利,我以为,还是换上另一种眼镜看的好。这另一种眼镜,就是我老伴经常戴的,姑且信(适意的)以为真,或不管真假,且吟味一番。她经历简单,所谓适意的,不过是与已故的姑姨姐妹等相聚,谈当年的家常。这也好,因为也是有所愿,白日不得,梦中得了,结果当然是一厢欢喜。我不懂以生理为基础的心理学,譬如梦中见姑姨姐妹的欣喜,神经系统自然也会有所动,与白日欣喜的有所动,质和量,究竟有什么不同?如果竟有一些甚至不很少的相似,那我老伴就胜利了,因为她确是有所得。我在这方面也有所得,甚至比她更多,因为我还有个区别对待的理论,是适意的梦,保留享用,不适意的,判定其为空无,可以不怕。

但是可惜,能使自己有所得的梦,我们只能等,不能求。比如渴望见面的是某一位朱颜的,迷离恍惚,却来了某一位白发的,或竟至无梦。补救之道,或敝帚化为千金之道,是移梦之理于白日,即视"某种"适意的现实,尤其想望,为梦,享受其迷离恍惚。这奥秘也是古人早已发现。先说已然的"现实"。青春浪漫,白首无成,回首当年,不能不有幻灭之感,于是就想到"过去"的适意的某一种现实如梦。如杜牧的"十年一觉扬州梦",周邦彦的"沉思前事,似梦里,泪暗滴",就是这样。其后如张宗子,是明朝遗民,有商女不知之恨,这样的感慨更多,以至集成书,名《陶庵梦忆》和《西湖梦寻》。再说"想望"。这虽然一般不称为梦,却更多。为了避免破坏梦的诗情画意,柴米油盐以至升官发财等与"利"直接相关的都赶出去。剩下的是什么呢?想借用彭泽令陶公的命名,是有之大好、没有也能活下去的"闲情"。且说这位陶公渊明,归去来兮之后,喝酒不少,躬耕,有时还到东篱下看看南山,也相当忙,可是还有闲情,写《闲情赋》,说"愿在衣而为领,承华首之余芳",等等,这就是在做想望的白日梦。

某些已然的适意的现实,往者已矣,不如多说说想望的白日梦。这最有群众基础,几乎是人人有,时时有,分别只在于量有多少,清晰的程序有深浅。想望,不能不与"实现"拉上关系,为了"必也正名",我们称所想为"梦思",所得为"梦境"。这两者的关系相当奇特,简而明地说,是前者总是非常多而后者总是非常少。原因,省事的说法是,此梦之所以为梦。也可以费点事说明。其一,白日梦可以很少,很渺茫,而突如其来,如忽而念及"雨打梨花深闭门",禁不住眼泪汪汪,就是这样。但就是眼泪汪汪,一会儿听到钟声还是要去上班或上工,因为吃饭问题究竟比

1998年夏于香河农家院

1998年5月4日与夫人一同参加北大百年校庆活动

不知在哪里的深闭门,既质实又迫切。这就表示,白日梦虽然多,常常是乍生乍灭,还没接近实现就一笔勾销了。其二,还有更重要的原因,是实现了,如有那么一天或一时,现实之境确是使人心醉,简直可以说是梦境,不幸现实有独揽性,它霸占了经历者的身和心,使他想不到此时的自己已经入梦,于是这宝贵的梦境就虽有如无了。在这种地方,杜老究竟不愧为诗圣,他能够不错过机会,及时抓住这样的梦境,如"夜阑更秉烛,相对如梦寐"所写,所得真是太多了。

在现实中抓住梦境,很难。还有补救之道,是古人早已发明、近时始明其理的《苦闷的象征》法,即用笔写想望的梦思兼实现的梦境。文学作品,散文、诗,尤其小说、戏剧,常常是要这样的把戏,希望弄假成真,以期作者和读者都能过入梦之瘾。这是妄想吗?也不然,即如到现代化的今日,不是还不难找到陪着林黛玉落泪的人吗?依影子内阁命名之例,我们可以称这样的梦为"影子梦"。

歌颂的话说得太多了,应该转转身,看看有没有反对派。古今都有。古可以举庄子,他说"至人无梦"。由此推论,有梦就是修养不够。但这说法,恐怕弗罗伊德学派不同意,因为那等于说,世上还有无欲或有而皆得满足因而就不再有求的人。少梦是可能的,如比我年长很多、今已作古的倪表兄,只是关于睡就有两事高不可及:一是能够头向枕而尚未触及的一瞬间入睡,二是常常终夜无梦。可是也没有高到永远无梦。就是庄子也没有高到这程度,因为他曾梦为蝴蝶。但他究竟是哲人,没有因梦而想到诗意的飘飘然,却想到:"不知周之梦为胡蝶与?胡蝶之梦为周与?"跑到形而上,去追问实虚了。道不同不相为谋,我们只好不管这些。

今的反对派务实,说"梦境"常常靠不住,因而也就最好不"梦思"。靠不住包括两种情况:一是"当下",实质未必如想象的那么好;二是"过后",诗情画意可能不久就烟消云散。这大概是真的,我自己也不乏这样的经验,不过话又说回来,水至清则无鱼,至清也是一种梦断。人生,大道多歧,如绿窗灯影,小院疏篱,是"梦"的歧路,人去楼空,葬花焚稿,是"梦断"的歧路,如果还容许选择,就我们常人说,有几个人会甘心走梦断的歧路呢?

神异拾零

还是上小学时候,我住在农村。功课松散,有空闲就看小说。历史的,如《三国演义》;人情的,如《今古奇观》;侠义的,如《七侠五义》,都喜欢看,但觉得最有意思的还是《聊斋志异》。这部小说,正如书名所示,所记都是异事,可是不知为什么,总感到它能够容纳更多的遐想,与自己的生活更接近。像《连琐》,夜深人静,在墙外念"元夜凄风却倒吹"的诗;《黄英》,秀丽,精明,却是菊花所变;《湘裙》,下世之后,仍然可以柴米油盐,生儿育女:如果我们住的世间真是这样,会多有意思。

那时候还没有接触所谓科学,心目中的世界,用尺量自然很小,不要说河外星系,就是太阳系也所知很少。但这是从所谓科学方面看;要是从诗情的想象方面看,情况就会恰好相反,而是那时候的世界大得多,复杂得多。正像《聊斋志异》所写的,就在不远的墙外、途中,也许有连琐,有黄英。总之,在柴米油盐之外,飞禽走兽之外,还有个藏有不可知的无限奥妙的境界,这境界会供给我们意想不到的机遇,因而就容许我们驰骋遐想。

现在想来,是借了"不科学"的光,那时候还相信《聊斋志异》的"异"是实有的,虽然也知道不是容易碰到的。我有过幻想,有时甚至很迫切,希望不远的哪一天,也会遇见《聊斋志异》的异。可惜,这异总是迟迟不来。村里有两座庙。偏东是土地庙,很矮小,要弯着腰才能走进去。但据说很必要,土地爷和小鬼都住在里面,村里无论谁死了,魂灵都要在那里暂住,然后转往阴曹地府。偏西是关帝庙,一间宽敞的大屋,坐北朝南,关帝坐在上面,靠后;前面右方立着白脸的关平,左方立着黑脸的周仓。大部分神异传说与这两个庙有关,如周仓夜里持大刀出来,土地爷派小鬼拘人等等,可是我都没有遇见过。与庙无关的传说也有一些,如九奶奶跳神,神灵显迹,一个张家的少女被黄鼠狼迷住,等等,我也没见过。亲自经历的异,当时信以为真的只有两次。一次是祖父病重,家里慌作一团,夜里二更左右让我到东边一二里的镇上去买药。我去,路过镇西门外往南的大桥旁,听见桥那里有人说话,一个问什么时候前往,另一个说后半夜。我那时候还迷信,联想到祖父的病,觉得毛骨悚然。很巧,祖父就真在这一夜死了。另一次,是听说夜里村南野地常有狐仙灯出现,我也去看。几个人立在村边向南瞭望,等了一会儿,忽然一个圆亮光,如人头大小,离地面一两丈,自西向东,平稳而很快地流动,走了很远才消失。

连琐、黄英之类的异终于没有遇见,很遗憾。不久就离开家,到外面上洋学堂,离黑脸周仓越来越远了。仍然喜欢杂览,可是读物换了另一套,绝大多数是务实的,即西方传入的新知识。包括各个方面,由讲天界的哥白尼到讲生物的达尔文。时代也长得很,由亚里士多德到爱因斯坦。总之,上天下地,五花八门,合在一起,像是可以一言以蔽之,是告诉我,己身和己身以外,即所谓我们的世界,原来是这么回事。我们是住在像是有严格规律的世界里,这样的世界,规律之上有个"大异",就是为什么会有规律,是直到现在我们还不清楚。规律之下,什么异也没有,月出日落,水流就下,吃饭睡觉,由幼变老,直到人死如灯灭,一切都是干巴巴的。有时遇见像是异,其实用科学知识一解释就毫不稀奇。大自然铁面无私,想找奇迹,没有;想跳出去,不可能。

这是科学。科学是进步的,既已进步,退回去总是办不到了。但是遐想之情却难于完全破灭,因而有时候想到少年时期心中的异,化为空无,未免有些惋惜。有两件事可以说明这种惋惜的心境。一次是四十年代初,当时住在北京鼓楼以西,东邻是个佛寺,寺前有个常常淹死人的池塘,因而有水鬼找替身的传说。有一天,我中夜回家,远远看见一个妇女坐在寺前的道旁,背对着池塘。如果在昔年,我会相信这是《聊斋志异》的异,大概要很怕吧?可是还是科学知识占了上风,我确信她不是鬼,于是平静地从她身旁走过去。这"平静"表示神异世界的消亡。另一次是七十年代,住在北京西郊,地震之后,独自住在湖边的地震棚中,夜里,明月窥窗,蟋蟀哀吟,境界正是《聊斋志异》式的,可是棚外总是寂然。很无聊,曾诌一首打油诗云:"西风送叶积棚阶,促织清吟亦可哀。仍有嫦娥移影去,更无狐鬼入门来。"狐鬼不来,心情枯寂,我不禁想起儿时所见的狐仙灯;只是现在,即使看见,我也不信它真是狐仙所变了。

彗　　星

我喜欢读英国哲学家罗素(1872—1970)的著作,因为就是讲哲理范围内的事物,也总是深入浅出,既有见识,又有风趣,只有板起面孔讲数理逻辑的两种(其中一种三卷本的与白头博士合著)例外。这位先生兴趣广泛,除了坐在屋里冥想"道可道""境由心造"一类问题之外,还喜欢走出家门闲看看,看到他认为其中藏有什么问题,就写。这就难免惹是生非。举例说,一次大的,是因为反对第一次世界大战之战,英政府让步,说思想自由,难得勉强,只要不吵嚷就可以各行其是,他说想法不同就要吵嚷,于是捉进监狱,住了整整半年。就我所知,还有一次小的,是租了一所房子,很合心意,就要往里搬了,房主提出补充条件,是住他的房,要不在那里宣扬某种政治主张,于是以互不迁就而决裂。这是迂,说通俗些是有那么点别扭劲儿。别扭,缺点是有违"无可无不可"的圣人之道;优点是这样的人可交,不人前一面,人后一面。话扯远了,还是言归正传,说彗星。是一九三五年,罗素又出版了一本书,简名是《赞闲》(商务印书馆曾出版译本),繁名是《赞闲及其他》,因为除第一篇《赞闲》之外,还收《无用的知识》等十四篇文章,其中倒数第二篇是《论彗星》。这里应该插说两句,是《赞闲》和《无用的知识》两个题目会引起误解,其实作者的本意是,应该少一些急功近利,使闲暇多一些,去想想,做做,比金钱虚而远却有真正价值至少是更高价值的事。

以下可以专说彗星了。且说罗素这篇怪文,开篇第一句是:

"如果我是个彗星,我要说现代的人是退化了。"(意译,下同)现代的人比古人退化,这是怎么想的?他的理由是,由天人关系方面看,古人近,现代人远了。证据有泛泛的,是:住在城市,已经看不见充满星辰的夜空;就是行于村野,也因为车灯太亮,把天空隔在视野之外了。证据还有专属于彗星的,是:古人相信彗星出现是世间大灾难或大变异的预兆,如战争、瘟疫、水火等,以及大人物如恺撒大将、罗马皇帝的死亡;可是十七世纪英国天文学家哈雷发现哈雷彗星的周期,其后又为牛顿的引力定律所证明,彗星的神秘性完全垮了。他慨叹说:"与过去任何时代相比,我们日常生活的世界都太人工化了。这有所得也有所失。人呢,以为这就可以稳坐宝座,而其实这是平庸,是狂妄自大,是有点精神失常。"

罗素自己也是科学家,大概是干什么嫌什么,所以在这里借彗星发点牢骚,其意若曰:连天都不怕了,还可救药吗?可惜他没有机缘读《论语》,否则发现"畏天命"的话,一定要引为知己吧?但也可能不是这样,因为让他扔掉科学,必是比扔掉神秘性更难。所以折中之道只能是走老新党或新老党的路,在定律和方程式中游荡累了,改为看看《聊斋志异》一类书,短时间与青凤、黄英为伴,做个神游之梦,以求生活不全是柴米加算盘,或升一级,相信沙漠中还有绿洲,既安慰又得意,如此而已。罗素往矣,青凤和黄英也只能想想,所以还是转回来说彗星。罗素在这篇文章里说,多数人没见过彗星;他见过两个,都没有预想的那样引人入胜。见彗星而不动心,显然正是因为他心里装的不是古人的惊奇,而是牛顿的定律,可怜亦复可叹。且说他见的两个,其中一个当是一九一〇年出现的哈雷彗星,这使我想到与这个彗星的一点可怜的因缘。

我生于一九〇九年初,光绪皇帝死,慈禧皇太后死,宣统皇帝即位,三件所谓大事之后不久,哈雷彗星又一次从地球旁边溜过之前一年多。就看哈雷彗星说,这样的生辰是求而难得的,因为如果高寿,就有可能看到两次(哈雷彗星七十六年绕日一周)。即如罗素,寿很高,将近一百,可是生不逢时,就难得看到两次,除非能够活到超过一百一十五岁。不久前才知道,彗星的可见度,与相对的位置有关。北京天文馆的湛女士告诉我,一九一〇年那一次位置合适,彗星在天空所占度数是一百四十,天半圆的度数是一百八十,减去四十,也总可以说是"自西徂东"了。这样的奇观,推想家里人不会不指给我这已经能够挣扎走路的孩子看看,只是可惜,头脑还没有记忆的功能,等于视而不见了。

不知是得懒的天命之助还是勤的磨练之助,到一九八七年哈雷彗星又一次光临的时候,我竟还能够出门挤公交车,闭户看《卧游录》。于是准备迎接这位稀客,以补上一次视而不见的遗憾。后来看报上的介绍,才知道这一次位置不合适,想看,要借助天文望远镜的一臂之力。有一天遇见湛女士,谈起看而不能单靠肉眼的事,她有助人为乐的善意,说可以安排哪一天到天文馆去看。我既想看,又怕奔波,最后还是禅家的"好事不如无"思想占了上风,一拖再拖,彗星过时不候,终于有看的机会而没有看,又一次交臂失之。

幸而在这一点上我超过罗素,竟还有另一次看的机会。那是一九七〇年春夏之际,我远离京城,在明太祖的龙兴之地,干校中接受改造的时候。有一天,入夜,在茅茨不剪的屋中,早已入梦,听到院里有人吵嚷"看彗星"。许多人起来,出去看。吾从众,也出去看。一个白亮的大家伙,有人身那样粗,两丈左右长,横在东南方的夜空中。因为是见所未见,虽然心里也存有牛顿定律,却觉得很引人入胜。还不只心情的入胜,不知怎么,一时还想到外界自然的必然和自己生命的偶然,以及辽远的将来和临近的明日,真说不清是什么滋味。这个彗星像是走得并不快,记得连续几夜,我怀着无缘再见的心情,入睡前都出去看看。想知道它的身世,看报纸,竟没有找到介绍的文章。直到十几年之后,承湛女士相告,才知道它的大名是白纳特。

万没有想到,这与天空稀客的几面会引来小小的麻烦。这也难怪,其时正是四面八方寻找"阶级斗争新动向"的时候,像我这样的不得不快走而还跟不上的人,当然是时时刻刻如临深渊,如履薄冰,想在身上发现"新"不容易;而这位稀客来了,轻而易举就送来"新"。上面说"吾从众",这"众"里推想必有所谓积极人物,那就照例要客观主义地向暂依军队编制的排长报告:某某曾不止一次看彗星,动机为何,需要研究。排长姜君一贯嫉恶如仇,于是研究,立即判定这是阶级斗争新动向。其后当然是坚决扑而灭之。办法是惯用的批判,或批斗。是一天早晨,上工之前,在茅茨不剪的屋里开会,由排长主持。我奉命立在中间,任务是听发言。其他同排的战友围坐在四方,任务是发言,还外加个要求,击中要害。所有的发言都击中要害,这要害是"想变天"。我的任务轻,因而就难免尾随着发言而胡思乱想。现在回想,那时的胡思乱想,有不少是可以作为茶余酒后的谈资的,如反复听到"变天",一次的胡思乱想严重,是,如果真有不少人想变天,那就也应该想一想,为什么竟会这样;一次的胡思乱想轻松,是,如果我真相信彗星出现是变天的预兆,依照罗素的想法,那就是你们诸君都退化了,只有我还没有退化。这种诗意的想法倏忽过去,恰巧就听到一位战友的最为深入的发言,是想变天还有深的思想根源,那是思想陈腐,还相信天人感应。直到现在我还不明白那时候是怎么想的,也许有哈雷、牛顿、罗素直到爱因斯坦在心里煽动吧?一时忍不住,竟不卑不亢地驳了一句,"我还不至于这样无知!"天下事真有出人意料的,照常例,反应应该是高呼"低头!""抗拒从严!"等等,可是这回却奇怪,都一愣,继以时间不太短的沉寂。排长看看全场,大概认为新动向已经扑灭了吧,宣布散会。

住干校两年,结业,有的人做诗,有"洪炉回首话深恩"之句。我也想过,关于洪炉云云,所得似乎只有客观主义的一句,改造思想并不像说的和希望的那样容易。但我也不是没有获得,那是思想之外的,就是平生只有这一次,真的用自己的肉眼看到货真价实的彗星。——如果嫌这一点点获得太孤单,那就还可以加上一项,是过麦秋,早起先割麦,然后吃早点,有一天有算账的兴趣,一两一两数着吃,共吃了九两。这是我个人的饮食大欲的世界记录;现在呢,是一整天也吃不下这些了,回首当年,不能不慨叹过去的就真不复返了。

才女·小说·实境

我幸或不幸,是宝二爷所谓泥做的,因而有机会说说道道,涂涂抹抹,脚就不能不站在泥上,化比喻为直说,即不能不男本位是也。但语出于男,正如室内的小方凳,街头的大轿车,闺中的玉人也未尝不可以利而用之。这是说,我写的那些不三不四的,其中的情理,如果有,至少主观上,是通用于泥和水的。这一回,看题目就可以感到,要破例,不只脚站在泥上,心也要倒向泥,直截了当说,是想,出于男的一面之私,写,为了男的一面之利。那么,是不是可以说,如果这样的文也可以问世,是专供男士看的?我想是可以这样说。接着一个问题就来了,如果有多事的女士也赏以慧目,怎么办?也就只好由她看,因为我们的法治还没有某种印刷品只许男性看或女性看的规定。那么,看之后不会出现某些不愉快的情况吗?女士的心总是很难测定的。那就只能脚踩两只船:一只是部分悲观的,有些(比例如何,只有天知道)女士自知非才女,因而浮沉一世,没有得到希望的什么,不免于遗憾;另一只是全部乐观的,所有女士,浮沉一世,看到过温馨的脸色,听到过温馨的话语,于是自信己身必是才女。如果闺中的玉人都上这后一只船,那就好了。但是可能吗?已经拿起笔,不能俟河之清,只好且说自己的胡思乱想。

由何以会胡思乱想到才女说起。原因有深远的,以不追问为好,因为穷追不舍,就会走入宋儒天理与人欲之分的死夹道。且说临近的,是翻阅《清代闺阁诗人征略》,又碰到乾嘉时期陈基

(苏州人,号竹士)的先后两位夫人金逸和王倩,记得《随园诗话》也提到这几个人,旧识(志)加新知,印象就特别深。金逸是苏州人,有名的美女,林黛玉式的,娇弱,字也如其人,是纤纤,有才,能诗,虚岁二十五就死了,所谓不许人间见白头,留有诗集名《瘦吟楼集》。王倩是绍兴人,不见得有金逸那样娇艳,却也有才,不只能诗,而且善画,也没有活到上寿,留下的作品有《问花楼诗钞》和《洞箫楼词》。印象深,一部分来由是想到陈基的机遇。天生一些才女不希奇,两次娶,入室的都是才女,竟这样受到上帝的关照吗?这使我想到人生,想到命运,想到幻想,想到苦乐,想到绝望和眼泪,等等,心情乱杂,最后剩下的是一些怅惘。怅惘由才女来,干脆让笔跑一次野马,写才女及其相关的种种。

何谓才女?估计也是时移则世异。新潮,我不亲近,不懂,比如是否要包括能在卡拉 OK 如何如何,我不知道;不知为不知,只好说旧时代的。一,或说最基本的,要长得美。记得西方某哲学家说过,美是上帝给予女性的最有力的武器;武器加有力,其结果自然是战无不胜,攻无不克。这情况是自古而然,于今为烈,于是而美加风头,就很容易换来高名和大利。还是回到旧,说第二个条件是多艺,会诗词歌赋,或兼会琴棋书画;如果出身不高,沦为伺候人的,就还要能歌善舞。像是还要有个性格方面的条件,温顺;但也可以不提,因为经过几千年的礼教的调养,这温顺的性格已殆等于与生俱来。那就只说前两个,美和多艺。美,根据目验或统计,大概都不容易。我有时想,这或者也是不信《旧约·创世记》的一个有力的理由,因为上帝既然全知全能全善,为什么造女人不求都是美的,至少多数是美的?事实是上帝且无能为力,女士,揽镜自知不足,男士,高不成而低就,也就只能徒唤奈何了。多艺半靠天,所谓才,半靠人,所谓学,也不易。天,没有什么可说的,只说后天的学。旧时代,男性学文化的机会也是少数人有;女性,无才便是德是个限制,不能到家门以外的场面活动是又一个限制,学,至于登高能赋,就太难了。此外还有个原因,是有而未必能传,如春花之自开自落,也就等于无了。语云,物以稀为贵,所以提起才女,男士,除了修佛门的不净观而真有成就的以外,心不随风动幡动,如止水,就更是太难了。

但我们还是要歌颂帝力之大,才女虽然罕见,以华夏而论,地大年久,著于竹帛的,为数也不很少。作为举例,只说眼下在我的脑海里出现的。最早也许是班昭吧?因为有个好爸爸班彪,好哥哥班固,就成就大,续成《汉书》。这是多艺,具备第二个条件;第一个呢,可惜不能如现在的什么星,可以通过各种渠道把眉细唇红之容送到有眼福的人的面前。但是古语有云,"君子成人之美",如果我们不甘于下降为小人,也就只好把美名送给班昭这样的人了。准此例,对于曾漂流于异域的蔡文姬,我们也只好这样看,说她美而多艺,是才女。才女,不幸如王昭君,可惜。这就要颂扬曹孟德,他一生做好事不多,把蔡文姬赎回来这件事却是应该大书特书的。这之后就来了才貌都没问题的谢道韫,才有咏雪的"柳絮因风起"为证,貌有看不起出于名门(王羲之之子)的王郎(王凝之)为证。再之后,有大名的杨玉环大概不能算,因为赏牡丹,"解释春风无限恨,沉香亭北倚阑干"的诗句要找李白作。鱼玄机、薛涛之流要算,尤其薛涛,因为与风尘有了牵连,不少男士就更加觉得有意思。以后来了有大名的李清照,传世词有"人比黄花瘦"之句,总不会过于丰满需要减肥吧,这是第一个条件,美,大致不成问题。第二个条件多艺更不成问题,因为不只有词作《漱玉词》传世,而且直到现在,女士填词的成就,还要推她为第一位。可惜也是佳人薄命,赶上宋徽宗之流不争气,要弃家南逃,之后是珍藏丧失,丈夫命尽,以至于在江南多处流浪,最终嫁个不如意的张汝舟(一些好心人不承认有此一幕)。这也可以不管,反正她是有高成就的才女,是无数男文士难于忘怀的。再之后是蒙古入主中原,主的年代不长,可是值得说说的才女也颇有一些。从俗,眼往上看,珠帘秀、谢天香之流就不提了,只说一位出于名门、嫁于名门的,是管仲姬(名道昇)。推想她也通诗词。非推想而有确证的是书法、绘画都造诣高,作品,玩古董的至今仍视为珍宝。这位佳人不薄命,嫁个比她造诣更高的,赵孟𫖯。再之后一跳就到了晚明,礼教的绳子更粗、捆得更紧了,才女是名也难得出闺门,于是风头就只好让给以秦淮河房为主流的风尘女子。例外自然也有,如吴江叶小鸾,甚美而能诗,可惜天不假以年,虚岁十七就死了。为多贪多嫉的大量男士着想,这也好,免得入他人之门,心里萌发难以言传的哀愁。还是说风尘女子,余怀《板桥杂记》写了不少,为节省笔墨和精力,我想只说个《板桥杂记》以外的,柳如是。为这位,我写过文章,因为她的才使人不能不倾倒。出身婢女、妓女,二十岁上下,诗词成家,书札可以比晋人杂帖,其成就,简直是有教育家头衔的人也不能解释的。才高的另一证是走访半野堂,震动了当时学和笔都执牛耳的钱牧斋。其后是东山酬和,为她筑我闻室,有情人很快成为眷属。我后生将近三百年,不隐瞒观点,对于这位河东君,笔下说不少钦慕的话。她是女的,慕,还不忘程朱陆王的正人会以为不妥吧?为辩解,我想拉一位大牌子挡箭,那是陈寅恪先生,他写《柳如是别传》,三卷,八十万言,我只是一篇,几千字耳。到此,才女,旧时代的,已经写了不少。想结束,忽然又跳出一位,顾太清,是欲不写而不得。何以不得?因为她很美,有不少目见者的笔录为证;多艺,有传世的诗作《天游阁集》和词作《东海渔歌》为证。还可以加个旁证,是据说,多才与艺的龚定盦也不免于"仁者心动"。动,又有何用!"侯门(奕绘)一入深如海",与若干"前不见古人"的后来者一样,都是遐想联翩;最后只能徒唤奈何而已。

往者不可见,且放过,改为说现代的。这就变为难于下笔,因为更多闻而加一些亲见,数量变大,单说取舍,也就不易。不得已,又只得用一次大题小作之法,想只说两位,林徽因和陆小曼。碰巧,两位都同徐志摩有瓜葛。徐志摩,很多人都知道,是有名的才子,写诗、写散文,都充满浪漫气,许多比他年轻的才子,还有佳人,爱读。他使君有妇,但如温源宁所说,永远是孩子,爱美,想飞。在西方遇见林徽因,在东方遇见陆小曼,都思而慕之。林徽因是罗敷自有夫,梁思成,出身于名门(梁启超),而且是建筑学的同业,也就只好发乎情,止乎礼义。陆小曼,据说是已字的,但赤诚能感动上天,况地上之人乎,多磨多磨,好事也就成了。不幸是终于好景不常,在三十年代初,一次由上海飞北京,飞机失事,就真如诗中所遐想,飞了。这两位才女我都没见过,可是她们生在有照相机的现代,我见过照片。美不美?窃以为或后于顾太清,因为顾是存于想象中,这两位挑帘出场,想象就帮不上忙了。因此就获得一个规律,或经验,美人如环肥燕瘦,不留下写真或小照也不无好处,是给世间多留一些想象美。

　　想象,连言内也有望而不可即之义。本师释迦牟尼佛四圣谛法列"苦"为第一,理由不只一端,我想,这望而不可即必是重要的一端,尤其对于男士。更可悲的是念完"是诸法空相"之后,还不扔开想象。岂止不扔开,还会火上浇油,比如这只手推开《板桥杂记》,那只手就拉来另一种记,《石头记》,继续做红楼之梦。这是找才女,扩大了地盘,由史部而走入小说家者流。小说中的才女,更可望而不可即,是不优越的一面。但也有优越的一面,是小说家造人,有比上帝还多得多的自由,比如也可能只是中人,走《太平广记》的路子,就可以说"天人也""艳绝"之类,走话本的路子,就可以说"有沉鱼落雁之容,闭月羞花之貌",反正没有对证,看客也就只好信,也乐得深信不疑。在这方面,曹公雪芹确是大手笔,用小毛锥建筑个园子,其中布置那么多才女,描画,多靠才女自己的言行加性情。于是上上下下,也分阶级,多少钗,就如搬上舞台,或请到室内,未语先謦了。这是曹公雪芹给他的无数的同根(意为出淤泥而染)送来的厚礼。礼者,可以享用也。如何享用?只说一次亲见而高消费的:泥做的数人,聚坐,异想天开,说可以任意从大观园里娶一位,抓阄,数码靠前的先说。依次选定的是湘云、宝钗、可卿、妙玉、平儿、香菱;黛玉和凤姐落选,问理由,是不敢和惹不起。对于凤丫头,我不想说什么;黛玉落选,原因是不敢,我深为赞赏,因为都有自知之明。才女就是这样,想象,可以,思而慕之,也可以,难得更近,盖如杜工部诗所云,"此曲只应天上有,人间那(哪)得几回闻"也。

显然,人是只能住在人间的,对于才女,想象,或更进一步,想望,都既不违法,又不违天理人情。不过说到化蝶梦为实境,那就不能不感慨系之。感慨,是想到机遇的力之大,可怕。人生只此一次,不管出门如何颠簸,入门有画有诗,这样的良机也许不及万分之一吧?这就使我又想到陈竹士,据说他与续娶的夫人王倩相伴,室内挂一副对联,词句是:"几生修得到,何可一日无。"意思是居然得到,也就离不开。此亦一境也,在他是"实";他以外的人呢,大多是修而不到,也就只能安于无。每念及此,回首前尘,不禁为之三叹。照应开头,叹仍是男本位,水做的诸位,尤其才女,或不以过贪而嗤之以鼻乎,则幸甚矣。

在书房

在书房写作（1998年12月）

无　题

　　一位比我年岁大的朋友来信,说今冬身体不好,有时卧床,想到与"老"有关的一些问题,觉得佛家列老为四苦之一,还未免把情况看得太简单了,即如他,所感到的常常不是苦,而是难,至于怎么难,也很难说。我复信,说也有此种无着落之感,对付的办法只能是祖先留在俗话里,"耳不听,心不烦",换个全面而精确的说法是:尽力求不见,不闻,不思,顺日常生活习惯之流而下。信发了,静坐一会儿,"思"不听话,硬找上门,才发现复信所云,即使不好说是自欺欺人,也总是站不住脚了。想得很多,于是旧病复发,也想说说。拿起笔,先要标题,为了难。浮到心头的有一些,如"老者安之",近于吉祥话,不合适,"关于老年的想望和实行的两歧",过于缠夹,又字数太多,也不合适,"大红牌楼之梦",离诗太近,离实际太远,又点不能代面,更不合适,总之,难于找到个合意的。正在此时,灵机一动,忽然想到玉溪生,于是学他以无题表难说的妙法,也以"无题"为题。不过题虽无,内容却有个大致的轮廓,是围绕着老的难而胡思乱想。能够想出一些道道,当然好;不能,摸摸底,甚至知难而退,也好。

　　关于老,也和其他许多事物一样,在想想、说说、写写的范围内是一回事,在现实范围内是另一回事,前者容易而后者难。容易的也可以说说。《庄子·大宗师》说:"大块载我以形,劳我以生,佚我以老,息我以死。"其中说到老,认为可以换来"佚",很乐观。真是这样吗? 这要看所谓佚是指什么。庄子把佚放在劳之后,可见所谓佚是指"不劳累",其意是子孙成了人,把生产重担接过去,自己就可以闲散享清福了。佚还有"安"义,性质或所求就高多了。安有身心之别:身安是没有被动的劳累,没有病苦;心安难说,不得已,只好用一句废话形容,是感到这样正好,不再希求什么。但身心紧密相连,身不安必致成为或表现为心不安,所以昔人说所求,常常不提身而只说心安理得。为了化复杂为简单,我们无妨把佚的二义分开,说不劳累义主要指身,安义主要指心。这样,用现实来衡量佚我以老说法的对错,显然,用不劳累义,对的可能性就大一些,但也不能完全对,因为世间很复杂,就是有了退休(高级的曰离休)制度的现在,也总会有老了还不能不靠劳动挣饭吃的;用安义,对的可能性就小多了,因为,上上人物如曹公孟德,还不能忘怀于分香卖履,等而下之的凡人就更不用说了。这其间还有个情况,也要说一下,是老与死关系近,于是随着老而来的就常常不是佚,而是怕,怕一旦撒手而去,黄金屋、颜如玉,都成为一场空。不过,依我们神州的传统,死是必须忌讳的,这里也就只好说与死无关的老。可以不劳累了,或说有了佚的条件,而心偏偏不能佚,如我那位朋友,我,以及无数的同道那样,怎么办?或至少是,怎么解释?

理论上或想象中,心安可以有两种状态,虚和实;虚是无所想,比喻说,寂然不动,所得自然是安然;实是有所想,而且是专注于什么,这就成为不游移的定,所得是另一种安然。昔日的圣哲,有不少是推重前一种安的,《诗经》说的"不识不知,顺帝之则",老子设想的"虚其心,实其腹",禅宗设想的"自性清净",都可以归入这一类。但这种心理状态,近于无梦的睡,可能吗?证验,很难。例如十几年前,我在张家口,秋阳以曝之的时候,多次看到,五六位男老人坐在街头商店的檐下,不视不语,安静如参禅,我曾想,这大概就是老子所向往的虚其心吧?但继而一想,也可能不是这样,因为人不可貌相,比如其中的某一位,也许正在为儿媳的发脾气而烦恼,那就是身似安而心很不安了。总之,至少就得天不独厚的人说,求心安,走虚的这条路是既大难又没有把握的。

实的路呢?有多种。想分为两类,曰进取,曰保守。先说进取型的,可以名为"老骥伏枥"。孔孟所代表的儒家走这一条路,不服老,所以说"不知老之将至",要"知其不可而为"。为,心有所注,有时还会想到有志竟成之后的所得,总可以心安了吧?儒门之外,走这条路的也是无限之多。廉颇流亡到魏国,"一饭斗米,肉十斤,被甲上马,以示尚可用。"这英风使千年后的辛稼轩还不禁感慨系之,写词发问:"廉颇老矣,尚能饭否?"书呆子不能金戈铁马,至死眼不离书,手不离笔,走的也是这一条路。再说保守型的,是为可有可无之事,以遣退休之生。这也是古已有之,但今日成为遍地皆是。花样有多种:守旧派可以坐着下棋,走着摇画眉鸟笼,或者兴之所至,哼几句京戏;维新派可以穿上老年时装,排入什么队,跳老年迪斯科,甚至唱几句流行歌曲。语云,无癖不可以为人,又云,好者为乐,得其乐,也就可以心安了吧?但是情况并不这样简单。如廉颇、辛稼轩,虽然志在千里,实际却是壮志未酬,未酬,显然心就不能安。退一步讲,就是壮志酬了,如汉高祖,回首当年,也不是事事如意,可见仍是心不能安。养鸟、跳迪斯科等等也是这样,尤其意在借此以淡化心烦的,常常是,表面看,不愁衣食,福寿双全,实际却是"家家有一本难念的经"。

这样,虚,实,当做治疗心不安的药,就都不能有特效。原因何在?形而上的,难说。只说形而下的,再缩小,只说寸心知的。病源可能不止一种。俗语说,好汉不提当年勇。但是很遗憾,常常是难忘当年勇。"众芳芜秽,美人迟暮之感",重则会引来眼泪,轻也会引来心不安。当年,舍不得,还是消极一面,力之小者。还有力之大者,积极一面的,那就厉害多了,是一种缥缈而又粘着的难以名言的想望,在心头,甚至在梦里,徘徊,寻,不得,逐,不去,于是迫压反而成为一种空虚感。感是收,紧接着是放,成为情,也许就是爱菊的陶公之所谓"闲情"吧?其性质,难言,表现于外却不难把捉,是重则为悲伤,轻则为怅惘,总之是表现为心不安。

怎么办?我的私见,是不宜于用大禹王的尊人鲧的办法,堵而塞之。要疏导,也就是容许这种想望存在,甚至驰骋。想望是有所求,即使是缥缈的,这在老年,合适吗?孔子说:"君子有三戒:少之时,血气未定,戒之在色;及其壮也,血气方刚,戒之在斗;及其老也,血气既衰,戒之在得。"这是提倡谦受益,反对有所求。其实又不尽然。理由有释义的,是他所谓"得"的对象,指与"利"有关的,闲情的所求与利无关,或关系很小。理由还有举事的,是他夫子自道,说"吾与点也",所与是"莫(暮)春者,春服既成,冠者五六人,童子六七人,浴乎沂,风乎舞雩,咏而归",这也是缥缈的想望,他不只容忍,而且深愿成为事实,可见是不在戒之内的。

但是可惜,成为事实却不大易。原因都可以归诸缥缈。其一,因为缥缈,就不像想买一件长城风雨衣,吃一顿全聚德烤鸭,那样容易实现。其二,也因为缥缈,它就容易来去无踪而且无定,具体说是,有时以为它一晃之后消失了,蓦然回首,它却在灯火阑珊处,正是驱之不去,有时还自来。只得再问一次,怎么办?我的办法是借用蔡元培校长的发明创造,"兼容并包",就是:想望任它想望,不能成为现实任它不能成为现实。随世风,话还无妨说得吓人一些,那就成为"心在天上、脚在地上主义"。

此话怎讲?可以现身说法,用许多实例来说明。但是闲话不宜于过长,只好化多为一,只说一种显著的。时间说不准,总是花甲之后,应该写《归田录》而没有条件写的时候吧,常常兴起一种"结庐在人境,而无车马喧"的愿望。狐死首丘,做白日梦,想在自己住过的一些地方选取其一。生地,残败,山林,孤寂,不多计算就选了第二故乡的通县,学校西边不远的"大红牌楼"。我在通县住了六年,未曾骑马倚斜桥,满楼红袖招,可是回顾,可怀念的地方还是不少,如东门外的运河滨,北门内的西海子和燃灯塔,新城南墙外的复兴庄,西门外的闸桥,都是。而最系心并曾入梦的却是大红牌楼。通县有旧新两城,旧在东,由西面展出一个东西长、南北短的城,推想是用以保护东仓、西仓两个粮仓的,名为新城。粮仓靠南,运粮的路在西仓的西墙外,南北直直的一条石路,路的近北端有个红色的牌楼,于是我们称西仓以西这一带为大红牌楼。石路北口外是新城的贯通东西的大街,东通旧城,西通西门。我们学校在街北,校门在石路北端以东的一两箭之远。石路北口外有几家小商店,印象深的是两家小饭馆,路南的Woman馆和路北的张家小铺。张家小铺师徒二人,卖的肉饼和炸酱面,我们一直觉得很好吃。西仓早已无粮,成为大空场,我们可以自由进入踢足球。顺石路南行到城根,有门洞通潞河中学,那里有护城小河,草地,西式小楼,风景很美。因此,无论我们是去踢球还是往潞河中学去玩,都要经过大红牌楼。石路以西是一片树林,由小径望过去,有稀疏的人家,柴门小院,鸟语花香,间或可以看见晾衣服的人影,以及一点点炊烟。什么样的人家呢?竟至没有进去看看。三十年代初我离开通县,一晃四十年过去,还是没有结庐的条件。可是有了结庐的幻想,于是就闭目画梦,常常想到大红牌楼。想,有一次还入了梦,好像那里还是那么幽静,树林里,竟有了我自己的一个小院,窗下一棵海棠树正开花,窗内有轻轻的语声。

以上说的是心在天上的一半。还有脚在地上的一半,也要说说。六十年代前期和八十年代早期,我两次到通县。后一次是专为访旧,连母校也进去了。室内院内都空空,据说是西仓盖了新房,迁了。当然要想到大红牌楼,可是沉吟一下,没有敢去,怕的是仅存的梦也随着人烟稠密而幻灭。不看,旧日的柴门小院和鸟语花香永在,于是心就可以长在天上。但脚是不能到天上的,我就还可以靠它们二位,居家上下楼,出门挤公交车。重复一遍,此之谓心在天上、脚在地上主义。

同病的读者会问,这样就可以获得心安吗?不得已,再加一味药,曰尽人力,听天命。天命降,成为现实;如果现实竟是没有绝对心安,老了,就更应该承认现实。这承认的心理表现也许是"安于不安",所谓烦恼即是菩提,或阿Q式的胜利,虽然也是接受定命,却尽人力而苦中作乐,总比终日愁眉苦脸,赔了夫人又折兵好得多吧?

剥 啄 声

剥啄是轻轻的叩门声。这是我的领会,辞书只注叩门声,叩门,因人或心情的不同,声音自然也可以不是轻轻的。且说我为什么忽而想起写这个呢?是一年以来,也许越衰老心情反而不能静如止水吧,有时闷坐斗室,面壁,就感到特别寂寞,也就希望听到剥啄声。但希望的实现并不容易,于是这希望就常常带来为人忘却的怅惘。常人,活动于世间,入室卧床,出门坐车,东西南北,南北东西,已经够繁冗够劳累了,却还愿意,哪怕是短时,住在有些人的心里,所以为人忘却,纵使只是自己的想象,也是很难堪的。总之我喜欢剥啄声,就想说说与这有关的一些情况。

叩门,还会牵扯到好不好的问题。这是"推敲"的古典,由韩愈和贾岛来。传说贾做了"僧推月下门"的诗,想换"推"为"敲",自己拿不准,问韩愈,这位文公说是"敲"好。这故事最早见于五代何光遠《鉴戒录》,可谓语焉不详。比如此僧确知院内无人,用"敲"字就说不通了。如果有人,且不是自己的小庙,不敲就等于破门而入,何况是僧,惊了内眷,岂不大杀风景?所以为慎重,韩文公的选择是对的。

叩门也可以不用剥啄,用语声代,通常称为叫门。据我所知,这比剥啄适用的范围窄,具体说是要很熟,用不着客气。故友世五大哥有个时期住在宣南某巷,萧长华的隔壁,近午夜常听见萧散戏后叫门,"开门来!开门来!"声音高而清脆。因为这是自己的家。略次一等,很近的朋友,也可照办,如"老李,开门!"

主人不以为忤,反而显得亲热。

更常见的是兼用,先剥啄,紧接着叫主名,如老张老李,张先生李先生之类。剥啄而兼发声,有暗示"我是某某"之意,似叠床架屋而并没有浪费。

门有远近,有高低,叫法因而也就有不同。我幼年住在乡村,故家有外、里、后三个院落,外院不住人,所以夜晚回家,就要重掌拍门,以求里院人能够听到。这还可以名为剥啄吗?为了保存剥啄的诗意,我是不愿意它兼差的。高门指富贵之家,照例有司阍人,叩门就要小心谨慎,因为声音过小他会听不见,过大他会不耐烦。幸而多年以来,我间或须叩门,都是近而低的,能否听见,是否耐烦,就可以不费力研讨了。

叩门声大而急,会使人感到是出了什么意外。这不是神经衰弱,有无数事实为证。为了取信于人,甚至可以举自己的,一生总有两三次吧,开门看,不速之客都是携枪的。但幸而都转危为安了。可以杯弓蛇影,就宁可把叩门声分为两类,使剥啄独占轻轻一义。我喜欢的就是这轻轻的剥啄声。

何以故?深追,恐怕仍是,用哲人语说,《庄子》的"天机浅";用常人语说,《世说新语》的"未免有情"。说到情,不只程朱陆王,一些身在今而心在古的人也会小吃一惊。依常习,耳顺以上可以称为老,总当"莫向春风舞鹧鸪"了吧?我的体验不是这样。理由有浅一层的,是,忘情是道和禅的共同理想,而理想总是与实际有距离的,所以庄子过惠子之墓,还有"吾无与言之矣"之叹,六祖慧能说得更入骨,是"烦恼即是菩提"。这是说,忘情非人力所能,或所需。还有深一层的,是就应该安于实际,用旧话说是"天命之谓性,率性之谓道",用新话说是,人生只此一次,矫情不如任情,那就感时溅泪,见月思人,也未尝不好。

溅泪,思人,都是由于爱恋。爱恋会带来苦。想彻底避苦是哲人,听之任之是常人,常人的一部分,觉得苦的味道也,甚至更值得咀嚼,是诗人。哲人的奢望,我理解,可是不想追随,因为由理方面考虑,大道多歧,由情方面考虑,自知必做不到。这是说,我命定是常人,而且每下愈况,有时想到诗人的梦和泪而见猎心喜。显然,这就会走上反道和禅一条路,也就是变少思为多有想望。想望什么?总的说是世间的温暖。温暖总是由人来,所以有时读佛书,想到有些出家人的茅棚生活,心里就不免一阵冰冷。我不住茅棚,说冰冷也许太重,那就说是寂寞吧。

不记得是谁的话,说"风动竹而以为故人来",这表述的是切盼之情。终于来了还是没来呢?不知道。杜工部的处境就更下,而是"寻常车马之客,旧雨来,今雨不来",绝望了。这切盼和绝望的心情,我也经历过,而且次数不少。这就又使我想到剥啄声,因为它常常能够化枯寂为温暖。

说常常,因为,限定我自己说,剥啄声也有多种,布衣或寒士范围内的多种。加细说还可以分为人有多种,事有多种。另外还有个大分别,是不速之客和估计会来或约定会来的,不速之客会破除寂寞,而沉重的寂寞总是来于估计会来(包括有约)而至时不来或终于未来的。这估计会引来殷切的期望。期望的是人,但比人先行的是剥啄声。试想,正在苦于不知道究竟来还是不来的时候,忽然听到门外有剥啄声,轻而又轻,简直像是用手指弹,心情该是如何呢?这境界是诗,是梦,借用杜工部的成句,也许正是"此曲只应天上有,人间那(哪)得几回闻"吧?

但目送芳尘去

题目来自宋贺铸(字方回)词,词牌是《青玉案》,上片的语句是:

> 凌波不过横塘路,但目送芳尘去。锦瑟年华谁与度?月台花榭,琐窗朱户,惟有春知处。

记得我曾以"不过横塘路"为题,写过一篇小文,说不过的"过"有不同解释,"到"和"越过",如果义为"到",下句的"目送芳尘去"就只能是想象的,或另一人的事。想象也罢,另一人的也罢,境则都是欲长相聚而不得,心情是怅惘。还可以进一步解释。一种是相关的人,芳尘,依不成文法的规定,应该是年轻而美貌的女性引起的,则另一方,也依不成文法,应该是男性(作者为男性,亦一证也)。一种是相关的事,送之前有怎样的交往,不知为不知,只说文献足征的,目送,表示别之后男方并未转身回去,而是伫立呆看,何以会这样?显然是舍不得。舍不得,其中有痴,有苦,但也有希冀,甚至有幻想,目送芳尘所写就是这样一种境。

我很喜欢这样一种境。人生旅途中有多种境,甚至说无限的境。境可以以心情为标准,分类。有不少是心情漠然的,日常生活中应有之事,忙如自己挤车,闲如看人下棋,都可以归入此类。引起心情波动的境可以分为两类,一类是因合意而欢乐,一类是因不合意而愁苦。人,性相近也,都要趋欢乐而避愁苦吧?行事,大概是这样,至于是否应该这样清一色,情况就不这样简单。以聚会和别离为例,"夜阑更秉烛,相对如梦寐"是乐,南朝江文通《别赋》所写的苦,依常情,都会取前者而舍后者吧？问题是一,"天地不仁",客观情况常常不容许这样取舍。还有问题之二,就境说,长年面对,柴米油盐,就一定好于"执手相看泪眼,竟无语凝咽"吗？由两方面打算盘,至少我觉得,不是这样。一方面是由情的深度看,显然,柴米油盐远不如执手相看泪眼。一方面是由感受的价值看,比如事过境迁,回首前尘,想到某时某地曾经执手相看泪眼,总当因有此珍藏而感到安慰吧。但目送芳尘去,火热程度低于执手相看泪眼,然亦是一境也,怅惘的境,情更幽微,也就同样值得吟味。

这样的境,还可以分类。以被目送者是否知有此事为标准,不知是轻的,渺茫的,经常如云烟之过眼,但量会很大；知是重的,有定的,必在记忆中印上深深的痕迹,但量不会很大,或竟至没有。

先说轻的一类,在宋儒眼里,是违反圣道的,因为孟子曾说,他"四十不动心"。四十以前呢？想当遇见某种机缘,也不能不动心。至于我们常人,就不当这样苛求,由正面说,是超过四十,动了心,也未尝不可,甚至说难免。再说一遍,人,性相近也,所以决心出家,还要修不净观,用今语说是改造思想。我们是在家人,只能从儒家,率性而行。且夫性,必致落实为饮食,为男女。这样,有了钱,登酒楼去追烤鸭,有了闲,天假良缘或孽缘,可意的,或说非常可意的,闯入目中,而时光如逝水,不久影迁人远,于是目送芳尘去,以至发呆,总不当算作背离了人生之道吧？自然,影迁人远会带来轻微的苦,曰怅惘。重复上面的话,这是一种珍贵的境,也可以说并不易得,所以理应什袭藏之。写到此,有好事者会犯喜索隐之病,就是想知道我的所藏都有什么。当然有,可惜不多,而且如过眼云烟,想搜寻清晰的影子也难了。幸而灵机一动,想到昔年填的歪词,其中一首《菩萨蛮》,上片云：

> 侵晨细雨云铺地,伊人绣毂风驰去。伫立望南天,烟迷万岁山。

语句中有"去",有"望",有"迷",可以说是用实感为目送芳尘作了注。注要用文字,文字能够帮助记忆,记忆会送来怅惘的旧心情,对于这些,我没有颜子"回坐忘矣"那样的修养,总是乐得温习一次的。

再说重的一类,被目送的人觉知有此事的。情况千变万化,不过由目送的这方面说,有个共同点,是可能的"目成"加强烈的企盼。强烈企盼,就因为目成与否还在不定之中。这就与一般的别离有了分别,一般的是多方面明确,这是不明确。不明确,成为境,就离柴米油盐远,离诗近。人生,上寿难及百年,能有几多时走入诗境呢?所以,如果曾经目送芳尘,就要珍视这种经历。可惜的是,这样的经历是可遇而不可求的,因而有幸得遇,就值得谱入《青玉案》,哪怕结果愁苦之情会多如"一川烟草,满城风絮,梅子黄时雨"。到此,又不得不应付索隐派。可是对不起,简直想不出来;为不负雅望,只好痴人说梦。是梦,还是梦的现实?且不管它,无妨姑且学小说家,说分明记得,一个微明的早晨,我站在一条街的中间,送她,看着她的背影逐渐消失在淡淡的烟雾中,心里有些凄凉。这是货真价实的目送芳尘去,比之贺方回,也可无愧色吧。

有人也许会说,想这些,是不只不求破情障,反而自寻苦恼。我的想法异于是,是人生只此一次,苟未免有情,就应该把情安排在适当的地方,适当的地方不少,"但目送芳尘去"总是其中一个值得另眼相看的。

犊车驴背

写下这样一个题目是出于不得已；所谓不得已，主要是求雅，如果用大白话，就要说"坐牛车和骑驴"。不得已之外，还有缠夹，因为想说的情意很杂，甚至很怪，无以名之，碰巧其中牵涉到驴，于是找不到和尚就拉个秃子充数。且由杂和怪说起，是不很久以前，不止一次，一个比我年轻的好心的友人，有悲天悯人之怀，看我的生活太单调，劝我分出一些时间，说旅游，也许要求太高，就算是换换环境也好，总之，应该出去一下。出去，可以近，比如人间天上的苏杭；也可以远，比如港九，那就可以开开眼，看高楼，吃大菜，见识见识现代化的繁华。我，不知怎么一阵发神经，不只没表示谢意，反而说："我也想换个地方闲散闲散，但想去的地方不是港九，而是乡村的亲友家。如果真就去了，住十天八天，就可以放下纸笔，吃家乡饭，睡土炕，星晨月夕，听听鸡鸣犬吠。"这样说，好像我是死守着老庄阵地的战士，连现代化的衣食住行也看作出于机心而鄙弃了。事实又并不如此，比如前几年，为审校一本书，我单身到上海，因为不堪旅途寂寞，往返就都乘飞机。这表示，至少是有时候，我也承认，现代化的飞机，较之犊车驴背还是有不小的优越性。但人生是复杂的，恐怕不只我一个人，有时候又偏偏想到骑骑驴，以过其踏雪寻梅之瘾。这真是一笔胡涂账，很难算清。以下就沿胡涂往下说，不求算清。

提起坐牛车，是半个世纪以前的事了。记得的当然是感到最有意思的。叔父家养一头黄牛,温顺不希奇,希奇的是记性好,于是,比如让我们几个孩子去看几姑母,她住在一二十里之外的某村,就于早饭后让这头牛挂帅出征,我们几个孩子坐上去,大人牵牛送到村外的岔路上,然后就由牛做主,不再管。牛走得慢,车轻轻摇动,我们可以在上面东瞧西看,打打闹闹,还可以下去掐花草,十步八步就赶上。总要走两三个钟头,到姑母家门口,站住。午饭后回来还是那样,可是我们累了,常常在车上睡,到家门口停车还是不醒。

再说骑驴,记得的时间较晚,是在通县上师范学校时期,每次开学前,家里派人送到三十里外的汽车站,总是借西邻王家的驴,骑着上路。驴和牛一样,也是温顺,认真。最值得欣赏的是外貌和表情都憨厚,使人禁不住想到《堂吉诃德》中那一匹以及它的伙伴那匹瘦马。送我出行的经常是那位雇工,人呼为傻韩的。他只是直爽,并不傻,因为每年元宵节的高跷会,他扮演傻小子,要装傻,所以得了这么个称号。他健谈,喜欢谈他前几年在天津拉洋车,欢迎窈窕淑女、拒绝肥头大耳富商的英雄事迹。他年近四十,还没找到窈窕淑女,但他总是说说笑笑,像是很乐观。只有一次,送我往汽车站的路上,经过离家七八里一个村的村外,他指着村内一处说,某某姑娘是他的情人,嫁在那里。我在驴背上,他在驴后,没看见他的脸色,想来不会是淡淡的吧?

由三十年代起,我离开乡村到城市,犊车驴背的机会不再有了。有时很想,因为在城市,人由稀而挤,行由慢而快,外嗅不到青草味,内不能长养闲情,确是有另一种滋味的苦。在这方面我还强硬,不放弃苦中作乐的幻想,是八十年代初,在丰台南一农村落户的蓝娃表弟约我去住两三天,我复信,表示高兴前往,并提出个希望,用驴车到汽车站接,因为推想,在农村,有驴,有车,拼凑一辆是不难的。这位表弟念过"四书",可惜没念过《世说新语》,不能领会我的坐驴车之梦的伟大意义,因而下汽车一看,等待的竟还是汽车。幸而他还有一半的知人之明,已经备下烤白薯和柴锅糊(读阴平)饼,晚上,同卧一土炕,谈幼年夏夜蚊声中看驴皮影戏的旧事,总算不虚此行。

还是说驴。上面提到《堂吉诃德》中桑丘·潘沙君的驴,那是外国的。本诸张文襄公"中学为体"之义,驴,骑驴,也应该说中国的。手边恰好有《宋人轶事汇编》,选抄两则骑驴的故事供欣赏。又本诸古今通用的官以高为贵之义,所选限于宰相。

(1) 富郑公(富弼)致仕归西都(宋以洛阳为西京),尝着布直裰(便服长袍),骑驴出郊。逢水南巡检呵(呵道)引(开路)甚盛。前卒呵骑者下,公举鞭促驴。卒声愈厉,又唱言(大声说):"不肯下驴,请官位。"公举鞭称名曰:"弼。"卒不晓所谓,白其将(主官)曰:"前有一人骑驴冲节(官徽,即仪仗),请官位不得,口称弼弼。"将悟,乃相公也,下马伏谒(跪拜)道左,其候(虞候,随从武官)赞曰(依仪制唱说):"水南巡检唱喏(行礼兼口说行礼)。"公举鞭去。(卷八引《萍洲可谈》)

(2) 王荆公(王安石)领观使(得某道观使的职位,领俸〔通称祠禄〕而不管事,是宋朝优待下台高官的办法),归金陵,居钟山下,出即乘驴。余(笔记作者王巩)尝谒之,即退,见其乘驴而出,一卒牵之而行。问其指使(管事人),相公何之。指使曰:"若牵卒在前听牵卒,若牵卒在后即听驰(任驴随意走)矣。或相公欲止则止,或坐松石之下,或田野耕凿(凿井)之家,或入寺。……"(卷十引《闻见近录》)

抄这类旧文有什么意义呢? 一种可能的意义是,因为宰相骑驴,所以我们也要重视骑驴。显然,我们不能取此义,主要不是因为有势利眼之嫌,而是因为绝大多数宰相(纵使是下台的)之事,我们想学也学不了,如见官不避就是一例。所取之义来于不久前与一位诗翁的闲谈,他说他喜欢做诗,可是坐波音747、皇冠上高速公路,总是心情加速,生不出诗意。于是我由诗而想到驴,富郑公洛阳郊外挥鞭,做不做诗,我不知道;王荆公是一定做的,这诗就来于驴背之上。可见驴与波音747、皇冠或奔驰相比,至少在这一点上,还是占了上风。过于现代化的人或者会问,这写在小本本上的一些平平仄仄平有什么价值呢?

问题不简单,或说太大,我只好躲开,王顾左右而言他。且说近些年来,我有个不能申请专利的发明创造,曰一叶落而知秋论,其内涵是:与个人有关的一切人为的有形事物,十之八九可以从中推出无形的价值观念或人生态度来。根据我这个高论,可以断定,即将登记的小两口,家用电器不全、三金首饰不备就不干的是一类,全不全、备不备无所谓的是另一类。还是说驴,无皇冠或奔驰就不能出门的是一类,想骑驴到野外嗅嗅青草味,甚至带回一首平平仄仄平的是另一类。语云,人各有志,彼亦一是非,此亦一是非,强分高下,不妥。但牵累大小是分明的,就说家用电器和三金首饰吧,要用钱换,而钱,总是飞来难飞去易的东西,怎么办?这就会引来心情平静不平静、社会安定不安定,值得人人深入思考的种种大大小小的问题。也是我的高论,问题也有重量,小者不轻,大者更重。近些年来,这些小的大的,已经汇聚为风气,压在不少人,或说整个社会的肩上,心上。表现为价值观念或人生态度是:眼所望,心所求,只是阔气(与方便、舒适小同而大异);阔气来于有钱,于是眼所望和心所求就成为只是钱。复杂的人生成为单项的。这单项有强的拘束力,于是身和心的自由就所余无几甚至没有了。我,说句坦白从宽的话,一生穷困,因而对于钱,是既离不开又无好感。这两者之间就容许保存个超过单项的复杂,打开窗户说亮话,就容许用犊车驴背之类来抗拒阔气,也就可以和钱保持个虽不远但不近的距离。这就是我宁可往乡村听鸡鸣犬吠而不往港九看高楼、吃大菜的

1999年秋与张守义在内蒙

在《说梦草》首发式上

理由。——写到此一想,不好,篱下的闲谈成为讲坛的论道,岂不糟糕!还是回到骑驴吧。依照以上我的高论,骑驴就会有两种伟大的意义:一种是诗意的享受,陌上花开缓缓行之类是也;一种是战略的防卫,保持见阔气而漠然的心情自由是也。伟大意义说清楚后,万不得已,还要说个遗憾,是不要说骑,就是驴,除了《堂吉诃德》的插图所印、黄胄君所画,已是多年见不到了,于是这一篇就不能不成为纸上谈兵,可叹,可叹!

城

城,就来源说不温雅,是为防守;用诛心之法深挖,是内,舍不得自己的所有,外,把不少人看成小人或敌人。事实是确是有小人或敌人,于是经验是,实利经常比理想分量更重,人,有了较多的财富,包括子女玉帛之类,并有了权,就(下令)筑城。财富和权有大小,城也就有大小。最大的是现在还夸为国宝的万里长城。其实又有什么可以夸耀的?不过是自己外强中干,怕匈奴南下牧马而已。理论上,对付南下牧马,还有两种办法。一是自己有大力,新词儿曰威慑力量,使不安分的异族不敢南下牧马。二是自己有大量,视南下牧马为无所谓,这还有个说法,曰"人失之,人得之"。显然,这只是理论,至于事实,大力来于励精图治,大量来于视人如己,有了权,容易把享乐摆在第一位,理论上的两种办法就都行不通了。结果是还得筑城,权大筑大的,权小筑小的;大还包括多,如皇帝老子,凑全了应该是,城之外有郭,即外城,城之内有皇城,皇城之内有宫城(末代的清朝名紫禁城)。皇帝之下有官,官有大小,依例而城也有大小,于是而有省城、府城、州城、县城,又于是而大大小小之城遍天下矣。

人,有理想的一面,是讲理,或希望讲理;但更多的是事实一面,既来之,则安之。对城也是这样,既然有了城,日久天长,就觉得还是以有它为好。这感觉也不无理由,以《清明上河图》所描画为例,上河,无妨出宋门野一阵子,至于华灯已上,登玉楼,倦倚屏山,就还是以入宋门为是。且说宋门以内,还有个不容忽视的优越性,是有了城,多人聚居,会带来繁华和方便。除了巢父、许由、马祖、赵州之流以外,有几个人不欢迎繁华和方便呢?

我是常人,当然也欢迎这样的繁华和方便。并曾设想,由于某种原因,要长途跋涉,劳累,口渴腹空,到日薄西山的时候,眼前终于出现了雉堞,其时的心情会是什么样子呢?是真就宾至如归了。单说想象中,是再走一段路,就可以在城门外或内,找到个《老残游记》那样的高升店,也许竟如卢生住的邯郸旅舍,主人还蒸黍米饭,供应饭食吧?那就可以"解衣般礴",喝白干,佐以花生仁,然后饱餐黍米饭,兼听"画角声断谯门"了。

这是与城有关的诗的生活。诗与梦是近邻;梦想太多不好,因为容易随来破灭。那就还是想想实实在在的。我的出生地是农村,在京津之间。没有机会到较近的天津和较远的北京看看,但童年想象力强,希望迫切,常常闭目设想,就在不很远的地方,有豪华,有热闹,这豪华和热闹是在一个高大的城墙里。城墙有多高呢?城门是什么样子呢?很想看看。直到过了十岁,才有机会,第一次看到城,并穿过城门进了城。但那不是天津城,更不是北京城,而是本乡本土的香河县的小城。记得其时我还上初级小学,是秋末冬初,县里开小学生成绩的观摩会,各校都挑选几个学生为代表去参加观摩。我也许不像现在的甘居下游吧,由老师选中了。十个八个人,由老师带队,早饭后出发,步行向西北,还要涉水过运河的支流青龙湾,约五十里,很累,但到太阳偏西时候,终于远远地望见南面城墙的垛口。其时我是初见世面,觉得城墙很高,有小村庄所没有的威风。接着想到,能走进这样的城,与未被选中的同学相比,真是高高在上了。于是忘了劳累,加快往前走。不久走到南门前,更细端相,门拱形,高大,深远成为洞,都是过去没见过的。入了门,往前瞭望,直直的一条长街,两旁都是商店,像我们这小村庄来的,真不能不自惭形秽了。走到接近北门,住在门内路东一个客店里。夜里,想到有生第一次住在城里,很兴奋,也很得意。早晨,天微明,躺不住了,爬起来,几个人一同登城。记得是半走半跑地往西行,眼忙着看城内的人家,城外的树木。不久就绕回来,余兴未尽,都同意,又绕一圈。几天过去,原路回学校,向未选中的同学述说所见,着重说的就是那个方正而完整的砖城。

　　离开家乡以后,几十年,我到过不少地方,也就见过不少城。印象深的当然是住得时间长的。以时间先后为序,先是通县,后是北京。通县,最使我怀念的是新城西门,那是晚饭后或星期日,多数往门外以北的闸桥,少数往城西的八里桥,都要出入这个门。闸桥是通惠河上的一个闸,其时河上已不行船,岑寂,或说荒凉,立其上,看对岸墓田,水中芦苇,我常常想到《诗经·秦风·蒹葭》,并默诵"所谓伊人,在水一方"。我是有所思,思什么呢?自己也不清楚。但这是生活,值得深印在心里的。离开通县,到了最大的(也许要除去南京)北京城。我住内城,常到外城,并不断出城,可以说,生活总是与城有拉不断扯不断的关系。最难忘怀的是经由西直门出城。那有时是与三五友人往玉泉山,坐山后,共饮莲花白酒,然后卧林中草地上听蝈蝈叫。更多的是与坚君结伴,游农事试验场,麦泛黄时,坐麦田中听布谷叫,晚秋,坐林中土坡上听蟋蟀鸣。一晃几十年过去,城没了,出入城门,游园,并坐话开天旧事,都成为梦。有的人并默默地先我而去,因而有时过西直门,心中就浮起李义山的两句诗:"十年泉下无消息,九日樽前有所思。"

　　随着拆城的一阵风,我第一次见的香河县小城也没了。远望城垛口,住城门附近小店,听"画角声断谯门"的梦真就断了。对于城,如果仍恋恋不舍,就只好安于李笠翁的退一步法,寻遗迹,看而想象其内外,发思古之幽情。语云,百足之虫,死而不僵,许多城高而且厚,斩草除根不易,遗迹也不会少。举其荦荦大者,如北京有元土城,南京有石头城,不久前与莉芙女士往郑州,还看到商朝的一个都城(仲丁迁的嚣?)的遗址。可惜的是,与我关系最深的那个香河县小城却连遗迹也找不到。但因为时代近,变化的迹象易寻,城基,东西南北门,中年以上的人还能指出来。我近年有时到那里住个短时期,住所在东门附近,常常经过旧的东门和城东南角,就不由得想到昔年有城时候的种种。不免有黍离之思,秀才人情纸半张,曾诌七绝一首云:"绮梦无端入震门,城池影尽旧名存。长街几许升沉事,付与征途热泪痕。"有征途,证明有聚散;有泪痕,证明我没有忘记这个小城以及其中的一些人。只是可惜,去者日以疏,至少是有时候,我对影感到寂寞,东望云天,确知已经不再有那个小城,连带的也就失去许多可意的,就禁不住为之凄然。

桥

张中行散文

  桥来于水之阻而人不愿受阻。不愿,有偏于物的,如两个小村庄,距离不远,人难免有来往,物需要通有无,可是中间有一条小河,河上就最好有个桥。不愿还有偏于心的,《诗经·秦风·蒹葭》"蒹葭苍苍,白露为霜,所谓伊人,在水一方",说的就是这种情况,在水的那一边,可望而不可即,如果有桥,不就好了吗?可是架桥,在古代大概不很容易,一是人力有限,二是水道可能太宽。如银河(只是神话的,也就难得渡过)就是这样,连邹衍之流也不敢设想在其上造桥,而又君子愿成人之美,只好求有翅且有巢的鹊发慈悲心,至七月七日,全体出动,展翅相接成桥,以期痴男牛郎、怨女织女可以相会,时间虽短,以新风推之,紧抱,热吻,也许还要以下删去若干字,最后还有"不知东方之既白",泪如雨下,总之,遗憾就成为慰情聊胜无,天上人间都可以松一口气了。桥之为用真是大矣哉。

  桥多种,用多种,贪多嚼不烂,想只说一点点自己感兴趣的。惯于厚古薄今,仍先说古。记忆中浮出两个,巧,都见于《庄子》。一见《秋水》篇,说:

    庄子与惠子游于濠梁之上。庄子曰:"鲦鱼出游从容,是鱼之乐也。"惠子曰:"子非鱼,安知鱼之乐?"庄子曰:"子非我,安知我不知鱼之乐?"惠子曰:"我非子,固不知子矣;子固非鱼矣,子之不知鱼之乐全矣。"庄子曰:"请循其本,子曰汝安知鱼乐云者,既已知吾知之,而问我,我知之濠上也。"

另一见《盗跖》篇,说:

> 尾生与女子期于梁下,女子不来,水至不去,抱梁柱而死。

两件事性质大异,而都感兴趣,是有不同的来由。庄子与惠子辩论的是知识论的大问题,而时间却是在桥上观鱼时候,所谓漫不经心,就没有学究气。这是桥的另一大用。美中不足,是我曾到朱洪武老家干校接受改造两年,不只本性未移,竟连濠水也没看见,更不要说其上的桥了。没看见也罢,反正那说的是"理",离生之道比较远。后一件事就不同,不只参加个女性,还有痴情的男性为女性而死。据有考证癖的人说,这位鲁国尾生,就是《论语》说的到邻居家里要点醋给人的微生高。尾生也罢,微生也罢,戴上现代眼镜评论,水至,女未至,心眼儿也未尝不可以活动些,即到桥上等,何必刻舟求剑呢?移到女本位就不同,期于梁下,水至仍在梁下是绝对服从,所谓至死不渝,才可以说是好样的。这好,桥也应该算作与有力焉吧?也有美中不足,是那位女子终于没有露面,下面是否还有死别的曲折,就不能知道了。

还是少替古人担忧,改为说自己的。我走过不少桥,见过更多的桥,单说有名的,大,有长江大桥、黄河铁桥;孔多,有颐和园的十七孔桥,苏州的宝带桥。在这方面,我也未能免势利眼之俗,看长江大桥,曾用自家之腿丈量(其时是四月),水面是四华里,桥长大致加倍。就长度说,在国内它可考第一。可惜是怕查三代,它不古。如果发思古之幽情,就要去看赵州桥。只是很遗憾,我兼对赵州和尚有兴趣,却直到现在还没到过赵州,去看看比武则天还年高的这座石桥。那还是二十年代后期,我在通县上学,星期日,也想过屠门而大嚼,无钱,想携意中人至林木萧疏处细语,无缘,不得已,只好独自,或与同样无钱无缘之人结伴,出城,西行八里,上桥头,远眺,做踏天街看佳丽的白日梦。不能实,有梦也好,这梦之成,也是桥与有力焉。

就我的简陋经历所知,喜欢桥,最好到苏州去走走,因为那里水多,桥就不能不多。水各式各样,桥也各式各样。我在苏州住过半个月,往寒山寺,曾在附近登上胥江上的弓形大桥,却没找到枫桥(据说是个小桥)。看不止一次兼印象深的是盘门外的吴门桥,特大,中间高耸,其上有不少人,其下有不少船,来来往往。小桥当然更多,由大场面缩到小场面,也就会更有意思。为寻觅有意思,我喜欢坐在平江路旁看小桥,连带看小桥上的行人,这里显示的是地道的姑苏生活,不像狮子林等名园,虽然地在姑苏,却变为五方的嘈杂。园中的桥,我喜欢沧浪亭入门的那一座,厚石块平铺而成,质朴无华,却能使人想到沈复和陈芸,因为他们住在附近,常到园里来,桥上必有不少他们的足迹,于今尘飞人远,想想当年不是也颇有意思吗?

由苏州就不由得想到杭州。杭州的桥,有名的都在西湖。断桥(一说应作段桥)有大名,是因为在那里,先是出了个绝美而又多情的白娘子,紧接着又是热爱和生离。对于这样的遭际,男士是乐得同享,女士是乐得同情,于是就都洒了动心之泪。由断桥西行,还有个西泠桥,又是古迹,也就又离不开女人。这女的是南齐苏小小,风尘中人,男性最欢迎,因为入怀乱的可能性大。以上是围绕白堤。还有苏堤,桥多了,由北而南一排六座,曰六桥。不知为什么,一提起六桥,我就想到《随园诗话》记的一件轶事,那是他的一位叔父字健磐的往镇江,寄寓在一个铁匠家遇见的。铁匠不识之无,妻却文雅,能诗。日久天长,二人由不知变为相知,于是而有诗札往来之事。再其后是发乎情,止乎礼义,终须一别,于是相互赠诗赋别,《诗话》只记女方七律的一联是:"三月桃花怜妾命,六桥烟柳梦君家。"这里又是桥,是传情的桥,洒血泪的桥。

桥

扫他人瓦上的霜太多了,还是退入家门扫自己的。我幼年住在家乡,关于桥,印象深的是远一座、近两座。远的在村西北三四里,亢庄之南,弓形,高大,远望,像是半浮在空中。何以这样高,其下有什么水,没问过;更奇怪的是,如此之近,却一直没走过。近的两座,大的石桥在村东,到镇上买物经常走;小的砖桥在村西,下地干农活更要常常走。砖桥也是弓形,孔矮而小,几乎乏善可述,可是因为离家近,常常走,总是感到亲切,像是踏在上面就看见屋顶的炊烟,想到火炕的温暖。村东的一座横跨在南北向的旧河道上,几排大石块平铺在上面,其下有柱,很高。其时我还没念过《庄子》,不知道这样的地方还可以与女子相期。这也好,如果念过,知道有相期之事,而找不到这样的女子来相期,总会感到寂寞吧?

似水流年,幼年过去了,我不再踏家乡的小桥,要改为踏其他地方的桥。昔人说墨磨人。其实桥也磨人,比如脚踏八里桥,其时我还是红颜绿鬓,到去岁与秀珊女士游通县张家湾,走上南门外的古桥(明晚期建),倚栏拍照,就成为皤然一老翁了。老了,仅有的一点点珍藏和兴致都在记忆中,如韦庄词所写,"骑马倚斜桥,满楼红袖招",也只能在昔日。于是关于桥,也想翻检一下昔日。算作梦也好,像是有那么两座桥,一座是园中的小石板桥,一座是街头的古石块桥。是在那个小石板桥旁,我第一次看见她的泪;是在那个古石块桥旁,我们告别,也"执手相看泪眼,竟无语凝咽"。但终于别了,其后就只能"隔千里兮共明月"。我没有忘记桥,所以为了桥,更为了人,曾填词,开头是"石桥曾别玉楼人"。这也可以算作桥的用吗?估计桥如果有知,是不会承认的,因为它的本性是通,不是断,是渡,不是阻。那就暂且忘却"执手相看泪眼",改为吟诵晏小山词,"梦魂惯得无拘检,又踏杨花过谢桥"吧。

户外的树

记得三十年代前期，我也如其时的不少年轻人，多有所谓小资产阶级情调，写过一篇题为《院里的树》的小文，寄给上海某小品文期刊，还换得几元稿费。内容已经记不很清，大致是院里有一棵小树，高度仅可及屋檐，可是每日清晨，总可以招来几只麻雀，落在上面唧唧喳喳叫，我们喜欢听。冬日，雪天，它们叫得更繁碎，我们推测，这是找食物困难了，就打扫一块空地，撒一点米，隔窗看它们飞下地，啄食，心里感到安慰。一晃半个多世纪过去，文，小院，人，都远了，剩下的只是一点点怀念。所怀所念，内容也不少吧？想缩小范围，只说树，而且限于户外，推窗可见的。

《论语》有"鸟兽不可与同群"的话，我虽然也常常"畏圣人之言"，但在这方面，却心甘情愿地反一次圣道。甚至还想形于言，写一篇标题为《与鸟兽同群》的文章。甚至想写，起因有消极一面的，是觉得，与有些人相处，不像与鸟兽相处那样容易；还有积极一面的，是与鸟兽同群，所得为，至少是短时期，置身于另一境界。什么境界？用孟嘉府君的话说，"渐近自然"吧。可是与鸟兽同群，就最好有树，或说不能离开树。引旧事为证，可以是家常的，记得郑板桥在家书中说过，喜欢听鸟叫，不如多种树；可以是诗意的，昔人词有云："百草千花寒食路，香车系在谁家树？"可见欢迎细马香车，也要先种树。

朝夕相见的树，昔年是院里的。但那是容许"自扫门前雪"

的时代,纵使未列入"四旧",也大部分被清除了。我就是这样,多年来改住异吃同住的楼房,推前后窗看,仍是楼房,也就不再有院落。可是有户,户外仍有空地,不知由谁选定,种的是杨树。我的印象,杨树有多种,这里种的也许是最不出色的一种,叶小,不光亮,落得早。但生机也不低,像是有意与四层高的楼房一决雌雄,只是几年,树梢就伸到楼顶以上。枝叶集于上方,下半部光秃秃,不好看。勉强找可取之点,是早晨也会飞来或多或少的麻雀,唧唧喳喳叫。此外是还有个鹊巢高踞树的顶端,可是很遗憾,总像门庭冷落,不只看不见幼小的喜鹊黄口待哺,连成年的也很少飞来飞去。

我梦想能有个户外有树的柴门小院。什么树呢?即使容许挑选,也不容易决定。参考目所曾见,想来想去,仍是举棋不定。我幼年在家乡,住一个小村,有两家院里有高大的树,一家是椿树,一家是杨树,都有五六层楼那样高。高的好处是在远远的村外可见,但有个大缺点,是小院拘束不住,就像是不情愿与主人相伴。更多的人家是种槐树或榆树。院内种槐,昔人还有什么说法,如远有"三槐堂",近有"古槐书屋"就是。只是我很不喜欢槐树,是因为到夏秋,必生一种绿色的俗名"吊死鬼"的槐蚕,口含一根丝下垂,颤抖,很讨厌。榆树的缺点也是容易生虫,不是下垂的,却也撒满地虫粪。家乡习惯,院里不种桑树、柳树,推想是桑与"丧"同音,柳与"花"容易合伙,使人想到香艳以及水性杨花吧。走出家门,随着僧尼走入禅林,常常会看到三种或说两类长寿树,松柏和银杏。也许看见这类树,会联想到出世间,产生凄清之感,入世的柴门小院很少种。

我一生住北地,院里最常见的是枣树。同性质的,既利于目又利于口的,我还见过柿树和核桃树。三种树,以柿树为最美,叶大,浓绿而有光,入秋果实变红,那就真可以入画。核桃树的果实不美,但是褪去带刺的包装,如果体积大,也就坚实可爱。

印象深的是舒君窗前的一株，论年龄，只相当于幼儿园与小学之间，可是每年也结果几十个，而我也就能够收到三五个。与人相比，枣树是孟光一流，不美，却能耐苦，不管旱涝，是否施肥，中秋前后总可以挂满长圆形的红红的果实。

　　选择品种植于院中，还有表身份的一路。我有个老友王君，年近古稀，住平房，门前有个小院，小到大踏步，不足十步就碰到南墙。可是他有理想，或说幻想，是窗前种竹，再想法找一块太湖石，与竹丛相配。这是高士思想，也许如苏长公之不合时宜。他终于未能移来竹丛，找到太湖石，就往生西方净土了。我想，不是高士，而是佳人，竹丛伴太湖石就不合适，要在闺房之前种海棠和丁香。海棠取其色，所谓"花想容"是也；丁香，不用说，是取其香，所谓"衣香鬓影"是也。但这样的佳人是旧时代的，改革开放，遍街巷卡拉OK，纵使仍有闺房，也当"尽日无人属阿谁"了吧？

　　还是撇开高士和佳人，为自己打打小算盘。昔年，我曾住一个小院，院里不只有树，而且是两种，枣树和合欢树（其花名夜合花或马缨花）。与枣树相比，合欢树是矮胖型，枝干、叶、尤其花，很美。我喜欢这棵树，可是大革命来了，我不能不离开它，而不久，小院也化为空无，树就更不可问了。我有时想到这个小院，以及院里的树，并曾形诸吟咏，如一首《浣溪沙》的上片有云："午梦悠悠入旧家，重门掩映碧窗纱，夕阳红到马缨花。"这最后一句是由项莲生那里借来的，因为恰好合用，也就乐得省力了。

　　细想想，推窗可见的树，枣、柿也好，合欢也好，都难免美中不足，是不能招来由南方飞来的多种候鸟。这多种候鸟，有一种，如鸽那样大，全身娇黄，也许就是黄鹂吧，常在树的枝叶间跳来跳去，很好看。另一种，体略小，黑褐色，不知叫什么名字，鸣声高亢而清脆，四个音节，很多人理解为"光棍好苦"，尤其是清晨枕上听到，使人不禁兴起花落春归、一年容易的怅惘。这样的鸟总是喜欢在茂密的树林里游荡,不到院里来,所以想与它们同群,就要走出家门,到树多的地方去。这在都市,就很不容易。所以有时,算作幻想也罢,我还是希望,在离开闹市的什么地方,能有个柴门小院,院里有树,三五株,出门不远还能看到"平林漠漠烟如织"。如果真就能够这样,那就开窗能看到土著的麻雀,春深时节走入长林,能看到多种候鸟,与鸟兽同群的愿望,就说是未能全部实现,也差不很多了。

案头清供

　　名为书生的,室内都要有个书桌,也有人称为书案。如果略去多占地方这个缺点,书案以宽大为好,语云,宁可备而不用,不可用而不备之义也。书案宽大,面上可以放各种用物,写写画画,以及钻研经典,攻乎异端等等;其下还有抽屉多个,不宜于摆在面上的,可以韫椟而藏。藏了,以不说为是;单说面上的,放什么,如何放,似乎也有学问,至少是习惯。记得多年以前,大学同学卢君以懒散著名,书案上的东西一贯是多而杂。有一次,我在场,他想吸烟,找烟斗和烟包,到堆满半尺高杂物的书案面上摸,费半天力,以为摸到烟包了,拉出来一看,原来是一只袜子。这是放物多的一个极端。还有放物少的极端,是已作古的友人曹君,书案面上一贯是空空如也,他说图看着清爽。我是中间派,实用和看着兼顾。都放了什么呢?写小文不同于填登记簿,决定躲开那些估计不能引人入胜的,只说我认为值得说说的一些。名为清供,清的意义是没花钱,供的意义是我很喜欢,甚至想套用乾隆年间陈坤维女士的一句诗:珍重寒斋(原为闺)伴我时。

　　清供三件,先说第一件,是个黄色的大老玉米。这是北京通用的称呼,其他地方,如东北称为包谷,我们京东称为棒子,正名或是玉蜀黍吧。名者,实之宾也,关系不大,还是说来源。是去年秋天,老伴接受她的表妹之约,到容城县乡下去住几天。我,依义要陪着前往,依情也愿意前往,于是只是半天就到了鸡犬之声相闻的乡下。坐吃,游观,都是例行之事,可按下不表;只说我最感兴趣的,是年成好,所养驴、鹅、鸭、鸡、鸽等都肥壮,我可以短时期偿与鸟兽同群的夙愿。人,古今一样,虽是逝者如斯夫,却愿意留些驻景。古人办法少,即如李杜,也不过写几首诗。今人同样可以写诗,只是因为不会或愿意更真切,一般是用照相法,个别的用录像法。我用照相法,请驴来,我紧贴在它身旁,照,成功。请鹅来,它摇头扭身,坚决不干,只好说声遗憾,作罢。活物不成,只好降级。院里黄色老玉米堆成小丘,坐在顶上也可以洋洋然,于是照一张,胜利结束。几天很快过去,离开之前,又想到老玉米,于是挑一个大而直且完整的,带回来。这东西在乡下不算什么,进我的斗室就成为稀罕物,常言道,物以稀为贵,所以它就有权高踞案头。

清供的第二件是个鲜红色椭圆而坚硬的瓜,我们家乡名为看瓜,顾名思义,是只供看而不能吃。也要说说来源。是今年中秋,承有车阶级某君的好意,我到已无城的香河县城去过中秋节。吃各种土产,寻开天旧迹,赏月以证月是故乡明等等,都是题外话,可不谈。只说这个看瓜,是一位有盛情的杜君请我到他家吃自做的京东肉饼,在他的窗台上看见的。他说是自己院内结的,大大小小十几个,如果喜欢,可以随便拿。窗台上晒着一排六七个,我选了个中等大的,也总可以压满手掌了。近京的车上,还有家乡产的月饼等等,我把这看瓜放在最上位,因为有老玉米的成例,它是清供,下车之后理应高踞案头的。

清供的第三件是个葫芦,不是常见的两节、上小下大的;是两节、上下一样粗的,据说这是专为制养蝈蝈的葫芦而种的,比较少见。也由来源说起,这回是由远在异县移到近在眼前。是同一单位的张君在单位院内种的,夏天我看见过,没注意。秋天,霜降以后,一次我从他的门前过,看见北墙高处挂着一排葫芦,也许因为少见,觉得很好看。我也未能免爱就想得到之俗,敲敲门走进屋。他热情招待,指点看他的鸟笼和鸟,已经制好的蝈蝈葫芦。我问他今年结了多少,有不成形的,可否送我一个,摆着。不想他竟这样慷慨,未加思索就说:"摆就得要好的,我给您找一个。"说着就上墙,摘个最大最匀称的给了我。我当仁不让,拿回屋,放在案头,使它与老玉米和看瓜鼎足而三。

鼎足而三了,我当然会常看。是不是也常想,或曾想,这有什么意思?如果追得太深,也许竟是没有意思。所以为了不致落得没有意思,最好还是不追得太深。或者哲理与常情分而治之:坐蒲团时思索哲理,起身走出禅堂或讲堂时还是依常情行事。我是常人,因而也就如其他常人一样,有想望,也有寂寞。怎么处理呢?其中一种可行的是如清代词人项莲生所说:"不为无益之事,何以遣有涯之生?"其实,这意思还可以说得积极一些,即如我这些案头清供,有时面对它,映入目中,我就会想到乡里,想到秋天,而也常常,我的思路和情丝就会忽然一跳,感到我们的周围确是不少温暖,所以人生终归是值得珍重的。

旧　燕

讲不清什么理由,人总是觉得几乎一切鸟都是美的,可爱的。一切太多,如果只许选家禽之外的一种,以期情能专注,不知别人怎么样,我必选"燕"。理由可以举很多,其中一项最重要,是与人亲近,而且不忘旧。我是北国城(长城)南人,成年以前住在乡下,先是土坯屋,后改砖瓦屋,都是祖传形式,正房(多坐北)五间,东西厢房各三间,小康及以上人家兼有前后院。正房靠东西各两间住人,中间一间两旁砌柴灶,可以起火做饭(冬日兼取暖)。这一间前部有门,如果有后院,后部也有门,就成为前后、内外的通路。有意思的是前部的门,两层:靠外的方形,只遮下半,向外开,名为风门;靠里的左右两扇,高及顶,向里开,白日大敞,入睡前才关闭。这样,起来之后,入睡之前,这通路房的前门就总是半敞着。是不是欢迎燕来住半年,生儿育儿呢?说不清楚,因为祖祖辈辈都是"不识不知,顺帝之则"。还是说事实,总是公历四五月之间,估计就是去岁那一对,回来了。门外罕有长者车辙的小家小户添了热闹,风门之上,燕飞入飞出,早期是衔泥筑巢或补巢,其后是产卵孵化,再其后是打食喂雏鸟。人也忙,因为正是春种到秋收的时候。现在回想,其实不是因为都忙,而很可能是都具有(无意的)"天地与我并生,万物与我为一"的大德,才能够如此和平共处。关于和平共处,还可以具体说说。只说两件,都属于克己谅人的,先说燕一方,巢筑在屋顶稍靠后的一根檩上,灰白色,做簸箕形,口敞开,向外偏上,农家早中晚三顿饭都要烧柴,烟气火气上升,推想在巢里必不好过,可是没看见有不安然的表示。再说人一方,吃饭放矮长方桌,位置恰好在燕巢之下,小燕黄口待食的时候常有粪便落下,怎么对付呢,照例是饭桌移动位置,而不说抱怨的话。人燕和平共处,由人方面说是鸟兽可与同群,取其诗意,可以说是羲皇上的境界。

羲皇上与现代化难得协调,于是由二十年代后期起,我出外上学,离开乡村的祖传式房,改为住学校宿舍,住北京的四合院,门不再是上部半敞的风门,室内不见檩,也就再也见不到燕巢以及燕飞入飞出了。有时想到昔日,很怀念。幸而还有个余韵,是七十年代早期,我由干校放还,人未亡而家已破,当然还要活下去,只好妇唱夫随,到北京大学女儿家寄居。住房是五十年代建的四层砖楼,比较高大,楼前有两排杨树,像是与楼房比赛,钻得很高。我们夫妇住的一间南向,前面有阳台,未维新,用玻璃封闭,因而成为敞而且亮。记不清是哪一年,四月末或五月初,竟飞来一对燕,选定上方近西南角,筑巢了。我很高兴,想到又可以与燕结邻,心里热乎乎的。老伴也高兴,说燕相中筑巢是个好兆头。巢筑得不慢,常常见"空梁落燕泥"。及至筑成,我吃了一惊,竟不是簸箕形,而是鱼壶形,长圆,近上部的一旁开个小口,仅能容燕身出入。我至今不明白,是另一种燕呢,还是在乡随乡,在城随城呢?两种巢相比,我还是更喜欢家乡那一种,因为可以看见雏鸟的黄口。但总是又来身旁了,应该庆幸。庆幸之余,有时想到次年,至时还会回来吧?不负所望,次年的春末准时回来。可是像是心不安定,先是利用旧巢,不久又筑新巢。也许对环境有什么意见吧,第三年回来,飞旋几次,看看旧居,远去,就不再来。

其后是时和地更现代化,我迁入北郊的一座高层楼,居室有窗,有阳台,都封闭,蚊蝇尚不能入,更不要说燕了。由楼窗下望,有空地,却永远看不到"乍晴池馆燕争泥"的景象。常想到乡村的旧居,可惜先则人祸,家里人都散而之四方,继以天灾(地震),房屋倒塌,现在是连遗迹也没有了。其他人家,会不会仍保留祖传的风门,年年有旧燕归来飞入飞出呢?但愿仍是这样。不过,纵使能够这样,总是离我太远了。那么,关于旧燕,我所能有,就只是一首昔年做也未能离开失落感的歪诗了,这是:

漫与寒衾梦绣帏,
天街细雨湿春衣。
年年驿路生新草,
旧燕归时人未归。

螳　螂

老友南星兄三四十年代写了不少新诗，也写了不少散文。无论诗还是散文，风韵都是不中而西的。一切诗都要抒情，我的体会，所抒，中西有别，中偏于所感，西偏于所思。思是在心里，或深或曲，绕个小弯，因而领会或说欣赏，就不像吟诵"夜阑更秉烛，相对如梦寐"那样容易。也就因此，南星兄的诗文之作，我更喜欢散文。南星兄是"天生"的诗人，因为不只喜欢做诗，能做诗，而且，即使不做诗，他的生活也是诗人的。这气质影响他的散文，是诗意特别浓，具体说是，所写，以及行文，都是诗的。这好不好？可以说很好，因为更耐吟味；也可以说不很好，因为意境幽渺，像是离家常远了。至于我，感觉是所写有如桃源奇境，我是南阳刘子骥之流，心向往之而无缘进入。但喜欢还是喜欢的，譬如书橱中还有他四十年代出版的《松堂集》，有时经闹市，挤汽车，熏得一身钱臭，回到家中，就愿意翻开，看一两则，以期用诗境，哪怕是片时，把市俗冲淡一些。《松堂集》包括五卷，前四卷都是散文，记得第一次看过，印象长存于记忆中的是第三卷的《来客》。这篇写夜间室内灯下来的小虫，叩头虫、白蛉、钱串子、蜘蛛、蠹鱼、灶虫几种引起的情思，可谓能于屎溺中见道，草叶中见生意，秋波一转中见天心。举写叩头虫的一段为例：

夜了。有一个不很亮的灯，一只多年的椅子，我就可以在屋里久坐了。外面多星辰的天，或铺着月光的院子，都不能引动我。如果偶然出去闲走一会，回来后又需要耽搁好久才会恢复原有的安静。但出乎意料的是只要我一个人挨近灯光的时候,我的客人就从容地起来了,常常是那长身子的黑色小虫。它不出一声地落在我的眼前,我低下头审视着,它有两条细长的触角,翅合在身上,似乎极其老实并不会飞的样子。我伸出一个手指,觉到那头与身子都是坚硬的,尤其是头,当它高高地抬起又用力放下去时就有一种几乎可以说是清脆的声音。我认识它,它是我所见过的"叩头虫",我对它没有丝毫的厌恶,它的体态与声音都是可赞美的。它轻轻缓缓地向前爬行,不时抬起头来敲击一下。如若用手指按住它的身子,它就要急敲了,我不愿意做这事。但不留住它,它会很快地飞到别处,让我有一点轻微的眷恋。

很久以来,这种对小虫的眷恋使我想到自己,并发问,我应该也有这种感情,最喜欢的是哪一种?记得法国昆虫学家法布尔曾说,每一种生物都是上帝的一种艺术性的创造,就是说,都有它特有的美;但是我却有偏爱,而且经过比较,占首位的是一种,螳螂。

为什么?理由可以凑一大堆。先由舍的方面说,有的简直是没有理由的,比如蛇,据说无毒的还于人有利,可是我就是怕,看见它心里很不舒服,当然就谈不上眷恋了。

还有些,是由于利害观念的积累,成为厌恶。大一些的如蝎子,小一些的如蚊子,就是退到单纯的"物吾与也"的理学的立脚点,也不觉得它有什么美;对应的态度通常是反佛门的,顺手拿起什么,置它于死地而后快。

对螳螂,态度就正好相反,是喜爱,如果它是停在仅一席大的窗前小园的花叶上,就希望它愿意以此为家,不再见异思迁。喜爱,最直截的理由是觉得它很美。全身嫩绿色,丽而雅,会使人想到如芳草的碧罗裙。长身,前半(胸)轻捷而后半(腹)厚重。

高足三对,能与人以飘举之感。头为上宽下尖的三角形,不大,高踞两端的眼就显得特别鲜明。触须细长而灵活,能使后重的体形得到调剂。最奇的是还有前足一对,曲折如人的上肢,向下的一面做锯形,经常前伸高举,于是长身玉立就兼有了英武之气。总之,用法布尔的意思形容,这虽然同样是上帝的创造,却是罕见的精品。

喜爱,更有力的理由是它的举止的风度,伫立,昂首,凝思,总是使我联想到一种生活态度,认真加迂阔。这样的印象,而且是古已有之,如《庄子·人间世》说:

汝不知夫螳螂乎?怒其臂以当车辙,不知其不胜任也。

这是道家的看法,以迂阔为可怜可笑。儒家就不同,如《韩诗外传》卷八说:

齐庄公出猎,有螳螂举足将抟其轮,问其御曰:"此何虫也?"御曰:"此是螳螂也,其为虫知进而不知退,不量力而轻就敌。"庄公曰:"以为人,必为天下勇士矣。"于是回车避之。

"知进而不知退,不量力而轻就敌",完全是堂吉诃德的形象,希有,所以可爱,甚至可敬。自然,人各有见,或各有所需,古人也有不以它的迂阔为然的,如《说苑》卷九《正谏》说:

园中有树,其上有蝉。蝉高居悲鸣饮露,不知螳螂在其后也。螳螂委身曲附欲取蝉,而不知黄雀在其傍也。黄雀延颈欲啄螳螂,而不知弹丸在其下也。此三者皆务欲得其前利而不顾其后之有患也。

这是从打利害的算盘方面着眼,说螳螂顾前不顾后,不够机警。如果不把利害放在最上位,我觉得,知进而不知退,加上顾前不顾后,正是典型的堂吉诃德形象。而且不只此也,堂吉诃德是纵使与风车大战失败也不凝思的;螳螂不然,而是经常高踞嫩枝绿叶之上,仰首不动,像是在想什么问题。这形态,有时会使我想到问道的哲人和寻诗的诗人,所以就更觉得可爱,有意思。

爱,正如对于人,就希望常在眼前。记得郑板桥说过,爱听鸟叫要多种树;螳螂的居留之地是嫩枝绿叶,想多看它,就应该有个小园,以期多有嫩枝绿叶。昔年,我住屋的窗前曾经有个小园,也曾种一些花木。也许因为在人烟稠密之地吧,我经常巡视,却很少看到螳螂;偶尔见到一只,第二天去看,就不见了。不得已,想借用荀子的精神,以人力胜天然。办法有零星的,是行路,碰巧在什么地方看到一只,就把它请回家,放到小园里。看看它,立在绿丛间,没有不愉快的表现,我以为成功了。可是常常是,过一两天去看,就不见了。另一种办法是成批的,是有那么一次到家乡去,竟在一棵高粱秸上发现一个药名"桑螵蛸"的螳螂卵鞘,有手指肚那样大,黄褐色,据说春暖孵化,可以爬出许多小螳螂来。我很得意,拿回家,怕冬天受冻,放在屋里。冬去春来,把它放在小园的某一个嫩枝上,静候有那么一天,会爬出一群小螳螂,然后看着长大,并设想,土生土长,总当安居乐业了吧?万没想到,不知是什么原因,直等到春去夏来,卵鞘依然,竟没有爬出一只小螳螂来。

人力失败了。可是喜爱的心情并没有减弱,于是和其他情况一样,希望很容易就变为幻想。这幻想是换无能的人力为有能的人力,比如说,家里有个《浮生六记》的女主人陈芸,并有小园,以她的慧心,安顿一些螳螂,使它们乐不思蜀,总不会有什么困难吧?

显然,这幻想之翼真是飞得太远了,应该立即返回原地。可是一回到原地,雕栏玉砌,云想衣裳,等等,就都成为一场空。因为自从时移备变,我舍四合院而迁入楼群以来,连小园也成为空无,更不要说螳螂了。

但是眷恋的心情是难得死灭的,我有时越雷池,看到花草,或只是坐斗室,看到南星兄散文中灯下的小虫,就仍是想到螳螂,以不能看到它的伫立凝思之状为憾事。惭愧,我还没有庄子"安之若命"的修养,于是有时就想,还是用李笠翁的退一步法吧。这是求我认识的一些花鸟画家中的某一位,给我画一张花卉,其他可以随意,只是其上要有草虫,而且是螳螂。有这样的画,悬之壁间,我何时有宗少文卧游之兴,举目得见昆虫中的堂吉诃德,就是此生与名利无缘,也就可以无憾了吧?此意曾说与室中人,室中人云:"你一向是想得好做得少的,这一次能够破例才好。"我谨受教,也为了螳螂,将努力争取这一次能够破例,而且越早越好。

蟋　蟀

　　日前,受老友南星兄《松堂集》的启发,我写了一篇《螳螂》。就我的笔下说,这是用缚鸡之力扛鼎。但是既已写了,再说力不足也就成为多余。不说,是向狂妄靠近一步。想不到有那么一天,忽然胆量更大,想,一不做,二不休,索性再来一篇,以免我爱看的螳螂孤军作战。于是想写什么,一想就想到蟋蟀。想到它,主要是由耳之官出发的,是秋凉叶落的时候,在草丛,在墙角,听到蟋蟀的断续鸣声,我会暂忘掉烦嚣,忘掉利禄,而想到往昔,想到远人,想到流水落花春去也,以及领悟,多种执著、多种斗争的没有意味。这忘掉,这想到,这领悟,有什么值得珍惜的价值吗？曰有,不过是离人生的深处近一些而已。

　　以上泛论完,改为说事。蟋蟀又名促织,谚语有"促织鸣,懒妇惊"的说法,可见至少是懒妇,是并不欢迎蟋蟀的鸣声的。勤妇呢,想来是秋风送爽之前,冬日御寒的衣物就已经准备停当,因而蟋蟀叫不叫,就与她水米无干。促织,于促懒妇织之外,近年还起了更大的作用。这是因为柳泉居士宴坐聊斋,写了一篇《促织》,据说宜于以之为教材,进行阶级教育。故事是由有些高贵人物喜欢斗蟋蟀引起的,我对斗蟋蟀毫无兴趣,连带的对于《促织经》《蟋蟀谱》一类书,也就没有兴致看,再株连《促织》,虽然出身于《聊斋》,看一次,也就不想"学而时习之"了。

　　有关蟋蟀的文献,就我的孤陋寡闻所知,最早见于《诗经》的《豳风·七月》。那是这样说的："七月在野,八月在宇,九月在户,十月蟋蟀入我床下。"念这样的记述,由不同的角度会有不同的感受。新时代的解说家会看到阶级压迫,因为据说,《七月》所吟咏的是农奴诉苦之音,蟋蟀入床下,可见房屋之破,不能蔽风雨。此外还会看到写景物笔法之高妙,既观察细密,又简而得要。实况是不是这样?我不知道,"六经皆我注脚",由它去也好。改为由蟋蟀的角度看,这就不再有什么涉及大道理的神奇,不过是炎夏度过,天气渐冷,在野受不了,不得已而趋近人烟,争取多活几天而已。这样看,这样说,未免杀风景,要改为说自己的感受。不幸也难于取得欢快,是我很想有这样一个十月,蟋蟀来我床下,从而在冷烛残宵、西园梦断的时候,枕上能听到床下的蟋蟀鸣声,就可以略减一些凄凉,而多年以来,就记忆所及,蟋蟀始终没有来我床下。我追求原因,是生活由乡而城,由四合院而高层楼,总是离田野越来越远了。入门上高楼,出门上公路,脚不再踏青草,耳边也就断了蟋蟀声。这就是走向文明吗?至少是同时,我们也丢掉不少更值得珍重的东西。

更值得珍重,我的私见,是离金钱远,离诗境近。"蟋蟀入我床下"是诗,虽然它不能换来名和利。那就沿着诗这条路走下去。《诗经》以后,做诗提到蟋蟀的地方不少,我最欣赏白居易的一联:"一天霜月凄凉处,几杵寒砧断续中。"在这样的时令,有砧杵声陪衬,蟋蟀的鸣声就更容易使人陷入沉思,远离烟火。咏蟋蟀,姜白石还有一首压卷之作,是《齐天乐》(黄钟宫)词,有序说做此词的来由:"丙辰岁(名南宋宁宗庆元二年[公元1196年],年四十一),与张功父(名镃)会饮张达可之堂,闻屋壁间蟋蟀有声,功父约予同赋,以授歌者。功父先成(案为《满庭芳》词),辞甚美。予裴回(徘徊)末利(茉莉)花间,仰见秋月,顿起幽思,寻亦得此。……"词如下:

庚郎先自吟愁赋,凄凄更闻私语。露湿铜铺,苔侵石井,都是曾听伊处。哀音似诉,正思妇无眠,起寻机杼。曲曲屏山,夜凉独自甚情绪? 西窗又吹暗雨,为谁频断续,相和砧杵?候馆迎秋,离宫吊月,别有伤心无数。豳诗漫与。笑篱落呼灯,世间儿女。写入琴丝,一声声更苦。

姜白石以善填词著名,不只名,还从范成大那里得个香艳报酬,美丽的歌女小红。大喜之余,做诗云:"自制新词韵最娇,小红低唱我吹箫。"这次做《齐天乐》,也是供歌女唱,因为所咏是蟋蟀,就换为起于"愁赋",终于"更苦"。在花鸟草虫中,蟋蟀与杜鹃同性质,鸣,啼,向人索取的报偿不是笑,而是泪。这有什么好吗?我觉得很好,是因为泪来于更深的爱,爱往昔,爱意中人,爱春花,爱秋月,直到爱邂逅的一草一木,总之是爱人生,而天命有定,华年易逝,绮梦难偿,无已,只好以涕泣了之。蟋蟀鸣声的价值就在于能够引来涕泣,陪伴涕泣。

人性总是难于用尺量的,有时长歌当哭,有时乐极生悲,所以虽然蟋蟀鸣声会引来愁苦,有不少人还是愿意到草丛和墙角去听"哀音似诉"。甚至高级佳人,不便于到草丛墙角,就变个办法,养,使远在墙边成为近在枕边。有《开元天宝遗事》的所记为证:

> 每至秋时,宫中妃妾辈,皆以小金笼捉蟋蟀闭于笼中,置之枕函畔,夜听其声。

依照宝二爷的高论,妃妾是水做的,所以意在听其声,雅。至于泥做的贾似道,也养,可是意在坐于半闲堂,看斗,就自郐以下了。我在前面已经说过,对于挑拨并欣赏蟋蟀斗,我没有兴趣,甚至没有好感。可是对于养,因为还有"置之枕函畔"的一路,就网开一面,或者夸张一些说,还有些喜爱吧。但表示喜爱却有个限度,是收小工艺品,也不弃蛐蛐罐而并不养。计多年所得,澄泥的,葫芦的,也颇有几件。不养,如何"夜听其声"呢?曰,如陶公靖节之"畜素琴一张,无弦,每酒适,辄抚弄以寄其意"。罐之类,比无弦琴更有优越性,是连抚弄也可省,只要置之案头,注视,即可得佛家之境由心造。

境由心造,今日想象,其善果为若有。想象之力还可以加大到出圈儿,或可称之为"遐想"。关于蟋蟀,我就曾遐想,如果百年之后,一切不维新,那就还要有个长眠之地,宿草之下还有地下之知,不能不感到孤寂吧?当然,最好能有个《聊斋志异》中"连琐"那样的邻居,那就月明之夜,可以侧耳听"元夜凄风却倒吹,流萤惹草复沾帏"的诗句。但就是不维新之日,这样的奇遇又谈何容易!所以仍要务实,求个十拿九稳的,这是蟋蟀,秋风乍至,坟边宿草未黄的时候,它总会来叫几声吧?若然,它就如《后汉书·范式传》所说,成为"死友"了。遐想飞得太远了,要赶紧收回来,如何结束呢?只好求救于陆放翁,借他的诗一句,自己配一句,曰:"身后是非谁管得,有闲仍欲听秋虫。"就此下台阶,住笔。